업어 키운 여포

유수流水 역사 판타지 장편소설

WISHBOOKS HISTORICAL FANTASY STORY

업어 키운 여포 8

유수流水 역사 판타지 장편소설

초판 1쇄 찍은 날 | 2020년 9월 15일
초판 1쇄 펴낸 날 | 2020년 9월 22일

지은이 | 유수流水
펴낸이 | 권태완 우천제

기획 | 위시북스
편집책임 | 한준만
편집 | 위시북스

펴낸곳 | ㈜케이더블유북스
등록번호 | 제25100-2015-43호
등록일자 | 2015. 5. 4
KFN | 제2-53호

주소 | 서울시 구로구 디지털로31길 38-9, 401호
전화 | 070-8892-7937 팩스 | 02-866-4627
E-mail | fantasy@kwbooks.co.kr

ISBN 979-11-293-6250-6 04810
       979-11-293-5042-8 (set)

Wish Books

업어 키운 여포

8
완결

유수流水 역사 판타지 장편소설

WISHBOOKS HISTORICAL FANTASY STORY

목차

1장
이번엔 또 무슨 일이냐!

"……점점 더 힘들어지는군."

하북, 발해의 사공부. 연못을 노니는 붕어들의 모습을 쳐다보며 원소가 중얼거렸다.

젊었던 시절엔 왕의 그것과 같은, 천하에 감히 견줄 자가 없을 정도로 위엄 넘친 외모를 자랑했던 원소다. 하지만 지금의 원소는 늙고 야위기만 한 상태. 이십 근의 크고 무거운 장검을 들고, 두텁고도 휘황찬란한 갑옷을 입은 채 전장의 선봉에 섰던 모습은 온데간데없이 사라지고 힘없이 늙어버린 노인의 형상만이 남았을 뿐이었다.

"그런 말씀 마십시오, 주공. 아직도 정정하시거늘 어찌 약한 말씀을 하신답니까."

바로 뒤에서 그 모습을 응시하던 저수의 애달픈 목소리가 새어 나왔다.

원소가 쓰게 웃으며 고개를 저었다.

"천하의 그 어떤 자도 영원히 살지는 못하였다. 때가 되면 가는 것이 천하의 이치이거늘, 어찌 그리도 안타까워한단 말인가."

"송구하고 또 송구할 뿐입니다, 주공……."

자신은 정말 아무렇지도 않다는 듯 가볍게 손을 저어 보이는 원소를 향해 저수가 허리를 굽혔다. 그러거나 말거나 원소는 입가에 보드라운 미소를 지은 채 다시 연못 쪽으로 시선을 옮길 뿐이었다.

"상이와 담이의 관계는 아직인가?"

"그 역시…… 송구할 따름입니다, 주공."

"자네의 탓이 아닐세. 내가 상이 그 녀석의 그릇을 제대로 알지 못하였기 때문이지. 아쉽구나…… 아쉬워. 담이 녀석이 한 번이라도 성공을 거두기만 했어도 일이 이리되지는 않았을 것을……."

원담을 후계자로 세우려던 계획이 위속 때문에 모조리 물거품이 되어버렸다.

연이은 패배로 원담을 지지하던 이들이 하나둘 사라지는 것은 물론, 원씨 가문의 위엄까지 함께 무너져 내리기 시작했고 그 와중에서 두각을 보이며 자라난 것이 바로 원상이었다.

"최소한 상이 그 녀석의 성정이 보통만 되었더라도 일이 이리되지는 않았을 것을. 다 내가 우유부단했던 탓이다. 내가 우유부단한 탓이야……."

하늘을 응시하며 원소가 한스럽다는 듯 중얼거리던 때, 사공부의 안쪽에서 요란스러운 소리가 울려 퍼지기 시작했다.

원소가 돌아섰다. 그런 원소를 향해 병사 하나가 헐레벌떡 달려오고 있었다.

"주공, 문추 장군께서 서신을 보내셨습니다."

"무슨 내용이더냐?"

"그, 그것이 적들이 몰려오고 있다 합니다."

"적?"

병사를 향해 반문하는 원소의 눈썹이 꿈틀거린다.

"적이라 함은 천하에 둘이 있을 터. 누굴 말하는 것이냐. 남적이냐, 아니면 서적이냐."

"위, 위속의 제자인 제갈공명이 십만 대군을 이끌고 북상해 올라오는 중이라 합니다!"

"제갈공명이? 일단은…… 알았으니 물러가라."

"예, 주공!"

병사를 보내고서 원소는 이해가 되질 않는다는 듯 저수 쪽으로 시선을 옮겼다.

"그대는 어찌 생각하시는가?"

"이것은…… 분명 책략일 것입니다. 이런 상황에서 여포의 대군이 화북으로 올라온다는 것은 분명 그리 생각할 수밖에 없는 일입니다."

"그거야 그렇겠지. 허면 그 의도는 무엇인 것 같은가."

"의도가……."

고개를 숙인 채, 저수는 미간을 찌푸렸다.

지난번의 협상을 통해 위속은 원소를 다루기 쉬운, 자신의 충실한 동맹으로 만들었다. 그런 동맹을 버리겠다며 진짜로 공격해 올라올 리는 만무. 결국엔 이 공격을 통해 뭔가 하북의 반응을 끌어내고, 그 결과로 이득을 얻겠다는 의도임이 분명할 터.

"주공, 방통 선생께서 찾아오셨습니다."

저수가 고민하고 있을 때, 사공부의 말단 관리 하나가 다가와 말했다. 원소가 자신에게 데리고 오라며 고개를 끄덕이고 있었다.

그렇게 얼마나 지났을까? 평소와 달리 술 냄새라곤 맡아보려 해도 맡아볼 수 없을, 말끔한 차림새의 방통이 그 모습을 드러내며 원소를 향해 포권했다.

"주공, 위속의 일로 뵙기를 청하였습니다."

"그놈의 속내에 대해서 할 말이 있는 겐가?"

"예, 소생은 오래전부터 연주와 대치하고 있던 장합, 문추 장군과 수많은 서신을 주고받으며 위속의 행동에 대해 이해하고자 노력해 왔습니다. 더불어 남국의 상황에 대해서도 상당부분 이해하게 되었지요."

"헛바닥이 길군, 방통."

"예…… 예?"

원소의 입에서 튀어나올 것이라곤 상상조차 못 한 그 표현에 방통의 눈이 동그랗게 커졌다. 그러거나 말거나 원소는 마치 모든 것을 꿰뚫어 보기라도 할 것 같은 차가운 눈초리로 방통을 응시하고 있을 뿐이었다.

"방 군사. 어서 말씀 올리시게."

"예, 예. 소생이 보았을 때, 제갈공명의 이와 같은 움직임은 아군을 이용해 조조의 손발을 묶어두고자 하는 위속의 책략임에 틀림이 없습니다."

"적 병력이 북상해 올라오면 우리 역시 그에 대응하기 위해 병력을 동원해야 함은 당연한 이치. 낙양에서의 일로 불구대천의 원수가 되어버린 우리 맹덕 녀석의 병사들 역시 이 근방으로 몰려와야 할 터…… 그렇다면 노리는 건 익주인가?"

"그런 것으로 보입니다, 주공."

"참으로 기발한 책략이군. 사실상 우리 손을 빌려 조조의 손발을 묶는 것이나 마찬가지 아닌가."

연못 앞의 난간을 손가락으로 톡톡 두드리길 잠시, 원소의 시선이 저수를 향했다.

"어찌해야 하겠는가."

"위속이 원하는 대로 해주십시오."

"그리한다면 그놈은 익주를 얻을 것이고, 맹덕은 약해질 걸세. 가뜩이나 위태롭던 하북의 앞날은 더더욱 안 좋게 변할 것이고."

"원하는 바를 이루어주지 않는다면…… 하북이 유지될 수 있을 리가 없습니다."

"초, 총군사?"

방통이 화들짝 놀라서는 반문했다. 그러거나 말거나 저수는 말을 이을 뿐이었다.

"익주를 정벌하고자 군을 정돈하고 있을 여포이고, 위속입니다. 그들이 정말로 하북을 공격하고자 치고 올라온다면 주공께서는 어찌하시겠습니까?"

"백성들을 끌어모아야겠지. 그렇다고 해도…… 답이 안 나올 것 같기는 하지만."

"이 상황을 이용한다면 우린 무너져 내린 군을 일부나마 복원할 수 있습니다. 위속에 대한 백성들의 공포를 자극해 못해도 십만, 어쩌면 그보다 많은 수의 병력을 얻을 수 있을 테지요. 이를 기회로 삼아 하북의 방비를 단단히 해 기회를 노려야 합니다."

"여포가 익주를 손아귀에 넣는다고 해도 말인가? 천하의 절반이 저들의 손아귀에 들어간다 하여도?"

"땅덩이의 크기로는 절반이겠으되, 인구로는 여전히 하북이 가장 거대함을 잊지 마소서, 주공."

원소를 향해 포권하고, 고개를 숙이며 저수가 말했다. 원소가 딱딱하게 굳어진 얼굴로 연못을 향해 시선을 옮겼다.

그렇게 또 한참의 시간이 지났을 때.

"이십만일세. 무슨 수를 써서라도 이십만은 모아야 할 거야. 알겠는가?"

"맡겨만 주십시오, 주공. 소생이 할 수 있는 모든 방법을 사용해 이십만의 정병을 만들어 바치겠습니다."

"여포가 움직이기 시작했다고?"

장안성. 관중 전체를 통틀어 가장 거대하고, 가장 번화한 그곳의 옛 사도부를 자신의 집으로 차지해 버린 조조가 말했다.

여포나 원소가 나이를 먹은 것만큼이나 세월을 흘려보낸, 머리카락이 하얗게 세어버린 노인의 모습을 한 조조다. 그런 조조의 앞에 조조만큼이나 나이를 먹은 책사, 가후와 순욱이 서 있었다.

"그렇습니다, 주공. 남군 쪽으로 선단과 함께 군량 등 군용 물자가 모인다는 보고가 있었으니 필시 군을 움직일 징조일 겝니다."

"우리 문숙 아우께서 노리는 건 당연히 익주겠군."

조조의 입가에 싸늘하기 그지없는 미소가 피어올랐다.

그 모습을 마주하고 있는 가후의 입가 역시 마찬가지였다.

"한데, 위속은 남만의 사정을 전혀 알지 못하는 것입니까? 위속이라면 우리가 남만에 손을 뻗고, 그들에게 커다란 약조를 했다는 걸 알아차릴 만도 할 터인데."

"순 선생, 남만을 걱정할 필요는 없습니다. 오랜 세월 남만은 중원의 변두리라고도 할 수 없을 정도로 머나먼 곳으로 취급받아 왔지요. 강주를 빠져나와 성도를 향해 달리면 익주 전역을 손아귀에 넣을 수 있거늘, 굳이 남만의 그 거칠고 험한 땅을 주의 깊게 살펴볼 생각을 하진 않을 겝니다."

"나 역시 총군사와 같은 생각일세. 게다가 설령 남만의 사정을 알게 된다 해도 위속이 할 수 있는 건 기껏해야 익주를 공격하지 않는 것 정도가 전부야. 우리로서는 손해 볼 게 없지."

위속이 익주나 남만을 공격하지 않으면 조조의 입장에선 더할 나위 없이 좋다.

남만에 약속한 대가를 제공하지 않아도 되고, 피해를 복구할 필요도 없으며, 전쟁 없이 평화 속에서 국력을 신장시킬 기회를 얻게 되는 것이니까.

"설령 공격한다 한들, 여포는 크게 힘을 쓰지 못할 것입니다. 순 선생과 주공께서는 걱정치 마십시오."

"묘수라도 있는 겐가?"

"백성을 위한다며 병사도 제대로 징집하지 않는 것이 여포와 위속이니 병력의 규모는 확실히 적을 수밖에 없지 않겠습니까?"

"여포의 병력이야 당연히 적을 수밖에 없지. 그 넓은 땅을 거느리고 있음에도 병력은 오십만 정도가 전부인 데다, 실질적으로 동원할 수 있는 건 이십만에서 최대 삼십만 정도가 전부이질 않나."

"그 삼십만 중, 최소 십만 이상은 후방에 남도록 소생이 만들어 보겠습니다."

"조금 전에 이야기하려던 묘수였던 모양이군?"

"낙양으로 아군 병력 오만 명을 파견하고, 한중에서는 수군의 움직임을 활발히 하여 언제고 한수를 따라 남양으로 진격해 내려갈 수 있도록 만반의 준비를 갖추게 하겠습니다."

가후의 그 목소리에 조조의 입가에 미소가 피어오르기 시작했다. 그런 조조가 큭큭 소리 내어 웃고 있었다.

"우리 문숙 아우의 얼굴이 뻘겋게 달아오르겠군. 욕이란 욕은 다 하면서 있는 대로 짜증을 내겠어."

"헌데 문화 선생. 원소도 가만히 있지는 않을 것인데, 그에 대한 방책이 있는 것입니까?"

"원소는 걱정할 필요가 없습니다. 진류에서 위속에게 대패하고, 우리에게 낙양을 빼앗기며 하북은 껍데기만 남아 있을 뿐이질 않습니까?"

"아니, 그렇다고는 하나."

"정상적인 방법으로는 향후 이십 년 이내에 하북이 전과 같은 위세를 회복하는 건 불가능할 테지요. 한 번씩 사람을 보내 조공을 요구하고, 황상께 아뢰어 관작이나 내려달라 위협해도 그들이 할 수 있는 건 없을 겝니다."

"언제든 꺼내 먹을 수 있는 연못 속 잉어나 마찬가지인가."

"그와 비슷합니다, 주공."

싸늘하기 그지없는 얼굴로 자신만만한 미소를 지어 보이며 가후가 이야기했다.

그러던 찰나, 저 멀리에서 다급한 발소리가 들려왔다.

사마의다. 그가 눈이 동그랗게 커져서는 헐레벌떡 옷자락을 휘날리며 조조를 향해 달려오고 있었다.

"주, 주공! 급보입니다!"

"무슨 일인데 그리 호들갑을 떠는 것이더냐?"

"위속, 위속의 제자 제갈공명이 오만 병력을 이끌고 하북을 향해 북상해 올라가는 중이라 합니다!"

"하북으로? 제갈공명 그 맹랑한 녀석이?"

잘 이해가 되질 않는다는 얼굴로 조조가 고개를 갸웃거리며 반문했다.

그러길 잠시, 조조의 미간이 찌푸려지고 있었다.

"설마. 원소가 위속을 요괴처럼 묘사하며 백성들에게 두려움을 심어주는 중이라는 이야기를 들은 적이 있다. 그와 관련한 것이냐?"

"그, 그렇습니다! 하북의 정남 수십만이 관아로 몰려가 가족들을 지키기 위해 병사가 되겠다며 나서는 중이라 합니다, 주공! 그렇게 모인 병력이 여포의 영역인 연주 복양군 인근에 집결 중입니다!"

"중달. 그 병력이 구체적으로 어느 정도인지는 파악이 되는 것이오?"

가만히 사마의의 이야기를 듣고만 있던 가후가 말했다. 사마의가 한숨을 내쉬며 고개를 끄덕이고 있었다.

"자그마치 이십오만 명이나 된다 합니다."

"이십오만…… 그러면 제갈량 그놈이 지휘하는 오만과 합쳐 삼십만 대군이 언제라도 낙양을 공격해 올 준비를 갖춘 상태로 버티는 중이라는 것인가…… 흐, 흐흐흐, 흐흐흐흐"

가후가 반쯤 실성하기라도 한 것처럼 웃음을 흘리기 시작했다. 움켜쥔 가후의 주먹이 부들부들 떨리고 있다. 그 옆에서 조조는 머리가 지끈지끈 아파 온다는 듯, 인상을 험악하게 일그러뜨린 채 자신의 이마를 부여잡고 있었다.

"주공. 원소가 새로이 모은 병력은 기본적인 훈련조차 되지 않은 신병일 것이나, 숫자가 숫자인 만큼 아군에게 있어 위협적이기 그지없을 것입니다. 방비를 해야만 합니다."

"……지금 낙양과 하내에 주둔하고 있는 아군 병력이 어느 정도나 되지?"

"하내에 삼만, 낙양에 삼만이며 각각의 관문에선 천 명에서 많게는 오천 명까지 총 삼만이 주둔 중입니다. 하북과 제갈공명의 압박에 대응하기 위해선 최소 십만은 추가로 낙양에 파견해야만 합니다, 주공."

쾅!

"이 무슨 말도 안 되는 일이!"

주먹으로 의자의 팔걸이를 두드리며 조조가 소리쳤다. 그런 조조의 얼굴이 조금씩 벌겋게 달아올라 가고 있었다.

"익주로 파견할 수비군을 떼어 낙양으로 보내야만 합니다."

"이미 익주로 지원할 병력은 십오만이 전부인데 거기에서 십만을 떼면 뭐가 남겠는가! 익주를 그대로 들어 바쳐야 할 판이 아닌가!"

"그래도 보내셔야만 합니다, 주공! 량주의 방비가 약해지는 한이 있더라도 그곳에서 병력을 빼 와 낙양과 익주 양쪽 모두를 지켜내야만 대계를 도모할 수 있음을 헤아려 주십시오!"

피 끓는 듯한 사마의의 목소리에 조조는 이를 악문 채, 머나먼 허공의 어딘가를 죽일 듯이 노려보기 시작했다.

그런 와중에서.

"주공!"

또 다른 다급한 목소리가 들려왔다.

만총이다. 사마의와 함께 조조군을 이끌 차세대 책사로 평가받고 있는 만총이 딱딱하게 굳어진 얼굴로 성큼성큼 다가오고 있었다.

"이번엔 또 무슨 일이냐!"

욱하는 목소리로 조조가 소리치자 만총이 그의 앞에서 난감한 기색 가득한 얼굴로 말했다.

"장강을 거슬러 올라온 위속의 선단이 발견되었다 합니다."

"선단? 지금은 서풍이 불어올 때일 터인데? 선단을 끌고 익주의 그 좁은 강을 역으로 거슬러 올라왔다고?"

"선단은 하나같이 세로로 된, 기이한 돛을 달고 있었다고 합니다."

"위속, 그자가 또 신기한 문물을 만들어낸 모양이지? 그래서 적들의 규모는? 그들이 향하는 것은 어디라던가? 자동? 파서?"

"저, 주공. 그것이……."

"어서 이야기해 보시오. 위속이 어디를 향해 나아가는 중이외까?"

착 가라앉은, 억지로 분노를 억누르는 기색이 역력한 가후의 목소리에 만총이 작게 한숨을 내쉬며 사마의와 눈빛을 교환하더니 말을 이었다.

"남만…… 남만으로 향하는 중이라 합니다."

"뭐라? 남만이라고?"

조조가 자신도 모르게 앉아 있던 자리에서 벌떡 일어나며 반문했다. 그리고 그와 동시에 툭 하고 뭔가가 땅에 떨어지는 소리가 들려왔다.

좌중에 모인 이들이 그 소리가 들려온 쪽으로 시선을 옮겼다. 속에서부터 치밀어 오르는 분노에 물이라도 한잔 마셔야겠다며 잔에 물을 채우던 가후가 귀신이라도 본 것 같은 얼굴이 되어 있었다.

"이야, 이거 경치 죽이는데?"

강물을 가로지르며 슬금슬금 나아가는 전선. 그 전선의 뱃머리에 서 있으니 나도 모르게 우와 소리가 쉴 새 없이 나온다. 무슨 영화 속에서나 볼 법한 절경이다.

산 사이에 손가락을 푹 찔러 기다랗게 파낸 것처럼, 깎아지르는 절벽이 끝도 없이 이어지는 사이로 강물이 흐른다. 연주나 예주, 강남 곳곳을 돌아다니며 수도 없이 많은 광경을 보아왔지만, 이곳처럼 멋있는 광경은 처음이란 생각이 절로 들 정도였다.

"치맥하면서 구경하면 진짜 딱 좋을 것 같은데."

"치맥요? 흐흐, 잠깐만 기다리십쇼. 이보게!"

내 옆에서 함께 그 광경을 구경하던 후성이의 목소리가 들려왔다. 갑자기 무슨 소리를 하는 건가 쳐다보고 있는데 후성이가 아예 저 옆에서 지나가던 병사를 불러 세우고 있었다.

"치킨이랑 맥주 좀 준비하라고 해봐. 양 낭낭하게. 알지?"

"오, 치킨을 먹는다고?"

"진짜요? 치킨을?"

후성이가 그렇게 이야기함과 동시에 형님과 허저의 목소리가 들려왔다.

기다랗게 자라난 은빛 머리카락을 흩날리며 방천화극과 쇠몽둥이를 부딪치던 두 사람이 해맑은 얼굴로 나와 후성이를 쳐다보고 있었다.

"아니, 야. 나는 그냥 혼자 중얼거린 건데 그걸 이렇게 일을 키워 버리면 어떻게 해?"

"예? 에이, 뭐 어떻습니까. 같이 드시죠. 경치도 좋으니 치킨에 맥주 딱 하면서 구경하면 좋잖아요?"

"암. 좋지. 맛있는 거 먹으면서 구경하는 절경이 최고잖아?"

와. 후성이 하나만 떠드는 거면 그냥 찍어 누르겠는데 형님까지 이렇게 나오시니 무슨 말을 해야 할지 모르겠다.

병사들도 다 같이 있는데 우리끼리만 치킨을 먹을 수도 없고, 그렇다고 병사들한테까지 다 같이 치킨을 나눠주자니 요리하는 것부터 시작해 보급 문제까지 다 답이 없고.

"거기, 뱃머리 쪽에 자리 좀 비우자. 상이랑 좀 가져다 놓고."

이런 와중인데 후성이는 벌써 그 맛을 상상하는 듯, 군침을 삼키며 치맥을 위한 자리까지 만들고 있다.

하, 진짜. 저거 아무래도 요즘 좀 빠진 것 같다. 입에서 신물이 날 때까지 한번 죽도록 굴려야 정신을 차리려나?

내가 그렇게 인상을 찌푸리고 있을 때.

"치킨이라고요?"

반갑기 그지없는 목소리가 들려왔다.

제갈영이 이쪽으로 다가오고 있었다.

"오, 제수씨!"

"지금은 제수씨가 아니라 부군사 겸 위동건, 제갈탄, 여봉 등의 장수를 지휘하는 독립 오천인장입니다, 주공."

"에이, 제수씨. 딱딱하게 왜 그러오?"

형님이 그렇게 말하는데 제갈영이 환하게 웃는다.

아니, 저렇게 웃는 건…….

"아하, 그런 건가요? 아주버님?"

"당연히 그렇지. 우리 사이에 딱딱하게 주공이며 관직 같은 거로 부르는 게 말이나 되오?"

"확실히 그런 거죠? 아주버님?"

제갈영의 미소가 더욱 환해진다. 형님이 영문을 모르겠다는 얼굴로 그런 제갈영의 모습을 쳐다보고 있던 때.

"지금 정신이 있는 거예요, 없는 거예요? 병사들도 다 있고, 장수들도 다 있는데 군주라는 사람이 치맥이라뇨? 예? 아주버님, 그게 군주로서 할 이야기인가요?"

속사포가 터져 나오기 시작했다.

"으, 으응?"

"누구보다 병사들을 아끼고 섬세하게 보살핀다는 분이 이래도 돼요? 보급이며 군량이며 사정 다 아시면서 우리끼리만 치맥을 하고 있으면 병사들이 어떻게 생각하겠어요? 장수들은 어떻게 생각하고요?"

"아, 아니, 난 그런 의미가……."

"그런 의미가 아닌 게 아니잖아요?"

"허, 헛흠."

"그리고 허저 장군."

"하하. 소장은 아닙니다. 별말 안 했다고요!"

"마, 맞소. 우리 허저는 잘못한 게 없으니 제수씨가 혼낼 필요도 없소."

"주공, 가서 대련이나 마저 하실까요?"

"그, 그래. 대련이나 해야지. 가서 땀이나 흘리자고."

어색하기 그지없는 얼굴로 허저를 두둔하던 형님이 녀석의 어깨에 손을 얹고서 슬금슬금 배 뒤쪽으로 도망쳐 간다.

아니, 삼십만지적 여포와 그 허저가 제갈영을 상대로 꼬리를 내린다고?

말다툼이 벌어지지는 않을까 걱정하던 게 허망해질 정도로 어이가 없는 광경이다.

그런 와중에서 형님과 허저의 뒷모습을 쳐다보던 제갈영이 이번엔 우리 쪽으로, 정확하겐 후성이 쪽으로 시선을 옮기고 있다.

후성이의 얼굴에도 형님에게서 봤던 그 어색하기만 한 미소가 피어오른다. 그 입꼬리에서 파르르 경련이 일기까지 하고 있었다.

형님은 그래도 군주니까 좀 낫지, 후성이는 직급으로 쳐도 제갈영보다 한 끗 정도 높은 수준이다. 게다가 제갈영은 내 와이프인 데다 녀석이 잘못한 게 맞는 상황이니까…….

명복을 빌어주마, 후성아.

"후성 장군. 우리 진지하게 이야기 좀 해볼까요?"

제갈영이 형님에게 그랬던 것보다 훨씬 더 밝은, 그 미모와 더해져 화려하기까지 한 미소를 지어 보이며 말했다.

후성이의 얼굴이 창백하게 변해간다.

그렇게 약간의 시간이 지났을 때.

"예, 절대 안 그렇겠습니다. 예? 아, 예. 물론이죠. 예, 예. 걱정하지 마십시오, 예. 예!"

우리가 타고 있던 전선의 뱃머리 부분. 그곳에서 조곤조곤 이야기하는 제갈영을 향해 후성이가 무슨 이병이 상병에게 혼나기라도 하는 것처럼 잔뜩 군기가 든 목소리로 소리치고 있다.

불쌍한 녀석 같으니라고…….

"참으로 현명한 분이신 것 같습니다. 부인께서는."

내가 후성이와 제갈영의 그 모습을 지켜보고 있는데 이번 원정에 종사로 합류하게 된 마량이 동생이라는 녀석과 함께 다가와 말했다.

그런 녀석이 정말 감탄스럽다는 듯 제갈영을 쳐다보고 있었다.

"이치에 맞는 말을 한 것 같기는 한데, 좀 불안 불안하네."

"부인께서 여인의 몸이시기 때문입니까?"

"으응?"

"공자께선 논어에서 말씀하시길 거리에 행인이 세 명만 있어도 그들에게 배울 것이 있다 하였습니다. 부인께서는 단순한 행인도 아니고 높은 학식과 문무를 겸비한 책사이시거늘 뭐가 문제겠습니까."

마량이 그렇게 말하는데 옆에서 있던 동생도, 뒤늦게 얘기를 듣고 와 있던 육손이도 고개를 끄덕인다.

반응들이 나쁘지 않아 다행이다.

"흐으음."

선실에 들어와 쉬고 있던 내게 선봉으로 나간 주유의 보고가 도착했다.

일전에 녀석이 점령했던, 익주의 입구라 할 수 있을 강주에서 남만으로 이어지는 물길 한가운데의 요새 강양성을 점령했다는 내용이었다.

"확실히 주유가 능력 하나는 끝내준단 말이지."

"상공만 못하긴 하지만 상공을 빼고 본다면 최고 수준이죠. 손책 장군과 함께한다면 더더욱 그렇고요."

"그렇지?"

어느새 편한 옷으로 갈아입고 온 제갈영이 침상에 걸터앉으며 고개를 끄덕인다.

"귀여운 원한이 남아서 서로 골탕 먹이길 주저 않는 사이이긴 하지만 하나의 대의를 공유하고 있으니 신뢰할 수 있는 파트너이기도 하고요."

"고럼 고럼."

"그걸 알면 공근 장군한테도 잘 좀 해주라고요. 그러다가 진짜로 화병 나서 죽어버리면 누가 손해겠어요?"

"예이. 알겠습니다요, 마님."

"말로만 그러지, 항상. 자요."

"오늘은 따로 자. 그 날이거든."

"아아."

알겠다는 듯 제갈영이 이불을 덮으며 뒤로 돌아눕는다.

우리가 부부로 살아온 지도 벌써 십 년이 훌쩍 넘는다. 보름달이 떠오르는 날이면 언제나 따로, 다른 침대를 쓰며 잠에 들었으니 오늘도 그저 그러려니 하는 것.

다른 사람이면 몰라도 이 여자는 대충 내게 뭔가 있다는 것까지는 짐작하고 있겠지?

"후아……."

일단은 잠들 시간이다.

제갈영의 옆에 놓인, 또 다른 침상에 누워 이불을 덮으며 내가 눈을 감았다.

쏴아아아아-

익숙한 바람 소리와 함께 내가 잠들었던 선실의 모습이 시야에 들어왔다. 언제나 그랬던 것처럼 선실에 안개가 가득했다.

"느낌 묘하구만."

배가 물살을 가르며 나아가는 그 부드러운 느낌이 꿈속에서도 그대로 전해진다. 몸이 살짝살짝 떠올랐다가 가라앉는 것 같은 느낌이라고나 할까?

"뭐, 이게 중요한 게 아니지."

남만을 정벌하는 데 있어 주의해야 할 게 뭔지, 내가 어떤 일을 했어야 좀 더 효율적으로 남만의 적들을 때려잡고 회유하는 게 가능할지를 확인해야 한다.

내가 그렇게 생각하며 머리맡의 핸드폰을 꺼내 무릉도원에 접속했는데…….

'시대를 앞서간 위속의 오버 테크놀러지', '발명왕_위속에_대해_ARABOJA', '발명으론 위속이 체고다. 반박 안 받음'같은 제목의 글들이 삼국지 토론 게시판 최상단에 떡하니 게시되어 있다.

아니, 이게 무슨…….

〈형이 전쟁사, 발명사 관심 많아서 다 봤다. 근데 위속이 개짱이다. 세로돛? 그딴 거 필요 없음. 닭튀김이란 이름으로 후라이드치킨, 양념치킨, 간장치킨에 맥주까지 다 위속이 발명했다. 이것만으로도 우리가 위속 빨아줄 이유는 충분함. ㅇㅈ? 반박 안 받는다.〉

ㄴ각혈맛위속양념치킨: ㅇㅈ 이건 위까들도 인정할 수밖에 없다 치느님의 아버지 위속 차냥해!!!

└조건달: ㅋㅋㅋㅋㅋㅋㅋ 솔직히 위속 개싫지만 치킨 만든 건 무조건 칭찬해야지.

└대군사가후: 하루 세 번 위속 찬양 ★★★ 다른 건 다 까도 치킨 만든 공만은 잊을 수 없다. 사랑합니다 위속 센세!

└순욱순두부: 치킨도 치킨이지만 이 시대에 세로돛 만든 건 진짜;; 원래부터 세로돛 썼다는 지중해 쪽이랑 연관도 없이 그냥 독자적으로 뚝 만들었다는데 핵사기 캐릭터임 위속.

└프린스원소: 이것저것 발명 잘하면 뭐 함? 결국 남만 내려갔다가 반쯤 털리고 억지로 점령 비슷하게만 간신히 하고 돌아온 게 위속이잖음?

"흠……."

혹시나 했는데 역시나인 모양이다.

남만을 무시하고 익주로 처들어가 남북에서 공격당했을 때도 완전히 지지는 않은, 상처뿐인 승리까진 거뒀다더니 이번엔 피해가 좀 많이 컸던 모양이다.

"지형 때문인가?"

익주는 산지가 많은 걸 제외하면 중원과 별반 다를 게 없지만 남안은 무더운 정글 속으로 들어가는 것이나 마찬가지다.

조금만 방심해도 장티푸스 같은 것부터 시작해 온갖 질병이 군 전체에 돌고, 병사들이 픽픽 쓰러져 죽어나갈 터. 거기에 익주와 달리 안방이나 마찬가지인 남만 곳곳에서 토착 세력의 병사들이 튀어나와 괴롭혔겠지.

삼국지 시대에서 한참을 살아보고 나니 이 정도까진 굳이 애써 추리하려 들지 않아도 그냥 비디오다.

"어디 보자……."

키워드를 남만 정벌로 두고 검색하면 내가 원하는 정보들이 나오겠지.

내가 그렇게 생각하며 검색을 시작했을 때.

'위속은 왜 남만을 정벌했을까?', '득보다 실이 큰 위속의 남만 정벌', '코끼리와 야수, 등갑으로 무장한 남만군'같은 제목의 글들이 나타나기 시작했다.

코끼리는 그렇다 쳐도 야수라니? 등갑은 또 뭐야?

⟨나무로 만들어서 쇠갑보다 가볍고 화살도 튕겨내는 데다 창칼로 찔러도 잘 쪼개지지 않고 심지어는 물에도 잘 뜨며 무슨 향균 작용 비슷한 걸 해서 벌레까지 쫓는 게 등갑임. 거기에 집채만 한 코끼리를 타고 다니는 전투병에 호랑이, 재규어 같은 애들을 군견처럼 다루는 애들까지 있었으니 위속이 고전할 수밖에 없었을 듯ㅎㅎㅎㅎㅎ⟩

└불꽃남자맹획킹: ㅎㅎㅎㅎㅎ 위속 방심하고 남만 내려왔다가 올돌골, 타사대왕, 목록대왕, 대래동주 세트한테 영혼까지 탈탈 털림ㅋ

└가후문화상품권: 원소랑 연합해서 대규모 군사 훈련 벌인 거로 조조 정신 쏙 빼놓고 내려갔다가 자기도 정신 쏙 빠져 버렸음 엌ㅋㅋㅋㅋ

└킹갓제갈영: 그래도 위속이니까 피해를 좀 입었어도 정벌에 성공했던 거지, 위속 아니면 애초에 불가능한 거 아니었나요?

└똥쟁이쓰마이: ㄴㄴ 사마의-가후가 제대로 각 잡고 남하해서 내려갔으면 별달리 피해 없이 그냥 토벌했을 듯.

└위속위승상: ?? 똥쟁이 듀오 빠돌이가 또 헛소리하네요. 진류에서 위속한테 털리고 도망친 똥쟁이 누구?? 낙양에서 털린 게 누구??

└꽃책사저수지: 아무리 위속이 남만에서 삽질했다고 해도 가후랑 사마의를 가져다 대는 건 좀 아니지 ㅋㅋㅋ 위까 입장에서도 이건 납득 불가임 ㅋㅋㅋㅋㅋㅋ

└주유갓공근: 위속한테 비빌 클라스가 되는 건 투항 이후의 주유밖에 없음. 가후랑 사마의? 깝 ㄴㄴ하시죠.

"하여간 이 인간들은."

뭐 좀 생산적으로 잘들 떠드나 했더니 자기들끼리 누가 더 잘났는지 싸우고 있다. 안 그래도 얼마 없는 접속 시간을 쪼개 가며 살펴보는 건데. 이런 걸 보고 있을 필요가 없지.

"후…… 등갑병과 전투 코끼리, 야수병이라."

일단 주의해야 할 건 저것들 정도에 풍토병인가?

📱

스아아아아아-

무릉도원의 게시판 곳곳을 돌아다니며 정신없이 자료를 찾길 한참. 꿈속에 들어가던 때와는 또 다른 바람 소리가 귓가에 들려오며 눈이 떠졌다.

내가 잠들었던 선실 천장의 모습이 시야에 들어오고 있었다.

"오, 장군. 깨어나셨습니까?"

"후성이냐?"

"당연히 저죠. 조금 전에 주유 장군이 보내온 전령이 도착했습니다. 우리가 있는 이곳에서 열흘 정도 거리에 있는 북도현이라는 곳으로 남만군이 집결 중이라고 합니다."

"생각보다 빠른데?"

남만의 험한 지형을 이용해 우리를 깊숙이 끌어들이고, 지칠 대로 지치도록 유도해서 한 번에 섬멸하려 할 거라고 생각했었는데 말이지.

"저어, 장군. 그게 말입니다."

"응?"

"그렇게 집결 중인 적들 사이엔 적지 않은 숫자의 코끼리가 포함되어 있다고 합니다. 그러니까 코끼리가 어떤 거냐 하면……."

"코끼리가 뭔지는 알아."

"저, 정말이십니까?"

"코끼리가 뭐 신기한 거라고."

"그러면 코끼리를 상대하는 방법도 아시고요? 예?"

후성이의 얼굴에 간절하기 그지없는 기색이 피어올라 있다. 마치 울기라도 할 것 같은 얼굴이다.

아니, 얘가 갑자기 왜 이래?

"매, 맹획이 이끌고 나온 코끼리만 삼백 마리가 넘는다고 합니다, 장군! 집채만 한 크기의 전투 괴물이 삼백 마리라고요!"

"……응?"

코끼리가 삼백 마리라고? 이런 망할!

2장
이걸 이렇게 이겨?

회의를 위해 모두가 모인, 우리 선단의 기함에 꾸려진 회의실로 들어섰는데 어째 분위기가 무지막지하게 심각하다.

제갈영부터 시작해 이번 원정에 참여한 육손, 마량, 손권 모두 심각한 얼굴을 하고 있다. 동건이와 탄이도 마찬가지.

"아군은 다 합쳐봐야 이십만이고…… 그나마도 오만 정도는 후방에 남겨서 보급로를 지켜야 하는 상황이잖습니까. 그런데 적병은 못해도 십오만에 코끼리까지 삼백 마리나 포함되어 있다니."

함께 회의에 참석한 후성이가 질린다는 듯 중얼거린다.

"아니, 평소엔 나랑 같이 열 배 차이가 나는 적들 상대로도 잘 싸우던 애가 갑자기 왜 이렇게 쫄보가 돼버렸어? 십오만 대 십오만이잖아. 근데 뭐가 문제야?"

"코끼리가 꼈잖습니까, 코끼리요. 한 마리당 병사 이백 명,

삼백 명 정도 역할은 한다는 놈이 삼백 마리나 껴 있으니 못해도 육만 명에서 십만 명 치 머릿수는 더 붙는 거니까."

"그래 봐야 적들의 규모는 최대 이십오만에 불과할 뿐입니다, 후성 장군. 지금껏 스승님께서 상대해 오신 적들의 규모와 비교하면 오히려 쉽게 때려잡을 수 있는 수준 아닌가요?"

"으, 으응? 듣고 보니 그러네?"

후성이의 눈이 동그랗게 커진다. 그러면서 고개를 끄덕이기까지.

"코끼리는 그렇게 간단하게 생각할 병기가 아닙니다, 중모 사형. 코끼리 한 마리를 상대하는 것이야 사형이 이야기한 것처럼 이백 명, 삼백 명의 병사가 달라붙으면 가능하다고 하나 그 코끼리가 모두 모여 한 번에 돌격하는 상황을 생각해 보십시오. 아군의 십만 병력이 방진을 꾸리고 있다 한들, 막아낼 수 있겠습니까?"

"음……."

육손이의 반문에 지그시 눈을 감고서 상상의 나래를 펼치던 손권이의 얼굴이 조금씩 굳어진다.

그러길 잠시, 녀석이 눈을 뜨며 내 쪽으로 시선을 옮기고 있었다. 그것은 육손과 마량, 마속에 이어 동건이와 탄이 역시 마찬가지. 코끼리에 대해 가만히 생각을 정리하며 대책을 생각하는 건 제갈영 정도가 전부일 뿐이었다.

"상공."

"응?"

"코끼리는 덩치가 집채만 하다고 들었어요. 그런 덩치로 달리는 것이니 움직이는 게 둔하지 않을까요?"

"움직이는 게 둔하다고요?"

"생각해 봐요, 육손 장군. 우리가 평상복 차림으로 움직인다고 하면 몸놀림이 날랠 수밖에 없어요. 무게가 가벼우니까. 그렇지 않나요?"

"부인께서 말씀하신 그대로입니다."

"그렇죠? 그러면 다시 한번 상황을 바꿔서 생각해 봐요. 사람도 그렇고, 군마도 그렇고 두꺼운 갑옷을 입으면 몸이 무거워지고, 움직임이 둔해질 수밖에 없어요. 움직이는 속도가 붙으면 앞으로 달리는 거야 어렵지 않겠지만 날렵하게 방향을 바꾸고, 움직임을 자유자재로 하는 건 힘들어집니다. 그런 경험이 있죠?"

"음…… 부인의 말씀이 참으로 옳습니다."

"우리도 그러니 코끼리도 그럴 거예요. 덩치가 육중한들, 한번 달리기 시작하면 방향을 바꾸기가 어려울 것이니 그 둔한 움직임을 이용하면 됩니다. 그렇지 않겠어요? 상공."

조곤조곤한 목소리로 자신이 추리한 내용을 이야기하던 제갈영이 내 쪽으로 시선을 옮긴다.

그 이야기를 듣고 있노라니 소름이 돋는다.

아니, 이 시대에서는 아직 관성 같은 물리법칙은 밝혀지지도 않았을 텐데 이걸 그냥 일상에서의 관찰력만으로 이렇게 당연하고 손쉽게 추리해서 이야기한다고?

"상공께서는 어떻게 생각하세요? 남만 정벌을 가장 먼저 주장하셨으니 코끼리에 대해서도 대처 방안이 있으실 텐데."

"그거야 뭐…… 간단하지. 전투가 시작되면 사방에서 함성이며 비명이며 엄청날 거야. 그 소리에 코끼리들이 정신적으로 엄청난 피로도를 느낄 건데, 그걸 제어하는 건 코끼리의 목덜미에 앉아 있는 병사들이 전부고."

"그렇다면 스승님의 말씀은……."

육손이의 말에 내가 고개를 끄덕이며 말을 이었다.

"코끼리를 제어하는 그 병사 한 명, 한 명을 활이며 창으로 저격해 쓰러뜨린다면 놈들은 혼란에 빠져 자기편을 공격하게 될 거야. 아군을 짓밟기 위해 준비해 온 코끼리에 의해 오히려 자기들이 짓밟히게 되는 거지."

"오, 그런 방도가……."

"이것도 이거고, 부군사가 이야기했던 것처럼 코끼리의 움직임이 둔한 걸 이용해서 놈들이 돌격해 올 때 병사들을 지휘해 길을 만들어줘 버리면 피해를 최소화할 수 있을 거야. 놈들은 자기 속도를 이기지 못하고 길이 열린 그대로 달리게 되겠지."

"그러면 저흰 그렇게 등을 보이게 된 코끼리를 공격해서 기수를 제거하면 되는 것이고요?"

"고러취."

내가 씩 웃으며 고개를 끄덕이니 조금 전까지만 해도 삼백 마리나 되는 코끼리 부대의 규모에 위축되어 있던 장수들의 얼굴빛이 살아나는 게 느껴졌다.

"방법만 안다면 코끼리를 상대하는 건 어렵지 않아. 그러니까 너무 걱정하지들 말라고. 우리가 조심해야 할 건 코끼리를 처음 보는 병사들이 그 크기에 압도돼서 정도 이상으로 두려워하지 않도록 하는 것밖에 없어."

"응? 우리 병사들이 그 짐승을 무서워한다고?"

내가 막 그렇게 이야기했을 때, 회의실 밖에서 익숙한 목소리가 들려왔다. 여봉이를 대동한 채, 은빛의 기다란 머리카락을 흩날리며 형님이 성큼성큼 회의실 안쪽으로 들어온다.

그런 형님이 이해가 되질 않는다는 듯 날 쳐다보고 있었다.

"그래 봐야 짐승인데 그걸 왜 무서워하는지 이해가 안 되네. 안 그러냐, 문숙?"

"아니, 뭐…… 병사들 입장에선 무서울 만도 하죠. 덩치가 워낙 크잖습니까. 상대하기도 까다롭고요."

"그래도 우리가 직접 나서면 잡는 거야 어렵지 않잖아?"

"그거야, 뭐."

다른 사람도 아니고 형님이 직접 전장에 나선다고 하면 코끼리 한둘 잡는 거 정도야 일도 아닐 거다. 그 여포이고, 그 무신인데 뭐가 어렵겠어.

나도 뭐…… 엄밀하게 따진다면 형님만큼은 아니어도 그럭저럭 이 시대에서 손꼽는 무장이 되어버렸으니 적당히 어느 정도는 활약할 수 있겠지?

"우리 병사들, 장수들이 그 코끼리라는 짐승을 사냥하는 것에 성공한다면 엄청난 공을 세우는 게 되겠지?"

"그것도 그렇…… 예에에?"

내가 막 말하던 찰나, 형님의 입꼬리가 한쪽으로 씩 올라가는 게 시야에 들어왔다.

서, 설마?

"흐흐. 우리가 나설 차례다, 문숙. 삼십만지적인 나 여봉선과 십오만지적인 위문숙이 있는데 뭐가 무서워? 우리가 선두에서 다 때려잡으면 해결되는데."

"옳습니다, 아버지!"

"아, 진짜…… 형님!"

"생각해 봐, 문숙. 코끼리 삼백 마리랑 싸우는 건 항우도 못 해본 일이거든? 여기에서 너랑 나랑 둘이 삼백 마리를 다 때려잡으면 적어도 그 부분에 한해서는 항우를 뛰어넘는 게 되는 거라고?"

"하, 항우요?"

"그래. 그 항우. 역발산기개세 말이야."

그렇게 말하면서 형님이 내 어깨에 손을 얹는다.

항우를 뛰어넘는다. 그 이야기를 듣는 것만으로도 가슴이 두근두근하다는 듯 여봉이가 눈동자를 반짝이며 나와 형님을 번갈아 쳐다보고 있었다.

마, 망할! 이렇게 얘기하니까 갑자기 이거 솔깃해지는데?

항우를 뛰어넘은 여포 그리고 항우에 근접한 남자 위속. 삼국지 시대 최고의 책사이자 최강의 무장 위속!

피가 끓어오르는 느낌이다.

게다가 어차피 본격적으로 싸우는 건 형님이랑 우리 쪽 장수들이 다 할 거다.

설마, 형님이 우리 병사들 없는 곳에서 그냥 냅다 코끼리 삼백 마리한테 달려들기야 하겠어?

설령 달려든다고 해도 그렇다. 형님이 좀 버티는 동안에 병사들이 다 와서 같이 싸우게 될 거다. 그러면 형님이나 내가 직접 때려잡는 코끼리는 많아 봐야 두세 마리가 정도겠지.

그런 정도라면 할 만하다.

"하겠습니다, 형님."

"그래. 잘 생각했다."

형님이 내 어깨를 툭툭 두드린다.

그래, 이제 형님도 그렇고 나도 그렇고 나이를 먹을 만큼 먹었는데 이렇게 못 잊을 추억 몇 개쯤 쌓는 것도 나쁘지 않을 거다.

그럴 거야…….

그렇겠지?

"총군사, 그대가 정녕 미치기라도 한 것이오?"

남만군이 집결해 있다는 북도현. 선봉군을 이끌고서 먼저 그곳에서 기다리고 있던 주유가 후성, 위월, 육손 등과 함께 군을 이끌고 나아가던 우리 쪽으로 합류하며 말했다.

녀석이 어이가 없다는 듯 날 쳐다보고 있었다.

"오랜만에 만나자마자 그게 무슨 소리야? 미치다니? 내가 왜?"

"그리 죽고 싶어 하는 줄, 내 지금까지는 몰랐소이다. 원한다면 옛날, 나와 전쟁하던 그 시절에나 그런 마음을 알려주지 그러셨소?"

"뭐야. 너 설마 돌격하는 거, 그거 때문에 그러는 거냐?"

"알고는 있으니 다행이구려. 맹획을 회유해 남만을 아국의 완전한 지배 아래에 두겠다더니, 그를 위한 방책이 미친 짓으로 적들의 기세를 꺾는 것이었소이까?"

"미친 짓은 무슨…… 그냥 형님 비위 좀 맞춰 드리는 거지."

"그렇소이까?"

일이 재미있게 돌아간다는 듯, 주유가 입가에 묘한 미소를 피워 올리며 날 쳐다본다.

아니, 사람 불안하게 갑자기 또 왜 이래?

"뭔가 방법이 있겠지. 그러니 이런 황당무계한 일에 합류하기로 하였을 터. 그러니 나 역시 그대와 주공을 지키는 것에 전력을 다하기는 하겠소만…… 고생하시구려. 흐흐흐."

주유가 그렇게 말하고서 대열에 합류하고 얼마 지나지 않아 저 멀리서 뿌우우우- 하는 뿔 나팔 소리가 들려오기 시작했다. 영채를 출발했다는 남만군 병사들이 우릴 맞이하러 다가오는 모양.

내가 그렇게 생각하며 남쪽으로 시선을 옮기는데 저 멀리 앞의 높다란 둔덕 너머에서 척 보기에도 위압적인, 시뻘건 물감을 온몸에 덕지덕지 칠한 코끼리들이 그 모습을 드러내기 시작했다.

그 숫자가 얼추 삼백 마리인데……

"쓰, 쓰발?"

코끼리가 뭐 저렇게 커? 2층짜리 버스가 성큼성큼 다가온다.

아니, 코끼리가 원래 저 정도 크기라고? 저런 거 삼백 마리한테 돌격하기로 한 거야? 내가?

"크흐흐흐. 고생하시구려, 총군사."

생각지도 못한 광경에 내가 눈을 동그랗게 뜨고 있는데 저멀리서 주유의 목소리가 들려왔다. 녀석이 재미있어서 미치겠다는 듯 끅끅끅 웃고 있었다.

내가…… 심각하게 판단 착오를 일으킨 모양이다.

아니, 코끼리가 크다 크다 해서 큰 줄은 알았지만 실제로 본적은 없어서 저렇게 큰 줄을 몰랐다. 아니, 저딴 것들한테 어떻게 돌격을 해?

그전에 저것들, 내가 한 마리라도 잡을 수가 있는 건가? 이러다가 오늘 여기에서 죽는 거 아니야?

내 머릿속에서 온갖 불길하기 짝이 없는 생각들이 떠오르고 있을 때.

"자, 장군. 진짜 괜찮으시겠어요?"

후성이가 걱정스럽기 그지없는 목소리로 말했다. 육손이도말만 안 했을 뿐이지, 후성이만큼이나 걱정스러운 얼굴로 날쳐다보고 있었다.

"혀, 형님이 같이 가는 거니까…… 괜찮겠지. 응, 괜찮을 거야."

괜찮아야 하고말고. 육시럴…….

아오, 도대체 내가 무슨 생각으로 그딴 소리를 한 거지? 추억 쌓겠다고 나갔다가 제사상 뒤에서 향냄새 맡게 될 판이다.

이거 이러면 안 되는 거 아니야?

"흐흐흐. 드디어 왔군."

나도 모르게 이를 악물고 있는데 이번엔 형님의 목소리가 들려왔다. 적토마에 올라 방천화극을 들고서 내 쪽으로 다가오는 형님이 즐겁기 그지없다는 얼굴을 하고 있었다.

"항우를 뛰어넘을 준비, 됐어?"

"진짜로 가게요? 저걸 보고도요?"

2층짜리 버스 삼백 대다. 그게 정확히 우리 쪽으로 다가오고 있다.

삼십만 대군을 상대로 돌격할 때도 느껴본 적 없는, 압박감이 온몸을 휘감는 것 같다.

내가 그런 상태임에도 형님은 아무렇지도 않다는 듯, 오히려 흥분된다는 얼굴로 씩 웃고 있었다.

"항우를 뛰어넘으려면 이 정도는 해야지? 가자, 이랴!"

"혀, 형님! 에이, 아오, 진짜!"

형님이 적토마 엉덩이를 후려갈기더니 그대로 코끼리들을 향해 질주하기 시작했다.

"같이 갑시다, 형님! 최대한 우리 쪽 애들하고는 같이 가자고요!"

"으하하하, 나 여봉선이 왔느니라! 나와 자웅을 겨루어볼 남만의 용사 어디 없느냐!"

"돌격! 돌격하라! 주공을 따르라! 주공을 지켜야 한다!"

"와아아아아아! 주공을 따르자!"

"코끼리들을 때려잡자! 와아아아아아아-!"

갑자기 툭 튀어나간 형님을 따라 달리는데 장수들의 외침과 동시에 병사들의 함성이 들려오기 시작했다.

다들 미쳤어……. 쌍으로 미친 거야.

코끼리를 때려잡자고? 저걸 보고도 그딴 소리가 나와?

혼란하다, 혼란해…….

"으하하하하하! 오너라, 남만의 맹수들이여!"

쉴 새 없이 질주하는 와중에서도 내가 한숨을 내쉬며 고개를 절레절레 젓는데 저 앞에서 형님의 즐거워하는 목소리가 들려왔다.

어느새 형님이, 적토마가 삼백 마리나 되는 코끼리 무리의 코앞까지 도달해 있다.

그런 와중에서.

뿌오오오오오오-!

선두의 코끼리가 괴성을 내지른다.

그러면서 놈이 형님을 향해 맹렬하기 그지없는 기세로 쿵쿵 대지를 울려가며 질주해 나가고 있었다.

"오……."

놈이 형님을 향해 그 크고 기다란 코를 휘두른다. 나도 모르게 주먹을 움켜쥐는데 형님이 방천화극을 들어 올린다.

방천화극의 창날이 햇빛을 반사하며 번적임과 동시에.

뿌애애애애애애애애애액-!

조금 전의 그 기세등등하던 괴성과는 전혀 다른 느낌의 코끼리 울부짖는 소리가 들려오기 시작했다.

동시에 나는 볼 수 있었다. 형님을 향해 질주하던 그 코끼리의 코가 반쯤 잘린 채, 피가 철철 흐르는 모습을.

그리고 그 코끼리가 고통에 몸부림치며 우리들 쪽이 아닌, 자기 주변의 코끼리들을 온몸으로 부딪쳐 가며 미친 듯이 날뛰기 시작하는 것을.

"오, 시발?"

"쏴라-!"

뭔가 좀 일이 되어가는 느낌인데?

내가 그렇게 생각하고 있을 때, 육손이의 외침이 들려왔다.

언제 따로 빼낸 것인지, 창칼과 도끼 등의 무기 등을 든 채로 미친 듯이 돌진하던 병사들의 사이 곳곳에서 활을 든 궁수들이 나타났다. 하나같이 평범한 병사들의 그것과는 다른 차림의 궁수들이다.

그런 녀석들이 활시위를 팽팽하게 당김과 동시에 화살을 날린다.

팟, 피슝-!

대기를 울리는 그 파공성과 함께 화살들이 포물선을 그리며 코끼리들을 향해 날아간다.

그리고 그 화살들이 꿰뚫는 것은.

"끄아아아악!"

미쳐 날뛰기 시작한 코끼리 옆에서 자신들이 탄 코끼리를 어떻게든 진정시키며 계속해서 우리들 쪽으로 진격해 나가고자 노력하던 기수들의 가슴팍이었다.

마치 약속이라도 한 것처럼, 기수들이 우수수 떨어져 내린다.

코끼리들은 기수를 잃은 채, 중앙에서부터 시작된 광기에 서로 몸을 부딪쳐 가며 미친 듯이 날뛰고 있다. 이미 몇몇은 아예 몸을 돌려 자기들 뒤쪽의, 남만군을 향해 질주하고 있었다.

그런 와중에서.

댕- 댕- 댕- 댕- 댕- 댕-

"전군, 정지!"

돌격 중지를 알리는 요란스럽기만 한 징 소리와 함께 장수들의 목소리가 울려 퍼지기 시작했다.

병사들이 돌격을 멈춰 선다.

그런 병사들의 사이에서 조금 전과는 비교도 되지 않을 정도로 많은 궁수들이 나타나 화살을 시위에 메긴다. 자세히 보니 그 화살촉이 불타오르고 있었다.

"쏴라!"

장수임에 분명할 누군가의 그 외침과 함께 불화살 수천 대가 하늘을 가득 메우며 코끼리들을 향해 날아간다.

그 화살이 코끼리들의 몸 곳곳에 박히고, 땅에 떨어져 크고 작은 풀들을 태우며 반원형의 자그마한 불길을 만들어낸다. 놈들과 우리 쪽 사이에 불로 된 자그마한 벽이 만들어진 것이나 마찬가지.

뿌우우우우우우-!

안 그래도 혼란스러워하던 코끼리들이 불꽃의 반대편, 그러니까 정확하게 남만군 쪽으로 질주하기 시작했다.

저 멀리서 남만군의 혼란스러워하는, 동시에 두려워하는 괴성이 울려 퍼진다.

그런 와중에서 형님이 더없이 만족스러워하는 얼굴로 적토마와 함께 우리 군의 진중으로 돌아오고 있었다.

오, 시발……. 이걸 이렇게 이겨?

내가 감탄하고 있을 때, 저 뒤에서 익숙한 시선이 느껴졌다.

주유다. 놈이 귀신이라도 본 것 같은, 경악스러워하는 얼굴로 어울리지 않게 입을 쩍 벌린 채 날 쳐다보고 있었따.

📱

뿌오오오오오오오-!

"으, 으아아아아악!"

위풍당당하게 여포와 그 휘하의 대군을 향해 나아가던 코끼리들이 역으로 남만군 쪽으로 질주해 오고 있다.

그런 코끼리들이 미쳐 날뛰는 움직임에 남만군 병사들이 괴성을 내지르며 혼란에 빠져가고 있었다.

절대로 있어서도 안 되고, 있을 수도 없는 모습이다. 남만에서 평생을 살아왔으며 코끼리들을 이용한 여러 전쟁을 치러온 덥수룩한 수염의 장한, 맹획에게 있어선 더더욱 그러한 상황이었다.

중원의 삼분지 일을 지배하고 있다는, 여포 그 자신임이 분명한 장수가 코끼리 무리를 향해 달려오던 것부터 시작해 선두에 서 있던 녀석의 코가 잘리고, 광분해 미쳐 날뛰는 와중에서 난데없이 화살이 날아와 놈들을 제어하고 있던 병사들이 한순간에 모조리 몰살당해 버리기까지.

"이, 이게 무슨 말도 안 되는……."

그 모든 것들을 눈동자가 튀어나올 정도로 경악하며 지켜보던 맹획이 간신히, 정말 간신히 쥐어짜 내듯 자그마한 목소리로 중얼거렸다.

그의 입장에서는 이해할 수 없는 일들이 연속으로, 계속해서 이어져 벌어지고 있었다.

"코끼리라곤 생전 한 번도 본 일이 없었을 중원인들이…… 코끼리 삼백 마리를 눈앞에 두고도 이렇게 침착하게 기수를 먼저 죽여 없애 혼란을 유도했다고? 이게…… 이게 정녕."

"정신 차리쇼, 형님! 현실이우, 꿈꾸는 게 아니란 말이우!"

충격에서 헤어나오질 못하던 맹획의 귓가에 친동생 맹우의 목소리가 들려왔다.

그제야 조금은 정신을 차린 맹획이 이를 악물고 있었다.

"군주라는 자가 코끼리 삼백 마리를 향해 돌진해 오다니! 이게 있을 법이나 한 이야기란 말이더냐!"

"지금 그딴 것에 신경 쓸 때가 아니잖우, 형님!"

"으아아아아! 이게 말이 안 되잖느냐, 말이!"

"와, 왕이시여! 저길 보십시오!"

도저히 믿을 수 없는 현실에 맹획이 고래고래 소리를 내지르고 있을 때, 맹우의 곁에 서 있던 장수 아회남이 손을 들어 저 앞을 가리켰다.

사방에서 코끼리들에 의해 짓밟히고, 그 몸에 치여 붕붕 날아가는 병사들의 모습이 연출되고 있다. 조금 전까지만 하더라도 질서 정연하게 형성되어 있던 병사들의 진형도 완전히 무너져 내리는 중이고.

그런 와중에서 여포군 기마대가 코끼리들을 피해 맹렬하기 그지없는 기세로 그들을 향해 질주해 오고 있다.

그 기병대의 선두에 있는 건, 조금 전 창을 한 번 휘두르는 것으로 이 모든 참사를 만들어낸 여포와 새빨간 색의 적토마였다.

"으하하하! 맹획아 어서 나오거라! 나 여포가 왔으니 자웅을 겨루어봐야 하지 않겠느냐!"

쉴 새 없이 방천화극을 휘두르고, 병사들의 사이를 헤집고 질주하며 여포가 쩌렁쩌렁하기 그지없는 목소리로 외친다. 여포가 정확히 이쪽으로, 맹(孟)과 아회(阿會)가 적힌 장군기 쪽으로 질주해 오고 있었다.

"형님. 피해야 하오!"

맹우가 다급하게 소리치는 와중에서 맹획이 이를 악물었다.

맹획의 시선이 이번엔 자신이 서 있는 둔덕의 뒤편에서 대기하고 있는, 중원의 개념으로 보자면 친위대나 마찬가지인 삼만 명의 은갱병을 향하고 있었다.

지금 삼백 마리의 코끼리에 의해 짓밟히며 비명을 내지르고 있는 건 어디까지나 이번의 전쟁을 위해 사방에서 끌어모은 징집병들일 뿐이다.

자연히 은갱병에 비하면 무장도 열악하고, 훈련 정도도 떨어질 수밖에 없다. 하지만 은갱병이 직접 나선다면?

"여포를 잡을 수 있을지도 모른다."

"지, 지금 뭐라 하셨소?"

"여포만 잡으면 다 끝이야. 굳이 조조에게 손을 벌리지 않아도 강주성을, 나아가 형주까지 집어삼킬 수 있을지도 모른다고!"

"형님! 가후가 그랬잖소! 일반 병사들로는 절대로 여포를 어쩌지 못할 것이라고!"

"은갱병은 중원의 약골들과 다르단 말이다! 녀석들을 준비시켜라! 여포를 잡을 것이다. 이 맹획이 이 자리에서 은갱병과 함께 여포를 잡을 거라고!"

말도 안 되는 명령이라는 듯, 입술을 질끈 깨물고 있는 맹우의 곁에서 또 다른 수하 장수 아회남이 움직이자 은갱병의 배치가 달라지기 시작했다.

신호만 있으면 곧장 둔덕 위쪽으로 치고 올라올 수 있도록, 둔덕 능선 바로 아래에서 몸을 웅크리고 있다. 하나같이 잘 훈련된, 정예 중의 정예라 할 수 있을 모습이다.

생각지도 못한 일격을 당해 충격에 빠져 있던 맹획의 눈매가 사납게 변해가고 있었다.

그러던 때.

"아, 진짜. 형님! 같이 좀 갑시다!"

또 다른 목소리가 들려왔다.

이번엔 맹획의 눈매가 가늘어졌다.

정확히 여포를 향해 외치는 소리다. 천하에서 여포를 상대로 형님이라고 이야기할 사람은 딱 한 명일 뿐이라는 것을 맹획은 너무도 잘 알고 있었다.

"저것들만 잡으면 돼. 이래도 모르겠느냐?"

탐욕으로 이글이글 불타오르는, 그 눈으로 여전히 자신을 만류하려 드는 맹우를 쳐다보며 맹획이 말했다.

맹우는 뭔가를 말하려다가 말고 입을 다물 뿐이었다.

"아오, 진짜."

저 양반, 진짜 전생에 돌격 못 해서 죽은 귀신이라도 씐 거 아니야? 뭐 이렇게 돌격하는 걸 좋아해?

"으하하하하! 더 와라! 이 여포의 목을 벨 자 아무도 없느냐!"

있는 어그로, 없는 어그로까지 전부 다 끌면서 미친 듯이 질주하고 있다. 그러면서도 형님이 향하는 건 딱 붕괴하고 있는 남만군의 정중앙, 그것도 맹획으로 보이는 놈이 버티고 서 있는 지휘부 쪽 방향이었다.

"장군!"

내가 그 광경을 확인함과 동시에 허저의 목소리가 들려왔다.

녀석도 이제 확인한 듯, 걱정스러워하는 것 같은…… 이 아니었구나. 아주 그냥 형님이 너무 멋있어서 죽겠다는, 지가 무슨 가수들 따라다니는 팬클럽도 아니고 무슨 장군이 저러고 있어?

"제가 주공을 돕겠습니다!"

"어? 야, 허저야! 조심해야 돼! 허저!"

그러면서 병사들 지휘하는 건 아예 신경조차 꺼버리고 막무가내로 형님을 향해 질주하기까지 하고 있다.

아오, 이 단무지들 진짜…….

"장군. 어떻게 해요?"

"어떻게 하긴 뭘 어떻게 해! 가서 형님을……."

"쳐라! 적국의 왕, 여포가 너희들의 앞에 있다! 저놈의 목을 벤다면 너희들도 왕이 될 수 있을 것이다!"

"우와아아아아아아아아아아아아-!"

치지지지지징, 칭- 치징-!

둥둥둥, 두두두둥, 둥둥둥-!

내가 채 말을 끝내기도 전에 저 둔덕 너머에서 굉장히 낯선 어조의 외침과 동시에 함성이, 어딘지 모르게 꽹과리와 비슷한 악기 울리는 소리가 들려왔다.

"둔덕 아래쪽에서 버티고 있던 애들이 튀어나온 건가?"

"맹획이 가지고 있던 비밀 병기였던 모양입니다, 스승님."

주유와 함께 차근차근, 뒤쪽에서 방진을 꾸린 채 코끼리들의 돌격에 대비하던 병사들을 이끌고 밀고 올라온 육손이가 내게 말했다.

표정이 조금씩 굳어지는 주유와 달리 육손이는 평온하기 그지없는 얼굴이었다.

"육손아. 넌 어떻게 생각하냐?"

"아니, 총군사! 지금 그딴 소리를 할 때란 말이오? 주공께서 위험에 처하셨잖소이까, 주공께서!"

내가 말하기가 무섭게 주유가 답답하다는 듯 버럭 소리친다.

육손이가 그런 주유의 모습을 힐끔 쳐다보더니 내 쪽으로 시선을 옮기며 씩 웃고 있었다.

"제자는 스승님과 같은 생각인 듯싶습니다."

"흐흐. 그렇지?"

"아니, 이 작자들이 쌍으로 미치기라도 했단 말인가! 어서 가서 주공을 도와야 한단…… 어?"

조금씩 얼굴을 붉혀가며 고래고래 소리를 지르기 시작하던 주유의 눈이 동그랗게 커졌다. 녀석이 어이가 없다는 듯 나를, 육손이를, 저 둔덕 위쪽을 번갈아 쳐다보고 있다.

방금까지만 해도 온 세상이 떠나가라 함성이며 북이며 징이며 할 것 없이 전부 울려대던 그 소리가 곧장 체감될 정도로 빠르게 작아지고 있다.

그런 와중에서.

"으하하하, 문숙! 내가 맹획을 사로잡았다!"

형님의 즐거워하는 목소리가 들려왔다.

허저가 맹획임이 분명할, 화려한 갑옷 차림에 턱수염이 덥수룩한 중년인의 목덜미를 붙잡고 있다.

그 옆에서 형님이 껄껄 웃으며 우리들을 향해 손을 흔들고 있었다.

3장
주유. 나랑 내기할래?

"모두 무기를 버려라!"

"저항하지 않는 자는 살려줄 것이다! 무기를 버리고, 무릎을 꿇어 처분을 기다려라!"

사방으로 흩어져 도망치는 남만군의 사이에서 우리 쪽 장수들이 외치고 있다. 몇몇은 도망치려는 놈들을 추격하기도 하고, 화살도 쏴 날리는 중이지만 잡히는 놈들은 거의 없다.

십만도 넘는 숫자가 사방으로 흩어져 도망치는 중이다. 우리 쪽 병사들이 전원 기병으로 이뤄져 있는 게 아니고서야 이 많은 숫자를 통제할 수 있을 리가 만무. 덕분에 우리 쪽에 항복하거나 사로잡히는 건 열 명에 한 명이나 될까 한 수준일 뿐이다.

우리에게 저항할, 뒷일을 생각한다면 분명 고무적일 일이다. 하지만 지금 맹획은.

"어, 어떻게 이런……."

병사들이야 그러거나 말거나 그저 믿을 수 없다는 얼굴로 형님을 쳐다보고 있을 뿐이다. 함께 꿇려 앉혀진 채 온몸이 오랏줄로 칭칭 감긴 부하 장수들 역시 마찬가지이고.

하지만 개중에서도 몇몇은 증오심 가득한 눈으로 나를, 형님을 노려보길 마다치 않고 있었다.

"이제 어쩔 거요?"

"응?"

"남만을 확실하게 굴복시킬 기기묘묘하고도 상상을 초월할 계책 말이외다. 그런 게 있으니 이런 시점에서 남만을 먼저 공격하자 하였던 게 아니오?"

궁금해하는 것 반, 그리고 내가 머리를 쥐어 싸매며 괴로워할 모습에 대한 기대감이 반씩 섞인 얼굴로 주유가 말했다.

"별거 없어. 형님, 제가 마음대로 해도 되죠?"

"언제는 뭐 내 허락받고 처리했다고. 네 마음대로 해라."

형님이 자기는 아무래도 상관없다는 듯, 적토마에 올라 설렁설렁 저 아래쪽의 우리 군 영채를 향해 나아갔다.

"뭘 어쩌려고 그러는 거요?"

"어쩌긴. 야, 맹획."

"……?"

"너 풀어줄 테니까 가라."

"뭐, 뭐라고?"

"이, 이보시오! 총군사!"

자신이 잘못 들은 게 아닌지 의심하며 반문하는 맹획의 옆에서 주유가 확 얼굴을 일그러뜨리며 소리친다.

"아니, 주유 넌 왜 또 난리야?"

"이자는 남만의 왕이나 마찬가지인 자외다! 주공께서 직접 그 위험을 무릅쓰고 사로잡아 놓았거늘, 어찌 이리도 쉽게 풀어주겠다 이야기를 하시오! 정신이 있는 게요, 없는 게요!"

"내가 정신이 없겠냐? 다 네가 말하던 그 기기묘묘하고 신출귀몰하며 상상초월의 초절정 울트라캡숑 스펙타클에 판타스틱한 작전을 쓰려는 거잖아."

"우, 울트라…… 뭐라고?"

다시 또 얼굴을 붉히며 소리치려던 주유의 얼굴이 멍하게 변해간다.

"뭐, 됐고. 맹획이 너랑 너네 장수들이랑 풀어줄 테니까 가. 형이 두 번은 말 안 한다. 야! 얘네들 풀어줘."

"알겠습니다, 스승님."

내가 뭘 하려는 건지 잘 이해가 되지 않는다는 듯 고개를 갸웃거리던 육손이가 맹획과 장수들에게 다가가 단검을 꺼내 그들을 묶고 있던 오랏줄을 끊어내기 시작했다.

잠시 멍하게 변했던 주유의 얼굴이 흉신악살의 그것처럼 험악하기 그지없는 모습으로 바뀌고 있었다.

"총군사! 내 이것만큼은 결코 가만히 넘어갈 수가 없소이다! 도대체 무슨 생각으로 이따위 짓거리를 한단 말이오!"

"무슨 생각이긴. 다 크신 계획이지."

"이게 무슨!"

"주유. 나랑 내기할래?"

"좋소! 합시다! 이따위 말도 안 되는 책략이 그대가 머리를 쥐어 싸매며 만들어낸 최선이라면 내 열 번이고 백 번이고 받아주리다!"

주유가 버럭 하며 소리치는 사이, 신체의 자유를 되찾은 맹획이 자신의 장수들과 함께 한쪽에 모여 어색하기 그지없는 얼굴로 날 쳐다보는 게 시야에 들어왔다. 그 모습을 확인한 주유가 크아아악! 분노에 가득 찬 괴성을 내지르고 있었다.

"일 년도 필요 없다. 반년 내에 내가 남만을 완벽하게 복속하는 걸 보여줄게. 내가 이걸 성공하면 날 아버지라 불러라."

"아, 아버지? 그대를 내가 아버지라 부르라고?"

주유의 눈매가 파르르 경련을 일으킨다.

움켜쥔 주먹이 분노로 부들부들 떨리고 있었다.

"실패하면 내가 널 아버지라고 깍듯이 모실게. 뭐, 피차 이기기만 하면 수지맞는 거잖아? 잘난 아들놈 하나 생기는 건데. 아, 이러면 주취한테는 내가 할아버지가 되는 건가?"

"좋소. 그리고 그와 별개로 내가 내기에서 이긴다면 그대는 앞으로 다시는 이러한 말도 안 되는 무모한 작전을 펼쳐서는 안 될 거외다! 아시겠소? 내 주공께 직접 아뢸 것이외다!"

"그러시던지."

"저어…… 이제 이러면 저흰 가봐도 되는 겁니까?"

주유와 나 사이에서 오가던 대화가 대충 마무리될 즈음, 맹획의 조심스럽기 그지없는 목소리가 들려왔다.

"가! 도대체 지금까지 무슨 소리를 듣고 있었던 거냐! 꺼지라고!"

"가, 가세!"

주유의 외침과 동시에 맹획이 장수들과 함께 헐레벌떡 도망치기 시작했다.

육손이가, 후성이가 내게 다가오고 있었다.

"저것들, 어떻게 할까요?"

"어떻게 하긴. 그냥 알아서 잘 가게 놔두고, 이거나 처리해 줘."

내가 품속에서 죽간을 하나 꺼내 육손이에게 내밀었다.

녀석이 그걸 받아들고선 내용을 확인하더니 씩 웃는다. 후성이 역시 마찬가지.

그리고 그들의 옆에서 함께 죽간을 확인한 주유는.

"이, 이게 이런 정보가 있다고 하여 일이 그대가 생각한 대로 진행될 것 같소?"

몸을 흠칫거리더니 마치 현실을 부정하기라도 하려는 듯 말했다.

"그거야 뭐, 지켜보면 아는 거 아니겠어?"

시간이 없는 것도 아니고.

내가 씩 웃으며 그렇게 말하니 주유의 얼굴이 약간은 불안해하는 그것으로 변해가기 시작했다.

그러게 후달릴 것 같았으면 받질 말았어야지.

🔲

익주, 은갱동. 중앙 조정의 손길이 닿지 않아 오랜 세월 사실상의 독립국이나 마찬가지의 모습으로 발전해 온 그곳에 들어서며 맹획은 주변을 돌아봤다.

자신이 처음 은갱동을 출발하던 때에 그랬던 것처럼, 이곳은 멀쩡하기 그지없는 모습이다. 공격을 당한 흔적도 없고, 여포의 대군을 맞이하기 위해 끌고 나갔던 병력도 상당수가 살아서 돌아와 은갱동을 비롯한 주변의 여러 부락으로 돌아오고 있었다.

"하……."

그 모습을 지켜보며 맹획이 한숨을 푹 내쉬었다. 그런 맹획의 옆에서 맹우가 눈매를 가늘게 하며 주변을 돌아보고 있었다.

"형님, 아무래도…… 위속은 형님을 몰락시키려는 모양입니다."

"뭐?"

"장군. 갑자기 그게 무슨 소립니까?"

맹획과 함께 곁에서 듣고 있던 아회남이 그게 무슨 소리냐는 듯 반문했다. 맹우의 눈매가 더욱 가늘게 변해가고 있었다.

"여포의 장수, 주유가 익주의 입구라고 할 수 있을 강주성을 점령한 게 바로 얼마 전입니다. 그렇죠?"

"그렇지."

"그러면 보십쇼, 형님. 여포와 위속이 강주를 점령해 놓고 익주는 안 건드리겠어요? 조금만 치고 올라가면 익주도 집어삼키고, 한중도 점령하면서 낙양이랑 장안 양쪽으로 치고 올라갈 수 있는데?"

"오오…… 중원은 그런 상태였던 겁니까?"

"아우의 말대로라면 여포가 중원을 통일할 가능성이 제일 크다는 거잖아?"

중원에 대한, 맹우의 그 해박한 지식에 감탄하는 아회남과 달리 맹획은 심각하기 그지없는 얼굴로 반문했다.

맹우가 고개를 끄덕이며 말을 이었다.

"중원을 통일하려면 익주를 점령해야 하고, 그러려면 익주를 공격할 때 후방을 노릴 우릴 처리해야 하는 게 위속의 입장일 겁니다. 그 과정에서 가장 간편한 게 형님을 몰락시키는 거라고요."

"내가 몰락하고 나면…… 사방에서 남만의 지배자가 되겠다며 날뛰겠지."

"그렇게 되면 여포와 위속은 남쪽은 신경 쓰지 않고 북벌에만 전념할 수 있겠죠. 조조와 여포, 둘 중 누가 이길지는 모르겠지만요."

"그렇단 말이지……."

맹획이 주먹을 움켜쥐었다. 그런 맹획의 시선이 은갱동 저 너머, 남쪽의 어딘가를 향해 옮겨지고 있었다.

"우리만 죽을 수는 없는 거 아닙니까, 형님. 팔납동과 오과국, 동룡동에 대래동까지 모두 사람을 보내십쇼. 남만 전역의 도움을 이끌어 연합군을 만들어야 합니다."

"위속과 여포라는 대적이 코앞에 있으니 그를 이용하는 것도 나쁘지 않겠지. 네 말대로 하마."

"그럼 제가 직접 찾아가 그들을 움직여 보겠습니다."

"오냐."

맹획이 고개를 끄덕임과 동시에 맹우가 말에 오르며 남쪽을 향해 나아가기 시작했다.

그 모습을 지켜보며 맹획은 딱딱하게 굳어진 얼굴로, 자신을 사로잡았음에도 아무런 관심도 없다는 듯 그토록 쉽게 풀어줘 버린 위속의 얼굴을 떠올렸다.

"내 아내를…… 알고 있는 건가?"

만약 자신이 사로잡혔을 때, 그대로 목을 베어버렸더라면 아내인 축융이 직접 후계자를 자처하며 모든 세력을 끌어모아 필사의 항전을 벌이고자 했을 터. 그것을 알고 있기에 자신을 풀어준 것일까? 아니면 그게 아닌, 또 다른 속셈이 있다는 것인가?

이해가 되질 않는다. 천하제일의 책사라 위명이 높은 위속이 무엇을 생각하는지 지금으로선 감히 짐작조차 되질 않는다.

맹획으로선 그저 가슴속 한쪽에서 느껴지는 찝찝한 느낌을 억지로 내리누른 채 맹우가 이야기했던, 그 추측이 맞지 않을까 생각할 뿐이었다.

📱

은갱동에서 남쪽으로 사백 리 떨어진 곳에 자리하고 있는 독룡동. 죽을 힘을 다해, 잠도 제대로 못 자 가며 독룡동으로 이동한 맹우는 곧장 자신의 신분을 내보였다.

그런 맹우를 독룡동의 지배자, 타사대왕이 기다리고 있었다.

"몰골이 말이 아니로구만?"

호랑이 가죽으로 장식되어 있는 커다란 의자. 거만하기 그지없는 자세로 그 의자의 등받이에 몸을 기댄 채, 자신을 내려보는 타사대왕의 모습에 맹우는 입술을 질끈 깨물었다.

직접적으로 전쟁을 벌인 적은 없지만 남만의 왕 자리를 두고 자그마한 충돌 정도는 지속적으로 벌여왔던 상대다. 그런 자에게 도움을 청하러 온 것인 만큼, 마음이 편할 수가 없을 상태였다.

"그래, 뭐 때문에 여기까지 날 만나러 온 건가? 어디 이야기나 들어보지."

뜨끈한 김이 모락모락 피어오르는 고기를 뼈째로 쥔 채, 한입 커다랗게 베어 물며 타사대왕이 말했다.

맹우가 깊이 숨을 들이마셨다가 내쉬며 입을 열었다.

"대왕의 도움이 필요합니다."

"나의 도움이? 그대의 형에게 말인가?"

"중원 일통을 노리는 여포와 그 종제 위속이 직접 남만을 정벌하겠다고 내려왔습니다. 우리가 무너지고 나면 다음은 타사왕일 것이고, 다음은 올골돌 대왕일 터. 그간의 해묵은 원한은 접어두고 서로 힘을 합쳐야 합니다."

툭.

맹우가 그렇게 이야기했을 때, 타사대왕이 고기 기름이 잔뜩 묻은 손으로 죽간을 하나 휙 던졌다. 맹우의 시선이 그 죽간을 향했다.

"이게 뭡니까?"

"위속이 보내온 편지다."

"위, 위속?"

눈이 동그랗게 커진 맹우가 황급하게 죽간을 집어 들어서는 그 내용을 읽기 시작했다. 그런 맹우의 낯빛이 창백하게 변해가고 있었다.

"위속이 그러더군. 맹획이 패망하고 나면 남만의 왕은 사라질 터이니 내게도 기회가 올 거라고."

"그, 그건 사실이 아닙니다!"

"그 죽간에 쓰인 건 네놈이 떠드는 것과 완전히 다르던데?"

"이것, 이것은!"

죽간을 쥐어 든 맹우의 손이 부들부들 떨리기 시작했다.

타사대왕이 던진 죽간의 내용은 간단했다. 이 내용을 작성한 것이 위속 자신임을 밝히며 자신들은 맹획의 영역인 은갱동 이남으로 내려와서는 얻을 것도 없고, 내려올 생각도 없다는 것. 거기에 더해 맹획이 몰락하고 나면 남만에 세력의 공백이 생길 테니 능력껏 그 공백을 메워 남만의 새로운 절대자가 되어보라는 은근한 권유까지.

"가서 그대의 형에게 전하게. 나 타사대왕이 곧 병사들을 이끌고 북진해 올라가 그 목을 베고, 남만 전역을 손에 넣은 유일한 지배자가 될 것이라고."

타사대왕이 그렇게 말하며 섬뜩하기 그지없는 미소를 입가에 띠었다. 맹우가 주먹을 움켜쥐고 있었다.

"이게 다 위속의 농간이라는 걸 어찌 알아차리지 못한단 말이오!"

"네놈의 농간이겠지. 돌아가라. 지금 움직인다면 목숨만은 살려줄 것이니."

"크으윽."

맹우가 이를 악문 채 자리에서 일어나 곧장 말을 몰아 움직이기 시작했다.

위속의 농간으로 타사대왕의 힘을 빌리는 것은 불가능하게 되었지만 남만의 거인은 아직도 한 사람이 더 남아 있다. 그의 도움을 끌어낼 수만 있다면 여포와 위속을 물리치는 것도 불가능하지만은 않을 터.

그렇게 생각하며 맹우가 죽을 힘을 다해 발걸음을 재촉했다.

그런 끝에 도착한 오과국에서는.

"죽고 싶지 않다면 돌아가라."

오과국왕 올돌골을 만나는 것조차 불가능했다. 그곳에서 맹우를 맞이하는 건 몇 차례, 맹우와 안면이 있던 족장일 뿐이었다.

"중요한 문제요! 지금 우리가 힘을 합치지 않는다면 결국 남만은 여포의 손아귀에 떨어질 수밖에 없는 상황이란 말이외다!"

맹우가 소리치기가 무섭게 족장의 얼굴이 딱딱하게 굳어졌다.

"그런 이야기라면 하지 않는 게 좋소. 대왕께는 이미 위속이 보내온 죽간이 도착해 있으니까."

"주, 죽간이라니? 설마?"

맹우의 얼굴이 경악으로 물들어갔다. 그러거나 말거나 족장은 차갑기 그지없는 얼굴로 어서 돌아가라는 듯 손으로 저 북쪽을 가리키며 서 있을 뿐이었다.

"이럴 수가……."

말이 나오질 않는다. 경악하며 족장을 응시하던 맹우의 얼굴에 허탈함이 깃들기 시작했다.

족장은 창끝으로 맹우를 겨누고 있었다.

"돌아가시오. 북쪽의 일은 그대들의 일. 우리까지 끌고 들어가려 한다면 살아서 돌아가기 어려울 것이니."

"빌어먹을. 그대들이라고 무사할 것 같은가!"

"무사할 것이다."

싸늘하기 그지없는 미소를 입가에 지어 보인 채 족장이 손짓하자 주변에서 있던 병사들이 맹우를 향해 화살을 겨누기 시작했다.

맹우가 할 수 있는 건 잠시 그들을 노려보다가 등을 돌려 자신의 수하들과 함께 북쪽으로 돌아가는 것일 뿐이었다.

죽을 힘을 다해 달려 다시 돌아온 은갱동.

"……뭐라고?"

그곳에서 맹우의 이야기를 전해 들은 맹획이 믿을 수 없다는 듯 반문했다.

짧은 시간 동안에 머나먼 거리를 주파해 돌아온 맹우는 지친 기색이 역력한 얼굴로 땅에 침을 퉤 뱉었다.

"모두 넘어갔소! 위속 그놈의 흉계에 모두 놀아나고 있단 말이오!"

"이, 이럴 수가…… 그러면 도움을 받을 수가 없단 말이잖느냐!"

"방법이 없소! 우리끼리 해야 하오. 우리끼리 버텨야 한단 말이오!"

"그래서 방법은? 방법이 있겠느냐?"

맹우는 아무런 말도 하지 않았다.

북도에서의 전투로 코끼리를 전부 잃다시피 한 상태다. 올돌골과 타사대왕의 도움을 기대할 수도 없는 상황이고.

방법이 없다. 적어도 맹우가 생각하기론 그랬다.

"이렇게 되었다면 방법은 하나밖에 없어요."

"오오, 방법이 있다는 것이오?"

절망스럽다. 한 치 앞도 보이지 않는 것 같은, 그 답답하고도 두려운 느낌을 억지로 꾹 눌러가며 주변을 돌아보던 맹획의 귓가에 걸걸하면서도 어딘지 모르게 상큼한 목소리가 들려왔다.

그의 아내, 축융이 남동생 대래동주와 함께 나타나 다가오고 있었다.

"이곳 은갱동에서는 적들을 맞아 싸울 수가 없어요. 그러나 대래동에서는 다르죠. 지세가 험한 산으로 둘러싸여 있고, 두 개의 입구가 성문과 같은 역할을 하고 있어요. 사실상 천혜의 요새나 다름이 없으니 거기에서 버텨요."

"오오. 좋은 생각이십니다, 부인! 대래동에서 버틸 수만 있다면 위속도 조조나 원소를 신경 써야 할 테니 오랫동안 우릴 공격하진 못하겠죠. 대래동으로 갑시다, 형님."

축융에 이어 맹우가 이야기하자 맹획이 고개를 끄덕였다.

"좋다. 병사들을 모두 준비시켜라. 바로 대래동으로 갈 것이니."

"대래동으로 갈 것이다! 모두 짐을 챙겨라!"

맹획이 말함과 동시에 그 명령이 사방으로 퍼져 나가기 시작했다.

은갱동의 백성들이 불안해하는 얼굴로 집 밖으로 나와 병사들이 각자의 짐을 챙기는 모습을 지켜봤다.

그러거나 말거나 맹획은 자신의 수염을 쓰다듬며 초조한 마음을 달래기만 할 뿐이었다.

그런 맹획에게.

"저어, 주공. 백성들이 가진 물자도 뺏어서 가지고 가는 게 낫지 않겠습니까?"

장수 중 하나인 동도나가 다가와 조심스럽게 말했다. 맹획이 홱 고개를 돌리고 있었다.

"뭐?"

"여포가 은갱동을 점령하고 나면 우리 백성들이 가진 물자도 같이 활용하려고 들 게 아니겠습니까? 그러니까 차라리 챙겨가는 게 낫지 않겠습니까?"

"하, 이 멍청한 자식."

"예, 예?"

"나는 위속이 그렇게 하길 유도하는 거다. 우리는 백성들 물건을 안 뺏었는데 위속은 뺏어봐? 나중에 또 그놈들이 쳐들어오고 나면 다들 안 좋은 기억을 떠올리면서 필사적으로 저항할 거 아냐?"

"그러면 주공께서는……."

"당연히 우리가 이길 거다. 동래동에서 버티면 위속이 할 수 있는 게 없어. 그러니까 우린 이긴 다음을 대비해야지. 알겠냐?"

"주공의 가르침에 감사드립니다!"

동도나가 감탄하며 자신에게서 멀어지는 그 모습에 맹획이 인상을 찌푸렸다.

"같이 데리고 도망치지 못하는 것만으로도 미안해 죽겠는데 물자를 뺏어? 에라이……"

주변에 들리지 않을, 자그마한 목소리로 중얼거리며 맹획이 말에 올랐다. 백성들이 걱정스럽긴 하지만 지금은 일단 자신의 앞가림을 하는 게 먼저다.

"형님! 갑시다!"

그렇게 시간이 얼마나 지났을까? 태양이 뉘엿뉘엿 저물어가기 시작했을 즈음, 맹우가 다가와 말했다.

자신의 처소에서 준비가 끝나길 기다리던 맹획이 밖으로 나가서 보니 은갱동에 남은 병사들이 모두 준비를 끝마친 채 이동을 위해 대기하고 있었다.

다각, 다각!

"서둘러라! 한시라도 빨리 대래동으로 들어가야 한다!"

병사들을 재촉하며 산길을 달리는 와중, 아회남의 목소리가 사방으로 울려 퍼진다.

그 목소리를 들으며 맹획은 이를 악물었다.

해가 저물어갈 때쯤 움직이기 시작했던 게 이제는 벌써 늦은 밤중이 다 되어 있다. 병사들이 하나둘 지쳐가는 게 보인다. 몇몇은 아예 탈진하다시피 하며 낙오하기까지 하고 있었다.

"조금만 참아라! 대래동에 도착하면 이 고생을 모두 보상해 줄 것이다!"

공수표가 될 수밖에 없겠지만 지금으로선 병사들을 격려하는 게 우선이다. 맹획이 그렇게 생각하며 소리치자 병사들 쪽에서 환호성이 들려왔다. 그러던 찰나.

"와, 왕이시여!"

"무슨 일이냐!"

다급하기 그지없는 목소리가 들려왔다. 장수 하나가 어둠 속에 집어삼켜져 있는, 아무것도 보이질 않는 저 멀리 앞을 손으로 가리키고 있었다.

"저, 적들이 나타났다고 합니다!"

"적이라니?"

"여포, 여포의 대군이 이곳에 매복해 있는 걸 발견했다 합니다!"

"뭐라고?"

맹획의 눈이 더없이 동그랗게 커졌다.

둥- 둥- 둥- 둥-

"적들이 나타났다! 전투를 준비하라!"

"전투를 준비하라! 적들은 소수일 뿐이다! 뚫고 나아가면 그만이다!"

"모조리 쓸어버리자! 조금만 더 힘을 내라!"

동시에 전투의 시작을 알리는 북소리가, 장수들의 외침이 들려오기 시작했다.

맹획이 조금 전의 장수를 붙들고선 소리쳤다.

"매복은? 매복이 있는 것은 협곡의 저쪽 방향밖에 없다더냐?"

"발견된 것은 그게 전부였습니다!"

"그거 말고도 또 있을 거다! 더 있을 거라고!"

이곳은 남만인 중에서도 특히나 지리에 빠삭한 이가 아니라면 알기 어려울 숲속의 샛길이다. 중원에서 평생을 살았을 위속이 이곳을 알고 군을 매복시켰다면 단순히 입구를 틀어막기만 할 리가 없다. 뭔가 다른 게 더 있을 거다. 있을 수밖에 없다.

"찾아라! 적들이 더 있을 거다! 그놈들을 찾아야 한다!"

다급하기 그지없는 맹획의 외침이 터져 나옴과 동시에.

뿌우우우우우-!

저 멀리 산 위에서 뿔 나팔 소리가 울려 퍼지기 시작했다.

맹획이 자신도 모르게 고개를 들어 그 소리가 들려온 쪽으로 시선을 옮겼다. 그곳에 여(呂)와 함께 위(魏)가 새겨진 깃발이 펄럭이고 있다.

지금껏 숨겨져 있기라도 했던 것처럼, 수도 없이 많은 햇불이 그 밑에서 빛을 뿜어내 산 위쪽이 일순간 대낮처럼 훤하게 변해가고 있었다.

"이, 이게 무슨……."

"맹획! 그만 항복하는 게 어떻겠냐?"

말도 안 되는 일이다.

맹획의 온몸에서 소름이 돋아오르던 때, 위속의 목소리가 울려 퍼졌다. 맹획이 자신도 모르게 굵은 침을 꿀꺽 삼켰다.

"반항한다면 재미없을 거야. 알지? 무슨 뜻인지?"

위속이 그렇게 이야기함과 동시에.

번쩍-! 쿠르릉, 쿠콰콰콰콰쾅-!

하늘에서 갑자기 번개가 번쩍이고, 천둥이 울려 퍼졌다. 그 소리가 산과 산을 타고 메아리친다. 말도 안 되는 굉음이 사방을 가득 메운다.

그런 와중에서 맹획은 확실하게 볼 수 있었다. 하늘을 잠시 올려 보던 위속이 자신 쪽으로 시선을 옮기면서 기분 좋게 씩 웃는 모습을. 그리고 그 위속의 주변에서 활을 든 채 슬금슬금 모여드는 수천 명 병사의 모습을.

도망쳐야 한다. 이건 싸워도 답이 없다.

"도, 도망쳐라! 퇴각해! 퇴각하라!"

맹획이 다급히 소리쳤다. 그 모습을 지켜보고 있는 위속의 입가에 피어오른 미소가 한층 더 진하게 변해가고 있었다.

📱

전장에서 전투를 펼침에 있어 가장 중요한 것이 병사들의 사기다. 전세가 아무리 유리하다 한들, 병사들의 사기가 땅에 떨어져 있으면 할 수 있는 건 아무것도 없다. 결국 전쟁이란 인간이 하는 것이니까.

그리고 지금, 맹획은 그러한 이치가 틀리지 않았음을 뼈저리게 느끼고 있었다.

"으으, 으으으으……."

병사들이 두려워하고 있다.

대래동을 향해 나아가던, 선두에 속한 병사들은 이미 여포군의 공격에 휩쓸려 갈기갈기 찢겨 나가고 있다.

맹획이 자리하고 있던 중군의 병사들은 정신없이 자신들이 왔던 길을 되돌아 도망쳐 가면서도 계속해서 뒤를 돌아보고 있었다.

"나 위속이 명하니 놈들을 모조리 쓸어버려라! 오스트랄로피테쿠스 호모사피엔스 사피엔스!"

그러면서 위속은 자신이 잘 보이는 곳으로 나와 하늘을 향해 양팔을 들어 올린 채 기이하기 그지없는 뭔가를 커다란 목소리로 중얼거리고 있다.

번쩍-! 쿠르릉, 쿠구구구궁!

휘이이이이잉-!

그래서일까? 하늘에서 섬광이 번뜩이고, 듣는 것만으로도 오금이 지릴 정도의 굉음이 끝도 없이 터져 나온다. 조금 전까지는 잠잠하기 그지없던 협곡으로 거센 바람까지 불어오고 있었다.

"와, 왕이시여! 위속이 사술을 부리는 것 같습니다!"

"헛소리하지 마라, 금환삼결! 위속이 그런 사술을 부릴 수 있었으면 진즉에 그런 걸 썼겠지! 지금도 그냥 바람만 많이 불어오는 것일 뿐이질 않느냐!"

"하, 하지만 보십시오! 비바람이 몰아치는 통에 우리 병사들이 제대로 움직이질 못하고 있지 않습니까! 이건 위속의 사술입니다! 그 사악한 사술에 우리가 당해 버렸다고요!"

정신없이 도망치고 있는 남만군 병사들을 손가락으로 가리키며 금환삼결이 정신없이 소리친다.

그런 것은 금환삼결뿐만이 아니었다.

"우, 우린 다 죽을 거야! 요괴가 부리는 사술에 다 죽을 거라고!"

"으흐흐흐, 귀신들이 오고 있어! 귀신들이 오고 있다고!"

맹획이 이를 악물었다. 장수들뿐만 아니라 병사들 역시 위속이 사술을 부린다고 생각하고, 공포에 사로잡혀 있다.

그런 녀석들이 무기와 갑옷을 내던진 채 여포군을 향해 달려가 투항하거나 험준한 산속으로 달려 들어가고 있었다. 저항이라는 것은 완전히 포기해 버린 모양새였다.

"크하하하, 불어오라 바람이여! 어둠보다 어둡고 밤보다 깊으며 혼돈의 바다에서 흔들리는 금빛의 어둠 속 왕이여, 내게 힘을 빌려다오! 아브라카다브라! 쇼미더머니! 파워오버웰밍!"

번쩍-! 쿠구구구구궁-!

위속이 외치는, 그 기이하기 그지없는 목소리가 터져 나옴과 동시에 기다리기라도 했다는 것처럼 천둥 번개가 휘몰아친다.

"으아아아아! 우린 여기에서 다 죽을 거야! 죽게 될 거라고!"

"항복! 항복하겠소! 목숨만은 살려주시오! 제발!"

그럴 때마다 여포군을 향해 나아가 투항하며 목숨을 구걸하는 병사들의 숫자가 늘어나고 있었다.

"하……."

몸에서 힘이 쭉 빠진다. 세상 모든 일이 다 싫어지는 느낌이다.

맹획은 한숨을 푹 내쉬며 자신과 자신을 지키기 위해 모여 있는 병사들을 향해 무섭게 질주해 오는 여포군의 모습을 응시하다 눈을 감았다.

툭.

맹획이 들고 있던 창이 땅에 떨어졌다.

"뉴질랜드 유나이티드 스테이트 오브 아메리카! 사우스 코리아 피클! 햄버거 스타크래프트 마린 파이어벳! 디바우러 가 다…… 커헉, 켁, 켁. 아오, 씨."

너무 오랫동안 소리를 질러댄 모양이다.

목이 다 아프다. 시벌.

"장군! 장군!"

목이 아파서 기침을 해대고 있는데 저 멀리서 후성이의 목소리가 들려왔다.

녀석이 무슨 큰일이라도 벌어진 것처럼 허겁지겁 내가 있는 곳으로 달려오고 있었다.

"뭐야. 왜 그래?"

"맹획, 맹획요!"

"맹획이 뭐?"

"맹획이 투항했답니다!"

"그렇단 말이지? 지금 어디에 있어?"

"제가 모시겠습니다."

곧장 말에 올라 후성이의 뒤를 따라 산을 내려갔다.

그렇게 협곡 아래쪽이 가까워지면 가까워질수록, 조금 전까지만 해도 온 산이 다 떠나가라 질러대던 함성이 무척이나 빠른 속도로 잦아드는 게 느껴졌다.

이윽고 내가 협곡 아래쪽에 도착했을 때, 내 귓가에 들리는 건 미친 듯이 불어대는 바람 소리와 투항한 남만병을 통제하고자 외쳐대는 우리 쪽 십인장 백인장 녀석들의 목소리 정도가 전부일 뿐이었다.

"저기 있었네?"

주유와 손책이 이끄는 부대가 맹획과 그 수하들을 붙잡아 밧줄로 칭칭 묶어놓고 있다.

대충 보이는 것만 해도 항복한 게 수천 명에 이를 정도다. 병사들이 무슨 굴비 묶듯, 줄줄이 끝도 없이 묶여 있었다.

"고생했다, 주유."

"자기들끼리 사기가 떨어져서 전의를 잃고 항복한 걸 잡았을 뿐이오. 그보다, 내기는 잊지 않았을 것이라 믿소."

그렇게 이야기하며 주유가 날 쳐다본다. 걱정거리라곤 눈곱만큼도 찾아볼 수 없을, 그냥 무표정한 얼굴이다.

"걱정하지 마, 아들. 아빠가 다 알아서 처리할게."

"뭐, 뭐라?"

"어차피 조금 있으면 내가 내기에서 이길 텐데 그냥 미리 아버지로 모시는 게 낫지 않겠어? 살날이 얼마나 남았다고. 그냥 사이좋은 부자지간으로 지내자니까? 난 늘그막에 효심 지극한 아들놈 하나 더 생겨서 좋고, 넌 믿고 의지하고 존경해 마지않을 아버지 하나 더 생겨서 좋잖아?"

"그 무슨 말 같지도 않은……."

주유의 눈썹이 꿈틀거린다.

움켜쥔 녀석의 주먹이 부들부들 떨리고 있었다. 귀여운 자식.

그런 녀석의 어깨를 가볍게 두드려 주고서 나는 맹획 쪽으로 걸어갔다. 남만의 장수 중, 포로로 잡은 녀석들은 전부 모아놓은 듯 맹획의 주변으로 쭈르륵 묶여 있었다.

"오랜만이네? 맹획."

"어, 어째서 이러는 것이오!"

"응?"

"그대와 같은, 신선이 어째서 우리 남만을 공격하느냐는 말이오! 신선이라면 신선답게 중원에서 중원인들끼리 알아서 할 것을, 어찌!"

약간은 횡설수설하는 느낌이다. 멘탈이 박살 난 것 같다.

날 보자마자 녀석이 속사포처럼 말을 쏟아내고 있었다.

"인계의 일에 어찌 신선이 관여하는 말이외다! 어찌!"

내가 진짜로 신선인 줄 아는 모양인데?

하긴, 타이밍이 죽여주기는 했지. 산 아래에 있는 남만군 쪽으로 내가 소리친 그 순간에 천둥 번개가 쳤으니까. 그다음부터는 내가 의도적으로 신선인 것처럼 아무 말 대잔치를 벌이면서 주문을 외우는 척했고.

흐흐, 이거 나쁘지 않구만.

"맹획. 내가 남만으로 왜 내려왔다고 생각하냐?"

"그거야 당연히 그대들의 후방을 안정시키기 위함이 아닌가!"

"후방? 뭐, 그것도 그거긴 한데 좀 달라. 내가 원하는 건 따로 있거든."

"그게 뭐요?"

"너."

손가락을 펼쳐 정확히 맹획의 얼굴을 가리키며 말했다.

내가 이렇게 이야기할 것이라곤 생각조차 못 한 듯, 맹획이 눈을 동그랗게 뜨고선 멍청히 끔뻑끔뻑거리기만 할 뿐이었다.

"나, 나라니?"

"뭐, 이해 못 하면 됐고, 어쨌든 맹획. 너 아직 항복할 생각 없지?"

"항복? 항복이라 하였소?"

약간은 맹하게 변해가던 맹획의 얼굴이 험악하게 일그러지기 시작했다. 잠시 잊고 있던 분노가 치밀어 오른다는 듯, 녀석이 날 죽일 듯이 노려보고 있었다.

"남만을 공격하고, 내 영역인 은갱동을 뺏어가 놓은 자에게 내 어찌 항복할 수 있단 말인가! 차라리 죽여라! 이 맹획, 목은 잃어도 명예를 잃을 순 없다!"

"아, 그러셔?"

처음부터 간단하게 해결될 거라고 생각하지는 않았다.

어쩔 수 없지.

"스승님, 어떻게 할까요?"

산 위쪽에서부터 나와 함께 내려온 손권이의 목소리가 들려왔다.

"어떻게 하긴 어떻게 해. 원래 계획대로 진행해야지. 알아서 처리해라."

"예, 스승님."

손권이가 날 향해 포권하고선 병사들과 함께 맹획을 끌고 가기 시작했다.

그보다 이거…… 신선인 척하는 거 나쁘지 않은 것 같은데? 본격적으로 써먹을 방법도 연구해 봐야겠다.

"흐, 흐흐……."

여포군 병사들에게 끌려가는 길.

맹획은 허탈하다는 듯 웃음을 흘리며 하늘을 올려봤다.

하늘에서는 여전히 미친 듯이 천둥 번개가 치고, 빗방울이 쏟아지는 중이었다.

"죽기 딱 좋은 날이로군."

후회가 된다. 가후의 제안을 받아들이며 익주에 욕심을 내는 대신, 그냥 남만과 은갱동에 만족하며 안락한 여생을 보내려 했다면 지금쯤 자신은 평소와 마찬가지로 사냥이나 다니며 즐거운 시간을 보내고 있었을 거다.

하지만 지금은 이렇게 되어버렸다.

"인생이 참으로 허망하구나."

줄줄이 끌려가던 와중, 드넓은 공터에 멈춰 세워지자 맹획은 그렇게 중얼거리며 눈을 감았다.

이곳에서 목이 베어지려는 모양이다. 죽는 게 두렵지는 않지만, 과욕을 부린 대가로 자신뿐만 아니라 부하들까지 죽음으로 몰고 온 것이 후회스럽기 그지없다. 자신과 함께 서서 죽음을 기다리고 있을 그들의 모습을 차마 눈 뜨고는 볼 수가 없을 것 같았다.

저벅, 저벅.

그렇게 시간이 얼마나 지났을까?

모든 것을 다 포기해 버린 채 죽음을 기다리던 맹획의 귓가에 사람들의 발소리가 가까워지는 것이 들려왔다.

'이제 끝인가.'

두근거리는 심장을 억지로 안정시키고자 노력하며 맹획은 죽음과 마주하고자 눈을 떴다.

그랬는데.

"응?"

망나니는 온데간데없고 조금 전, 위속의 명령을 받았던 관리가 그 크고 해맑은 눈망울로 자신을 쳐다보고 있다. 그런 관리의 뒤쪽으로 여포군 병사들이 말 수십 필을 몰고 있었다.

"뭐, 뭐냐? 목을 베는 게 아니라, 말로 밟아 죽일 셈인가?"

"이 야만인들!"

"아무리 적이라고는 하나, 그저 한 번 전쟁을 치렀을 뿐인데 그런 짓을 하려 든단 말인가!"

맹획이 말함과 동시에 주변의 장수들이 거세게 항의하며 소리치기 시작했다.

관리, 손권이 난감하다는 듯 어색하게 웃고 있었다.

"저어, 뭔가 오해를 하시는 모양인데 죽이려는 게 아니거든요?"

"……아니라고?"

"예, 아니고요. 저거 타고 가시면 됩니다."

손권이 그렇게 말하며 품속에서 단검을 뽑아 들더니 맹획을 비롯한 장수들의 몸을 칭칭 묶고 있던 밧줄을 일일이 끊어내기 시작했다.

맹획은 어안이 벙벙하다는 얼굴로 그 모습을 지켜보고만 있을 뿐이었다.

"이게 도대체……."

"맹 사군. 편하게 사군이라고 불러도 되죠?"

"마음대로 해라. 이 상황에서 그딴 게 무슨 의미라고."

"우리 스승님께서 늘 하시던 말씀이 있습니다. 좌절감이 사나이를 키우는 거라는."

손권의 그 목소리에 맹획의 눈매가 가늘어졌다.

그 말의 의미를 알아내기라도 하려는 듯, 맹획은 손권의 표정을 샅샅이 살피고 있었다.

"그렇게 궁금해하실 필요 없습니다. 그냥 있는 그대로 말씀 드리는 거니까."

"그게 무슨……."

맹획이 궁금해하거나 말거나, 손권은 병사에게 직접 말고삐를 건네받아 맹획에게 그것을 넘겼다. 얼른 가라는 의미나 마찬가지.

맹획이 장수들과 함께 말에 올라타기 시작했다.

"네놈의 스승에게 전해라. 다음번에 전장에서 내가 그를 사로잡는다면 빚을 갚겠노라고."

"그럴 일은 없을 것 같지만 뭐, 말씀은 전하도록 하겠습니다."

"가자! 이랴!"

손권을, 여포군을 뒤로 한 채 맹획이 장수들과 함께 달리기 시작했다.

📱

"하……."

말을 몰아 남쪽으로 내려가는 길. 맹획은 땅이 꺼져라 한숨을 푹 내쉬며 하늘을 올려봤다.

위속에게 포로로 붙잡혔다가 풀려나 정처 없이 떠돌며 남쪽으로 내려오길 한참. 자신의 근거지인 은갱동도 잃어버렸고, 아내 축융의 남동생이 지배하고 있는 대래동도 뺏겨 버렸다. 휘하에 있던 수만 병력도 이제는 어디로 갔는지 그 모습을 찾아볼 수가 없다.

그것은 축융이나 대래동주를 비롯한 몇몇 장수들 역시 마찬가지. 지금 맹획의 곁에 남은 건 거지나 마찬가지의 꼴이 되어버린 금환삼결과 맹우를 비롯한 몇몇 장수들이 전부일 뿐이었다.

"신선씩이나 되는 자가 어찌 남만을 공격한단 말인가!"

한참이나 말없이, 조용히 남쪽을 향해 나아가던 맹획이 울분에 가득 찬 외침을 토해냈다.

맹우는, 금환삼결은 그저 그런 맹획의 모습을 가만히 지켜보고만 있을 뿐이었다.

위로하고 싶어도 지금으로선 위로할 수가 없는 상황이다. 그저 맹획이 스스로 감정을 다스리는 것에 성공하길 기다리는 것 이외에 그들이 할 수 있는 건 없는 상태였다.

"형님……."

가슴이 아프다.

맹우가 그렇게 중얼거리던 찰나.

척척척척척-!

저 멀리에서 사람들의 발소리가 들려오기 시작했다.

맹우의 낯빛이 싸늘하게 변해간다. 그것은 금환삼결을 비롯한 다른 장수들 역시 마찬가지였다.

"추격인가?"

"아니, 이건 남쪽에서 들려오는 소리요."

"그렇다면…… 독룡동이나 오과국에서 주공을 노리고 오는 것일 수도 있겠군."

"어쩌면……."

위속의 손아귀에서는 무사히 살아서 빠져나왔지만 오늘 이곳에서 같은 남만인의 손에 목숨을 잃게 될지도 모른다.

맹우가 비장한 얼굴로 이를 악물며 검을 뽑아 들었다.

맹우의 시선이 저 멀리 앞쪽, 이 소리가 들려오는 남쪽으로 향해 있었다.

"어…… 어?"

그랬는데.

익숙하기 그지없는 모습이 맹우의 시야에 들어왔다.

축융 부인이다. 그녀가 대래동주와 함께 일단의 병사들을 이끌고 남쪽에서부터 북상해 올라오고 있었다.

"부, 부인!"

"드디어 만났구나."

맹우의 목소리가 들려옴과 동시에 축융 부인이 안도의 한숨을 내쉬며 말했다. 그녀가 맹우와, 장수들과 가볍게 인사를 나누며 맹획 쪽으로 다가왔다.

"부인, 이게 다 어떻게 된 거요?"

"협곡에서의 패전 이후, 전 남쪽의 독룡동으로 가고 대래동주는 오과국으로 갔어요. 각자 타사대왕과 올돌골을 만나 북쪽에서 벌어지는 일들에 대해 설명하고, 도움을 요청했죠."

"그들은 우릴 도울 마음이 없을 텐데요?"

맹우의 반문에 축융 부인이 고개를 저었다.

"상황이 바뀌었어."

"상황이…… 바뀌어요?"

"여포와 위속이 남진해 내려오고 있어. 은갱동에 이어 대래동을 접수하고도 멈추지 않고 계속해서 남하하는 게 의미하는 건 하나밖에 없지."

"……남만 전역에 대한 완전한 점령."

"그래서 타사대왕과 올돌골이 이동 중이야. 창칼이나 화살 따위에는 흠집도 나지 않는 등갑으로 무장한 대군과 타사대왕의 최정예 병력이 우릴 돕기 위해 올라오는 중이지."

"그들이 우릴 돕는다면……."

"제아무리 여포고, 위속이라 해도 격파할 수 있겠지. 이곳 남만에서는 말이야."

축융 부인이 기분 좋게 웃으며 말했다.

그런 그녀가 저 멀리, 북쪽 어딘가를 응시하고 있었다.

4장
뭐야. 무슨 일이야?

"흠…… 참 마음에 안 드는 곳이오. 안 그렇소이까?"

대래동 남쪽으로 백 리가 떨어진, 독룡동과 오과국으로 이어지는 길목. 그 일대를 지키며 남만 측의 움직임을 살피던 장수, 학맹이 인상을 찌푸렸다.

그런 학맹이 어딜 돌아보건 가득하기만 한, 남만의 활엽수림을 응시하고 있었다.

"툭하면 비가 말도 안 되는 수준으로 쏟아지고, 안개도 자욱한 데다 음산하기는 중원 어디와도 비할 바가 아니니……."

"그래도 물산만큼은 풍부한 곳입니다. 사실 남만에 오기 전까지 총군사께서 왜 이곳을 얻어야 한다고 하시는 건지 이해가 안 되었는데 이제는 확실히 알 수 있을 것 같습니다."

학맹을 보조하기 위해 군사로서 따라온 흰 눈썹의 중년인,

마량이 말했다.

"어딜 봐도 먹을 게 널려 있습니다. 산짐승도 참으로 많고, 나무엔 언제고 먹을 수 있을 열매가 잔뜩 널려 있으니 사람이 살기엔 이보다 좋은 땅이 없겠지요. 게다가 추위라는 건 이곳에선 아예 존재하지 않는 것과 다름없잖습니까."

"그거 하나는 그렇지."

학맹이 피식 웃으며 고개를 끄덕였다.

살을 에는, 그저 받아내는 것만으로도 고통스러운 추위를 느끼게 하는 북방의 삭풍은 존재하질 않는 곳이다. 어딜 가든 더우면 더웠지, 춥지는 않다. 이곳에서 살며 사람이 걱정해야 하는 건 추위나 배고픔 따위가 아니라 더위, 그리고 날벌레와 산짐승 정도가 전부일 뿐이었다.

"산월의 영역에서도 이 정도는 아니었거늘, 이곳은 정말…… 흠?"

불평을 늘어놓으며 중얼거리던 학맹의 눈매가 가늘어졌다.

"장군? 왜 그러십니까?"

"쉿. 너무 조용하지 않은가?"

"조용이라면……."

뒤늦게나마 학맹의 말을 이해한 마량의 눈빛이 변하기 시작했다.

좀 전까지만 해도 이 주변은 온갖 산짐승과 벌레들이 내는 소리로 시끌벅적하기까지 했다. 하지만 지금, 그들의 귓가에 들려오는 소리라곤 자신들이 타고 있는 말과 병사들의 발소리 정도가 전부일 뿐이다. 자연의 소리는 사라지고 없다.

이런 급격한 변화가 의미하는 바는 명확했다.

"매복일세."

"동의합니다."

"자, 장군?"

학맹과 마량, 두 사람이 의견을 맞추며 이야기할 때 뒤에서 그 이야기를 듣고 있던 부장의 눈이 동그랗게 커졌다. 마량이 말을 몰아 그런 부장의 옆으로 다가가서는 그의 팔을 붙잡았다.

"호들갑 떨지 말게. 장군께 이쯤이면 충분한 것 같으니 후방에서 매복해 있는 병사들과 합류해 물러나자 말씀드리시게. 큰 목소리로, 모두가 들을 수 있도록."

"장군! 이쯤이면 충분히 살펴본 것 같습니다! 허나 아무런 문제도 없으니 만약을 위해 후방에 매복시켜 두었던 병사들과 합류해 영채로 돌아가는 것이 어떻겠습니까?"

"좋은 생각이다. 말 머리를 돌려라! 영채로 돌아갈 것이다."

학맹이 말함과 동시에 사방에서 영채로 돌아간다는, 여러 부장의 목소리가 울려 퍼지기 시작했다.

마량은 아무렇지도 않은 척, 태연한 얼굴로 수염을 쓰다듬으며 그 모습을 지켜봤다.

선두에서 움직이던 병사들이 서 있는 그 자리에서 뒤쪽으로 몸을 돌린다. 중간쯤에서 움직이던 학맹과 그 주변의 병사들 역시 마찬가지.

'임기응변이 먹혀야 할 텐데.'

천천히, 평소와 별반 다를 바 없는 모습으로 물러나는 병사들과 장수들의 모습을 지켜보며 마량은 입술을 질끈 깨물었다.

적들이 매복해 있는 곳에 얼마나 깊숙이 들어온 것인지 알수는 없지만, 일단 이 상태로 부딪히게 된다면 엄청난 피해를 감수해야 할 터.

'돌아가고 나면 정탐 체계를 확실히 뜯어고쳐야겠어.'

마량이 그렇게 생각했을 때.

삐이이이이이이이이이-

찢어지는 것 같은 피리 소리가 울려 퍼지는 게 들려왔다.

마량이 퍼뜩 고개를 들어 주변을 돌아봤다. 저 멀리, 안개 속에서 그저 나무, 풀로 보이던 것들이 움직이고 있다.

그것들이 꿈틀거리는 틈새에서 온몸에 풀이며 나뭇가지를 덕지덕지 붙여둔 병사들이 창이며 칼이며 하는 것들을 들고 우두두 일어나고 있었다.

"매, 매복이다!"

"숲에서 적들이 나타났다!"

"남만병이다! 남만병이 나타났다!"

그 모습을 발견한 병사들이 사방에서 소리치기 시작했다.

마량의 얼굴이 일그러졌다. 그런 와중에서 학맹이 검을 뽑아 들고 있었다.

"방패병 앞으로! 당황하지 마라! 적들은 기껏 해봐야 남만병일 뿐이다! 총군사와 함께 맹획을 두들겨 패던 걸 잊었더냐!"

"흐흐, 남만의 왕도 그렇게 쉽게 잡았는데 저런 놈들쯤이야."

"장군! 이번에 공훈을 세우면 저희도 승진할 수 있는 겁니까?"

"모두 때려잡겠습니다! 승진만 시켜주십쇼!"

"오냐! 이번 전투가 끝나면 내 직접 주공과 총군사께 아뢰도록 하마!"

"우오오오!"

매복을 당했음에도 병사들의 사기가 나쁘지 않다. 여포와 위속의 지휘 아래, 싸우기만 하면 항상 승리를 거둬온 군대이기 때문일 터.

하지만 그러한 사실을 남만군이라고 모르진 않을 터. 불길하다. 그렇게 생각할 수밖에 없을 예감이 마량을 집어삼키고 있었다.

"너무 걱정하지 마시오, 선생."

그런 마량의 얼굴을 봤기 때문일까? 병사들을 지휘해 튼튼하기 그지없는 방진을 만들어낸 학맹이 다가와 자신감 넘치는 목소리로 말했다.

"아군 병력이 오천 명 수준이라지만 적들 역시 대군일 수는 없소. 대군을 움직였더라면 진즉에 아군 정탐에 발각됐을 터이니."

"그야 그렇겠지요…… 흠?"

병사들을 의식해서 태연한 모습을 가장한 채로 말하던 마량의 시야에 남만병의 모습이 들어왔다.

짙은 안개 속에서도 쉽게 알아볼 수 있을, 노란빛의 뭔가로 만들어진 갑옷을 착용하고 있는 모습이다.

그게 마치 제식 무장이라도 되는 듯, 숲에서 매복해 있던 병사들은 모두 그러한 갑옷으로 무장한 상태였다.

학맹이 그 모습을 지켜보며 클클클 웃음을 터뜨렸다.

"선생께서도 아시겠지만 매복의 정석은 적들이 알아차리기도 전에 화살을 쏴서 피해를 극대화시키는 거요. 매복에 성공해 놓고도 왜 화살을 쏘지 않는 것인지, 그게 의아했는데 대충 그 의도를 알겠군."

"압도적인 전투력으로 아군을 제압해 사기를 꺾는다……라는 것이겠지요."

"바로 맞추셨소이다. 그래도 걱정할 필요는 없소. 그 만용의 대가로 저들은 모조리 썰릴 테니까. 아니 그러한가, 형제들!"

"오오오!"

병사들이 함성을 내지른다.

사기가 나쁘지 않다. 숲에서 내려온 남만병의 숫자도 당장에 보이기론 수천을 지나지 않는 수준일 뿐이고.

'어쩌면 이길 수 있을지도.'

마량은 그렇게 생각했다.

그렇게 생각했는데.

"으아아악!"

사방에서 비명 소리가 울려 퍼지기 시작했다. 남만군의 것이 아닌, 학맹 휘하 병력이 내지르는 것이었다.

마량의 눈이 동그랗게 커졌다. 병사들을 지휘하던 학맹 역시 마찬가지.

눈으로 보고도 믿을 수 없을 광경이 눈앞에서 펼쳐지고 있었다.

퉁, 퉁퉁퉁!

자신 있게 달려들어 창칼을 내지르던 병사들의 공격이 둔탁한 소리를 내며 튕겨져 나간다.

남만군 병사들은 약간의 충격만 받을 뿐, 아무렇지도 않게 학맹의 병사들에게 파고들어 곡도를 휘두르고 있었다.

"화, 화살을 쏴라! 있는 대로 퍼부어!"

당황한 학맹이 소리침과 함께 후방에서 있던 병사들이 화살을 쏟아내기 시작했다.

퉁, 투두두두둥-!

하지만 화살조차도 역시나 둔탁한 소리를 내며 갑옷에 박히거나 튕겨 나오기만 할 뿐이다.

"이, 이게 무슨……."

말도 안 되는 광경이다.

그걸 지켜보고 있던 마량의 낯빛이 새하얗게 질리기 시작했다. 그것은 학맹 휘하의 병사들 역시 마찬가지.

그러거나 말거나 남만은 병사들은 계속해서 겁에 질린 학맹 휘하 병사들을 향해 파고들어 곡도를 휘두르고, 그 숫자를 줄이는 것에만 전념할 뿐이었다.

"이제 둘 정도 남은 것 같은데, 흠."

"독룡동과 오과국 말이죠?"

나와 함께 막사에서 지도를 지켜보던 제갈영이 오과국을, 독룡동을 손으로 가리켰다.

"웅. 거기만 때려잡고 나면 이제 남은 건 맹획 하나뿐이지."

"정확하게는 정신을 차릴 수 없을 정도로 얻어맞아서 길들여진 맹획이겠죠."

"그런 셈이지. 흐흐흐."

짐승을 하나 길들여 놓는 거다. 그것도 한 지역의 패자라고 자칭할 수 있을, 힘센 놈으로.

나쁘지 않다.

"장군. 그 물건이 도착했습니다."

오래잖아 찾아올 그 날을 떠올리며 내가 흐뭇하게 웃고 있는데 저 밖에서 후성이의 목소리가 들려왔다.

"벌써 찾았어요?"

"아이고. 말도 마십시오, 부인. 은갱동이랑 대래동이랑 싹 다 뒤져서 간신히 찾아낸 물건입니다. 운 좋게 그걸 가지고 있는 사람이 있었거든요."

"까딱 잘못했으면 샘플도 없이 전투에 나가야 할 뻔했네."

"그렇다니까요? 얼른 오십쇼, 장군. 다들 기다리고 있어요."

"오냐."

제갈영과 함께 후성이를 따라 다들 기다리고 있다는 대군영으로 갔다.

그곳엔 이미 형님부터 시작해 주유와 손책, 손권과 함께 육손, 허저까지 장수들이 모두 모여 있었다.

"아니, 총군사님. 이런 건 또 어디에서 구하신 겁니까?"

텅텅-!

노란색의 나무로 만들어진 갑옷을 주먹으로 퉁퉁 두드리며 손책이가 말했다. 녀석이 신기하다는 듯 계속해서 갑옷을 이리저리 살펴보고 있다.

"아무리 해봐도 칼로는 잘 뚫리지가 않더군. 창으로도 마찬가지고. 이딴 물건이 남만에 있다는 걸 그대는 어떻게 안 거요?"

그 옆에서 인상을 찌푸리고 있던 주유가 검을 검집에 집어넣으며 말했다.

형님이 그 모습에 고개를 갸웃거리고 있었다.

"아니, 아무리 갑옷이 단단하다고 해도 나무로 만들어져 있잖아? 검으로 찌르는데 그게 왜 안 뚫려?"

"단단하기가 일반적인 갑옷은 비교도 되지 않을 정도입니다, 주공. 창으로 찔러도 마찬가지여서 흠집만 날 뿐입니다."

"손책. 네가 해봐도 그래?"

"음? 한번 해보겠습니다."

손책이가 검을 뽑아 들더니 있는 힘껏 갑옷에 내려친다. 하지만 들려오는 것은 우지끈! 하는, 시원하게 부서지는 소리가 아니라 텅- 하고 둔탁하게 튕기는 소리일 뿐이었다.

"어, 어라? 이게 왜 안 되지?"

"이게 등갑이라는 건데 총군사님의 명으로 제가 직접 남만 전역을 돌아다니면서 구한 겁니다. 이걸 가지고 있던 자가 등갑병의 원류라고 할 수 있을 오과국에서도 꽤 높은 지위의 장수였다더군요."

"그, 그래요?"

"그래서 더 갑옷이 튼튼하다 합니다. 그것도 감안하셔야 할 겝니다."

후성이가 그렇게 말하고 나니 육손이 검을 뽑아 들고선 등갑을 두드리기 시작했다. 뒤이어 손권이 역시 마찬가지.

하지만 이번에도 결과는 같았다.

"저게 단단하긴 엄청 단단한 모양이네. 생각 이상인데?"

"나무로 만들어진 갑옷이라며. 그거 하나를 못 부숴서 다들 그렇게 끙끙대고 있어?"

내가 중얼거림과 동시에 형님이 어이가 없다는 듯 말했다.

"주공께서도 해보시면 아시겠지만, 저 갑옷은 일반적인 것들과는 다릅니다. 소장이 지금껏 수도 없이 많은 전장을 돌아다니며 본 그 어떤 갑옷도 견주지 못할 정도로요."

"손책이 네가 약한 게 아니고?"

"예? 아니, 주공. 그건 좀."

"어디, 내가 한번 해볼까. 잠깐 빌리자."

"예, 예! 주공!"

형님이 주변을 두리번거리더니 군영 한쪽에 서 있던 병사의 창을 빌려 들었다. 그런 형님이 창을 거꾸로 잡더니 성큼성큼 등갑 쪽으로 다가가 그대로 내리찍었다.

우지끈!

너무도 간단하게 창이 등갑을 꿰뚫는다.

등갑의 가슴 보호대 부분을 관통시킨 채, 형님이 뭐 이런 걸 가지고들 고생하느냐는 얼굴로 주변을 돌아보고 있었다.

"아무래도 안 되겠어. 주유도 그렇고, 손책이도 그렇고…… 다들 훈련 좀 같이해야겠다."

"후, 훈련 말씀이십니까?"

주유의 얼굴에서 핏기가 사라지기 시작했다.

손책이는 이게 무슨 얘기인지 모르겠다는 듯, 어리둥절해하며 형님과 주유를 번갈아 쳐다보고 있다.

그리고 그런 와중에서, 육손이가 슬금슬금 뒷걸음을 치며 군영의 입구 쪽으로 티 나지 않게 걸어가고 있었다.

"육손. 너도 같이해야지. 어딜 그렇게 도망가나?"

"하, 하하…… 주공. 소장은 스승님께서 맡기신 임무가 워낙 중차대하여……."

"그러니까 더더욱 열심히 수련해야지. 내일 아침부터 나랑 같이 대련이다. 빠지지 말도록."

"주, 주공! 소장은 총군사에게 받은 내상이 너무 심해서 몸을 혹사시키면 안 됩니다. 의원이 정확히 그리 이야기했으니 저는……."

주유가 다급하기 그지없는 목소리로 그렇게 이야기할 때, 저 밖에서 말발굽 소리가 들려왔다.

거지꼴이 되어버린 학맹이가 말에서 뛰어내리며 군영 안쪽으로 들어오고 있다. 귀신이라도 본 것처럼 넋이 나간 얼굴이었다.

"뭐야. 무슨 일이야?"

"괴물, 괴물들이 나타났습니다! 괴물들…… 저, 저건?"

학맹이의 눈이 동그랗게 커졌다. 녀석이 정확히 형님의 창에 꿰뚫린 등갑을 쳐다보고 있었다.

"너 설마, 저걸로 무장한 애들을 만난 거냐?"

학맹이가 고개를 끄덕인다.

"아니, 걔들이 벌써 움직였다고?"

"초, 총군사께선 그들에 대해서 아시는 겁니까? 저 갑옷을 입은 군대는 죽질 않습니다! 검으로 베어도, 창으로 찔러도 멀쩡하다고요!"

"하, 이건 좀 예상외인데."

당황스러울 정도로 예상 밖이다.

등갑병의 고향인 오과국에서 학맹이 주둔하고 있던 곳까지는 못 해도 닷새는 걸린다. 슬슬 퇴각시켜야겠다고 생각 중이던 학맹이가 벌써 등갑병에게 당해서 왔을 정도라면 이건……

내가 공작을 펼침과 동시에 이미 출진까지 준비가 다 끝나 있던 병사들을 데리고 움직이기 시작했다는 건데.

"스승님. 저 갑옷으로 무장한 군대가 아군의 적이라는 건가요?"

내가 인상을 찌푸리고 있는데 손권이의 목소리가 들려왔다.

"어. 그렇게 됐다."

"저 갑옷, 안 뚫리잖아요?"

"화살을 쏴도 멀쩡하게 걸어오는데 귀신이 따로 없었소! 저 갑옷으로 무장한 놈들은 이길 수가 없어. 무조건 질 수밖에 없단 말이오!"

"워워. 학맹아. 진정해."

"지금 내가 진정할 수 있을 리가 없잖습니까!"

녀석이 역정을 내며 버럭 소리칠 때, 제갈영이 아무것도 쓰이지 않은 죽간을 들고 군영 한쪽에서 불타오르고 있던 화롯불의 불씨를 옮겨 왔다.

학맹이, 육손이, 주유와 손책이 갑자기 뭘 하는 것이냐는 듯 그 모습을 지켜보고 있었다.

그리고 제갈영이 그 죽간을 휙, 등갑 위에 던졌을 때.

화르르르-!

일순간 불씨가 등갑 전체로 퍼져 나가며 커다란 화염이 되어 타오르기 시작했다.

"이, 이게?"

"어…… 어?"

다들 멍청한 얼굴이 되어서 그 모습을 지켜본다.

학맹이는 믿을 수가 없다는 듯, 그 불길 바로 앞까지 가서 갑옷이 타오르는 모습을 지켜보고 있었다.

"아니, 부인께선 어떻게 이런걸……."

주유가 어이가 없다는 듯 말했다.

"총군사께서 알려주시어 알고 있었죠."

제갈영이 씩 웃어 보인다.

주유가, 장수들은 뭐라 말해야 할지 모르겠다는 복잡한 얼굴로 나와 불타오르는 등갑을 번갈아 쳐다보고 있을 뿐이었다.

뿌우우우-

사방에서 울려 퍼지는 뿔 나팔 소리에 맞춰 노란빛 갑옷을 입은 병사들이 움직인다. 창 대신 커다란 방패와 날이 많이 굽어진 비교적 짧은 곡도를 든 모습이다.

그런 병사들, 등갑병 오만 명이 선두에서 움직이고 있다. 그 뒤를 맹획과 대래동주, 축융과 타사대왕의 병사들이 따르고 있었다.

그렇게 모인 병력이 총 십칠만이었다.

"이 정도면……."

"충분히 이깁니다, 형님."

확신이 서질 않는다는 듯 중얼거리던 맹획을 향해 맹우가 말했다.

맹획이 인상을 찌푸리고 있었다.

"상대가 조조라면 그렇겠지. 그런데 우리의 상대는 여포고, 그 도사 놈이잖느냐. 그놈이 또 비바람을 몰고 오면 방법이 있겠느냐? 응?"

"위속이 도사라고? 지금 그 말을 진심으로 하는 건가?"

옆에서 그 목소리를 들은 타사대왕이 황당하다는 듯 반문했다.

"내 말 하지 않았소? 그자가 비와 바람을 불러낸다고. 그 때문에 패배할 수밖에 없었다고 말이오."

"처음 그 말을 들었을 땐 그저 전투에서 패배한 지 얼마 지나지 않아 충격이 아물지 않은 탓이겠거니 했는데 진심으로 믿는 것이었나. 개탄스럽군. 저런 자가 지금껏 남만의 왕으로

군림하고 있었다니."

"지금 뭐라 하시었소?"

"자자, 그러지들 마시오. 길일이 될 날에 우리끼리 얼굴을 붉혀서야 되겠소?"

맹획이 얼굴을 붉히며 소리친 순간, 타사대왕의 옆에서 있던 오과국왕 올돌골이 말했다. 그가 씩 웃고 있었다.

"우리 오과국의 자랑, 등갑병이 적들을 모조리 쓸어버릴 날이지 않소이까. 화를 내는 건 우리끼리가 아니라 저들을 향해서가 되어야 할 거요."

그러면서 올돌골이 손을 들어 저 앞을 가리켰다. 여(呂)의 깃발을 휘날리는 대군이 슬금슬금 몰려나와 진형을 갖추고 있다.

대군의 사이사이에서 위(魏)와 제갈(諸葛), 허(許), 후(侯), 주(周), 손(孫) 등 수많은 장수의 깃발이 함께 휘날리고 있었다.

꿀꺽.

굵은 침을 삼키며 맹획은 긴장된다는 듯 그 모습을 지켜봤다.

얼핏 봐도 십만은 충분히 넘고도 남을 것 같은 규모다. 여포의 남만 원정군이 모두 한자리에 모인 것일 터.

"올돌골 왕…… 괜찮겠소이까?"

"당연히 괜찮지. 우리만 믿으시오. 인중룡이라며 자처하던 놈도 결국 이곳에서 제 놈이 별 볼 일 없는 필부에 불과했다는 걸 깨닫게 될 테니까, 크흐흐흐."

올돌골이 그렇게 말하며 말을 몰아 앞으로 나아가기 시작했다. 타사대왕 역시 마찬가지.

맹획은 불안하다는 듯 얼굴을 굳인 채, 말고삐만을 움켜잡고 있을 뿐이었다.

🔲

"드디어 오는구만."

등갑군이다. 등갑으로 무장한 오과국 병사들이 선두에 서서 앞으로 밀고 올라오는 중이다. 그 뒤로는 맹획의 남만병이 무장을 갖춘 채 움직이는 중이고.

"스승님, 정말로 괜찮으시겠습니까?"

"응?"

"허락해 주신다면 제자가 선두에 설 것입니다. 연로하신 스승님께서 위험을 무릅쓰실 이유가 없습니다. 이미 스승님께서는 아국의 기둥이시질 않습니까?"

내가 그 모습을 지켜보고 있는데 육손이의 목소리가 들려왔다. 녀석이 걱정스럽기 그지없는 얼굴로 날 쳐다보고 있다. 그 옆에서 오랜만에 갑옷을 차려입은 손권이 역시 마찬가지였다.

"스승님, 백언의 말이 맞습니다. 부인도 뭐라고 말씀 좀 해주시고요. 전투가 있을 때마다 스승님께서 이렇게 선두에 서시면 스승님께서 못 버티신다고요. 예?"

"야. 내 나이가 어때서? 나 아직도 팔팔한데 벌써 늙은이 취급이냐? 어이가 없네?"

"머리카락이 파뿌리가 됐으니까. 틀린 말은 아니죠."

"당신까지 그러기야? 개섭섭하네, 진짜."

아니, 내가 나이를 먹으면 얼마나 먹었다고? 아직도 팔팔한데. 내가 아침에 일어나면 지금도…… 아오, 진짜.

"그거까지 다 말할 수도 없고. 깝깝하네."

"스승님, 존체를 생각하셔야 합니다."

"택도 없는 소리 하지 말게, 육백언."

계속해서 날 만류하는 육손이를 향해 한마디 하려던 찰나, 익숙한 목소리가 들려왔다.

주유다. 녀석이 딱딱하게 굳어진 얼굴로 내게 다가오고 있었다.

"공근 장군?"

"자네가 전력을 다해도 총군사를 제압할 수 있을지 어떨지 모를 판이거늘, 어찌 노익장을 그리도 괄시한단 말인가."

"이것은 괄시가 아니라."

"게다가 총군사가 물러난다고 하면, 자네가 그 역할을 대신할 수 있으리라 생각하나?"

"가능합니다."

"퍽이나. 정말로 가능했다면 지금쯤 내가 자네의 입담에 밀려 얼굴이 벌겋게 달아올랐겠지. 아니면 피를 토했던지."

싸늘하기 그지없는 주유의 목소리에 육손이 입을 다문다. 손권이 역시 마찬가지.

주유가 마음에 들지 않는다는 듯, 잠시 둘을 노려보더니 내쪽으로 시선을 옮긴다. 녀석이 한숨을 푹 내쉬고 있었다.

"뭐냐, 너. 적응 안 되게 갑자기 내 편을 들어줘?"

"총군사…… 내 앞으로 잘하겠소."

"잘하다니? 뭘?"

"그…… 왜, 그 있잖소이까."

그렇게 이야기하는 녀석의 얼굴이 붉어진다. 지금까지 내가 도발했을 때, 거기에 당해서 화내며 얼굴이 붉어졌던 것과는 또 다른 느낌이었다.

"그 왜 뭐? 뭘 잘하는 건데?"

녀석의 얼굴이 간절하기 그지없는 것으로 변해간다.

그러면서 다가와 내 손을 붙잡기까지 하고 있었다.

"내기했던 것 말이오! 내가 앞으로 알아서 잘할 테니 좀 물려면 안 되겠소?"

"그걸 물리자고? 인제 와서? 아니, 우리 동건이가 동생만 있으니 형도 좀 하나 만들어주려고 하는데. 그게 그렇게 싫어?"

"총군사!"

"아, 깜짝이야. 갑자기 왜 소리는 지르고 난리야? 귀 아프게."

"내, 내 정말 다 하겠소이다. 총군사가 시키는 건 전부 다 하겠소. 그러니까, 제발. 아니 되겠소이까? 총군사!"

주유의 목소리가 파르르 떨린다. 눈가가 촉촉하게 변해가는 게 조금만 더 자극하면 당장에라도 터져 버릴 것 같다.

그랬다간…… 음. 이걸 어떻게 한다?

툭툭.

내가 고민하고 있는데 제갈영이 옆구리를 툭툭 건드린다.

눈만 봐도 제갈영이 무슨 말을 하려는 건지 대충 알 것 같다. 적당히 넘어가 주라는 거겠지.

"그대가 적들을 향해 돌격하라면 돌격할 것이고, 똥쟁이가 되라면 똥쟁이가 되겠소이다. 그러니…… 그러니까."

차마 다음 말은 못 하겠다는 듯 주유가 날 쳐다본다.

하긴. 여기에서 진짜로 주유를 한계까지 몰아붙였다가 이 녀석이 피를 빡 토하고 죽어버리기라도 한다면 나만 손해다.

주유가 해야 할 일들까지 내가 다 해야 할뿐더러 이 녀석과 친하게 지내는 장수들이 날 원수처럼 여길 테니까. 적당히 숨 쉴 구멍은 남겨줘 가면서 골려 먹어야지.

그래도 그냥 가긴 좀 그러니까.

"오케이."

"너, 넘어가 주는 것이오?"

녀석이 반색하며 반문한다.

"대신 해줘야 할 게 있어."

내가 씩 웃으며 머릿속에서 떠오른 생각을 이야기해 주자 다행이라는 듯, 안도의 한숨을 내쉬던 녀석의 얼굴이 딱딱하게 굳어져 가고 있었다.

둥- 둥- 둥-

북소리가 울린다.

맹획의 연합군이 당장에라도 우리를 향해 돌격해 올 것처럼 위압적인 모습으로 그 기세를 뿜어내고 있다.

물론 선두에 서 있는 건 등갑군, 그중에서도 선별한 듯 하나같이 덩치가 큰 녀석들이었다.

"우와…… 남만에 이런 군대가 있을 줄이야."

그 모습을 지켜보고 있던 손권이가 감탄하며 중얼거린다.

확실히 그럴 만한 군대이긴 하다. 등갑이 가진 약점만 아니라면 중원으로 밀고 올라온다고 해도 막아내기란 쉽지 않을 수준이니까.

거기에다가 등갑군의 옆으로 타사대왕이 이끄는, 야수병들이 함께 자리하고 있다. 곰이며 호랑이며 할 것 없이 남만에서 볼 수 있을 맹수란 맹수는 전부 놈들과 함께다.

두꺼운 나무로 만든 갑옷 속에 맹수들을 가둬놓고서 언제든 우리 쪽 진형 사이에 풀어놓을 준비를 끝마친 상태로 놈들이 전투를 기다리고 있었다.

그리고 그런 녀석들의 사이에서 익숙한 얼굴이 보인다.

맹획이다. 녀석이 긴장한 얼굴로 타사대왕과 올돌골임에 분명한 녀석들과 함께 말을 탄 채로 내 쪽을 응시하고 있었다.

"맹획아! 오랜만이다?"

"친한 척하지 마라! 네놈이 언제 봤다고 내 이름을 그리 부른다는 것이냐!"

맹획이 와락 얼굴을 일그러뜨리며 앞으로 나온다. 그런 녀석을 따라 올돌골이며, 타사대왕이며 하는 놈까지 같이 나오고 있다.

녀석들이 날 신기하다는 듯 쳐다보고 있었다.

나쁘지 않은데? 각이다, 이거.

"맹획아. 우리 안 친해? 진짜로?"

"개소리하지 마라, 위속! 네놈의 목은 내가 직접 벨 것이다!"

"와, 진짜 서운한데? 야. 내가 너랑 밥도 같이 먹고, 응? 사냥도 같이하고, 어? 네가 남만 통합할 계획도 세우고, 인마. 다 했잖아? 그런데 인제 와서 말 바꿔 타는 거야? 이런 식으로 배신하는 거야? 우리 맹획이 그런 남자였어?"

"나, 남만 통합이라니! 도대체 왜 그딴 개소리를 지껄이는 것이냐! 내가 네놈과 언제 무슨 말을 했다고!"

맹획의 낯빛이 새하얗게 변해간다. 그러면서도 자신의 양옆에 있는, 올돌골과 타사대왕을 향해 손을 저어가며 정말 다급하게 이야기하고 있다. 올돌골이, 타사대왕이 의심스럽다는 눈으로 맹획을 쳐다보고 있었다.

이쯤이면 저쪽 애들을 자극하는 건 충분히 한 것 같고, 슬슬 본격적으로 움직일 시간이다.

놈들도 계속 이렇게 떠들기만 할 생각은 아닌 듯, 진형을 정비하고 있다. 신호가 하나만 터져 나오면 곧장 전군 돌격을 감행할 기세다. 타사대왕이, 올돌골이 각자 자기네 부하들을 불러다 뭔가 지시를 내리고 있었다.

"흐흐."

내 생각대로 진행돼야 할 텐데 말이지.

내가 그렇게 생각하며 뒤쪽으로 고개를 돌렸다. 얼굴엔 빨간색, 노란색, 파란색 물감을 잔뜩 칠하고 머리에 새 깃털을 잔 뜩 꽂아 마치 인디언 전사와 같은 모습이 되어버린 주유가 내 시야에 들어왔다.

녀석이 붉으락푸르락해진 얼굴로 날 쳐다보고 있었다.

"네가 나갈 타이밍이야, 주유야."

"꼭…… 꼭 이렇게 해야 하겠소이까?"

"싫으면 아들 하던가."

"크으으윽!"

주유가 이를 악물고서 날 노려본다. 그러면서도 할 수 없다 는 듯 한숨을 푹 내쉬더니 병사들과 함께 말을 몰아 적들을 향해 돌진하기 시작했다.

"끼요오오오오오오오오오-!"

"꾜오호오오오오호오호호호호!"

오백 명 남짓한 병사들과 함께 기이하기 그지없는, 괴성을 질러가면서.

"정말 아니오, 정말 아니라고! 난 결백하단 말이오!"

"그건 전투가 끝난 다음에 볼 일. 끝나고 봅시다."

"만약 조금이라도 의심스러운 행동을 보인다면 각오해야 할 거요, 맹획 왕."

타사대왕이, 올돌골이 싸늘하기 그지없는 얼굴로 맹획을

향해 그렇게 말하고서 각자의 병력을 움직이기 시작했다.

지금까지는 압도적인 방어력을 자랑하는 등갑군이 전면에 서고, 그 바로 뒤에서 타사대왕의 야수군과 맹획의 남만군이 함께 보조를 하는 식으로 진형이 형성되어 있었다.

하지만 지금, 연합군은 등갑군과 야수군 남만군이 각각 동떨어진 별개의 부대처럼 세 개의 덩어리로 나뉘고 있었다.

"아니라니까! 위속이 우리가 서로 의심하도록 유도하는 것이라고! 생각을 해보시오, 내가 그대들을 배신하고 여포에게 붙어야 할 이유가 없잖소이까!"

어떻게든 의심을 없애겠다는 듯 맹획이 절박한 목소리로 소리치고 있을 때.

"끼요오오오오오오오오오-!"

"꼬오호오오오오호오호호호호!"

기이한 외침이 들려왔다.

맹획의 시선이 저 앞을 향했다.

여러 다양한 문화가 공존하는 남만에서도 듣도 보도 못한, 기이하면서도 야만적이기 짝이 없는 행색의 장수와 병사가 실성이라도 한 듯 괴성을 질러가며 돌격해 오고 있다.

그 뒤에서 휘날리는 건…… 주(周)의 깃발이었다.

"주, 주유? 주유가 저런 꼴로 돌격해 온다고?"

맹획의 눈이 동그랗게 커졌다.

그가 믿을 수 없다는 듯 계속해서 괴성을 내지르는 주유의 모습을 응시하던 찰나, 주유와 눈이 마주쳤다. 주유가 눈을 질끈 감으며 외치던 걸 멈추고 이를 악물고 있다.

순간 맹획의 시선이 저 멀리 뒤편에 있는 위속을 향했다. 주유와 위속의 악연이라는 건 이미 남만에서도 유명한 이야기인 만큼, 여포군에서도 손꼽히는 책략가인 주유가 왜 저런 모습을 하고 돌격해 오는 것인지 맹획은 단번에 이해했다. 동시에 어딘지 알 수 없을, 동병상련의 아픔까지 함께 느껴지고 있었다.

"중원 놈들이 아직 우리의 힘을 모르는 모양이다. 가서 가르쳐 주어라!"

맹획이 그러고 있을 때, 저 옆에서 올돌골의 목소리가 들려왔다.

올돌골 휘하의 등갑병들이 주유와 그 휘하의 병사들을 향해 돌진해 나아간다. 양측의 거리가 빠르게 좁혀지고 있었다.

곧 선두에서 질주하던 주유의 창끝이 다른 등갑병들의 것보다도 유난히 더 두껍고 커다란 방패를 강타했다.

하지만 들려온 소리라는 것은.

쿵, 투두두두두-!

마치 거대한 벽을 때리기라도 한 것 같은 둔탁한 격타음일 뿐이었다.

"이, 이럴 수가?"

민망해하긴 했어도 기세 좋게 달려들던 주유가 놀라며 소리친다. 그 휘하의 기병들 역시 마찬가지.

계속해서 등갑병의 방패를 내려치고 이따금 기회를 노려 방패가 아닌 갑옷의 틈새 쪽으로 창을 찔러 넣기도 했지만 들리는 소리는 여전히 둔탁한 그 소리일 뿐이었다.

"이, 이게 무슨! 퇴각하라! 물러나라!"

"으하하하, 적들이 우리 등갑병의 위용을 알게 된 모양이다! 모조리 쓸어버려라!"

"돌격하라!"

삐이이이이이이이이-!

"우와아아아아아아아-!"

당황스러워하던 주유가 병사들과 함께 말 머리를 돌려 물러나기 시작함과 동시에 사방에서 뿔피리 소리가 울려 퍼지며 올돌골의 등갑군이, 타사대왕의 야수병이 함성을 내지르며 질주하기 시작했다.

"퇴각하라!"

조금 전까지만 해도 이곳에서 결전을 벌이며 싸움의 승패를 정하려던 여포군 쪽에서도 퇴각 명령이 터져 나오며 대군이 일제히 몸을 돌려 무척이나 빠른 속도로 물러나고 있었다.

"이, 이게 무슨……."

"형님! 적들이 퇴각하고 있잖습니까! 우리도 동맹을 따라 적들을 공격해야 합니다. 우리도 같이 싸워야 한다고요!"

멍하니 그 모습을 지켜보고 있던 맹획을 향해 맹우가 소리쳤다.

맹획이 고개를 돌렸다. 축융 부인이며, 동도나와 아회남, 금환삼결, 거기에 대래동주까지 왜 그러고 있느냐며 자신을 재촉하고 있었다.

"이상해…… 이상하다고."

"이상하다뇨?"

"위속, 그 위속이다. 그런 놈이 제대로 한번 싸워보지도 않고 퇴각을 해? 이렇게 쉽게 물러날 것 같았으면 애초에 날 두 번이나 사로잡고도 그렇게 놔줬을 리가 없어. 이상하다고!"

"그러고 보니……."

"말려야 해! 나를 따라와라! 올돌골 왕과 타사대왕을 저지시켜야 한다! 적들의 함정이야! 함정이라고!"

조금씩 눈매를 가늘게 하던 맹우가 그 목소리에 퍼뜩 정신을 차리고선 맹획과 함께 타사대왕, 올돌골을 향해 질주하기 시작했다.

"돌격을 멈추시오! 적들의 계책이오!"

"타사대왕! 올돌골 왕! 적들의 함정이니 빠져서는 안 되오! 돌격을 멈춰야 하외다!"

"적들의 함정이라고! 멈추라고!"

낯빛이 사색이 되어버린 두 사람이 정신없이 소리치며 야수군과 등갑군의 뒤를 따라 달리기 시작했다.

하지만 이미 추격은 기세를 타고 격렬하게 변해가는 상태. 사방에서 미친 듯이 괴성이 울려 퍼진다.

고작 두 사람에 불과한 그들의 목소리가 그 괴성을 뚫고서 저 멀리 앞에서 질주하고 있는 올돌골과 타사대왕의 귓가에 들릴 리가 만무했다.

"오, 안 돼. 안 된다고!"

그렇게 질주하길 잠시, 주변의 지형이 조금씩 달라지는 것을 발견한 맹획이 소리쳤다.

드넓은 평원에서 만났던 양측의 대군이다.

하지만 지금 등갑군과 야수군은 깎아지르는 절벽이 양옆에 자리한, 앞뒤로 길이 가로막혀 섬멸당하기 딱 좋은 곳으로 들어가고 있었다.

"매복이다! 매복이라고!"

목이 쉬어서 제대로 나오지도 않는 목소리로 외치며 맹획이 이를 악물었다.

그러던 찰나.

둥- 둥- 둥- 둥-

저 멀리 숲속에서 북소리가 울려 퍼지며 여(呂)의 깃발을 휘날리는 병력이 나타나 질주해 오기 시작했다.

그리고 그와 동시에.

"혀, 형님! 저쪽, 저쪽에!"

맹우의 넋이 나가 버린 것 같은 목소리가 들려왔다.

맹획이 협곡 안쪽으로 시선을 옮겼다. 그런 맹획의 시야에 들어오는 것은 사방에서 쏟아지는 수도 없이 많은 불화살, 그리고 그에 맞아 활활 맹렬하게 주변의 모든 것들과 함께 불타오르는 등갑군이고 야수군이었다.

"하, 하하……."

허탈하다. 웃음밖에 나오질 않는다.

맹획이 말에서 내려 멍하니 협곡을 향해 걸어갔다.

다리에서 힘이 풀려 철푸덕 주저앉았고, 다시 또 일어나 몇 걸음을 걷다가 또 주저앉아 버렸다.

그런 맹획의 앞으로 검은색 갈퀴를 휘날리는 명마임에 분명할 말을 탄, 익숙한 얼굴의 장수가 다가왔다.

그가 씩 웃고 있었다.

"맹획아. 우리 이제 남만의 미래에 대해서 진지하게 얘기 좀 해볼까?"

"맹획이 잡혔다고 합니다, 스승님!"

약간은 착잡한 마음으로 협곡 안쪽에서 불타오르는, 그 거대한 불길을 지켜보고 있는데 후성이의 목소리가 들려왔다. 녀석이 잔뜩 신나 하며 날 향해 달려오고 있었다.

"야. 맹획이가 잡힌 게 벌써 세 번째인데 뭐 그렇게 좋아해?"

"에이, 장군. 그래도 명색이 남만의 왕 아닙니까. 그런 놈을 포로로 잡았으니 당연히 좋아해야죠. 그리고 더 좋은 소식이 있습니다."

"뭐?"

"남만군이 같이 항복을 했다는데요? 대래동 쪽 병력도 같이요. 오과국, 독룡동 쪽 병력이랑은 아예 따로 움직이는 통에 병력 손실도 거의 없었답니다. 십만 명 정도가 그냥 싹…… 아시죠?"

"하, 짜식. 얘기할 거면 그거 먼저 말했어야지."

후성이의 입가에 씩 미소가 피어오른다.

녀석과 함께 맹획이 포로로 잡혀 있다는 곳으로 갔다.

병사들과 함께 매복해서 맹획을 기다리던 형님과 허저는 온데간데없이 사라지고, 손권이와 육손이가 손책과 주유를 도와 항복한 병사들을 분류하고 있었다.

그런 와중에서 머리에 꽂았던 장식을 전부 빼버리고, 얼굴에 발랐던 물감도 모조리 지워 버린 채 평소 그대로의 모습으로 돌아온 주유가 내게 다가오고 있었다.

"오셨소이까?"

"어허. 오셨소이까라니? 다른 표현을 써야 하지 않아?"

"뭐, 뭐요?"

"농담이야, 농담. 고생했어."

일순간 얼굴이 시뻘겋게 달아오른 주유의 어깨를 가볍게 두드려 줬다. 주유가 미심쩍어 하며 날 쳐다보고 있었다.

"진짜 농담이오?"

"그럼, 농담이지. 아무렴 아버지가 아들한테 이런……."

스르릉—

"아, 진짜 농담이라니까 뭐 칼까지 뽑아? 진짜로 농담이야. 진짜로."

반쯤 뽑아 들었던 검을 다시 검집에 집어넣으며 주유가 한숨을 푹 내쉰다.

"저 막사로 가보시오. 맹획을 가둬놓은 곳이니."

"오케이, 땡큐."

주유를 뒤로하고서 그 막사로 향했다.

우리 쪽 병사들이 삼엄하게 버티며 지키는 막사 안쪽으로 들어가니 잔뜩 위축된 상태로 앉아 있던 맹획이 날 보고선 벌떡 자리에서 일어나고 있었다.

"여어, 맹획아. 또다시 이렇게 보네?"

"도, 도대체 뭘 원하는 겁니까?"

"뭘 원하긴? 처음에 너 붙잡았을 때 얘기했었잖아. 네 항복을 받아내고 싶다고."

"항복이라는 게 의미가 있기는 한 겁니까? 당신은, 그러니까 그대들은 이미 날 포로로 붙잡고 있잖습니까?"

"의미가 없으면 내가 굳이 항복이라는 거에 집착할 이유가 없지. 안 그러냐?"

"······그거야 그렇긴 한데."

뭔가 일이 이상하게 돌아간다는 듯 맹획이 인상을 찌푸린다.

"웃기는 놈이네. 처음 붙잡았을 때 바로 목을 베어버려도 되는 걸 두 번이나 풀어주고, 세 번째로 붙잡혔는데."

"그게 이상하니 이러는 게 아닙니까."

"야. 까놓고 얘기해 보자. 내가 진짜로 널 때려잡을 거였으면 처음 싸웠을 때 그렇게 너희 쪽 병사들이 쉽게 도망칠 수 있었겠어?"

"······그건 아니지요."

"그렇지?"

맹획이 고개를 끄덕인다.

애초에 남만군의 씨를 말리는 게 목적이 아니었던 만큼, 나는 의도적으로 패주하는 놈들을 추격하는 일에서는 힘을 빼두었다. 덕분에 절대다수라고 해도 과언이 아닐 정도로 많은 남만군 병사가 살아서 몸 성히 탈출할 수 있었고.

"두 번째는 전투가 좀 격렬했으니 첫 번째 전투 때보단 많이 죽고 다쳤겠지만 그것도 뭐, 내가 마음먹고 때려잡으려고 했으면 최소가 괴멸이다. 반수 이상이 죽거나 포로로 잡혔겠지."

"……그 말이 옳습니다."

"세 번째에서는 아예 대놓고 너희 쪽은 피해가 거의 없고. 억울하게 된 건 올돌골이랑 타사대왕인지 뭔지 하는 놈들이지. 이쯤 하면 감이 와야 할 텐데. 설마 아직도야?"

"감이라면…… 설마?"

날 쳐다보는 맹획의 얼굴에 믿을 수 없다는 기색이 피어오르기 시작했다.

"네가 생각하는 그게 맞을걸?"

"어, 어째서……."

"간단해. 맹획이 너, 내가 무섭지?"

끄덕끄덕.

녀석이 격하게 고개를 끄덕인다. 아주 그냥 날 보는 것만으로도 무서워하는 기색이 역력하다. 내가 씩 웃으며 어깨동무를 하니 녀석이 몸을 움찔거리고 있었다.

"그러니까 널 키워주는 거야. 날 무서워하는 놈이 남만에서 왕을 하고 있으면 우리 뒤통수를 칠 일은 없을 거 아냐? 아니면 나보다 가후를 더 무서워하려나?"

"그, 그럴 리가! 그 가후조차 총군사를 상대로는 어쩌지 못하였음을 알고 있거늘 어찌!"

"그런 놈이 조조랑 손잡아서 내 뒤통수를 후려갈기려고

하셨어요?"

"하, 하하…… 그러니까 그것은……."

"잘하자, 응?"

"예, 옙."

"진짜로 잘할 거야?"

"못 하면 죽는 거잖습니까? 자, 잘해야죠. 잘할 겁니다. 뭐부터 할까요?"

"짜식. 지금 보니 말이 잘 통하네?"

"하, 하하. 말씀만 하십시오. 온후의 충실한 부하로서 남만을 잘 간수하고 있겠습니다. 반기도 안 들 거고요, 조조 쪽과는 모든 연을 끊겠습니다."

"그리고?"

"그리고…… 공물, 공물도 바치겠습니다. 남만의 특산품이 아주 많습니다. 그리고 천축과의 교역으로 보물도 많고요. 확실하게 바치겠습니다. 헤헤, 총군사님께만 드릴 것도 따로 챙겨서."

"뗙. 이 자식이 지금 사람을 뭐로 보고? 내 걸 왜 따로 챙겨?"

"죄, 죄송합니다!"

"내 꺼 챙기는 건 필요 없고, 다른 거 또 뭘 어떻게 잘할래?"

"공물 말고…… 다른 것도 말씀이십니까?"

"응."

맹획의 눈이 동그랗게 커진다. 그 상태에서 녀석이 눈을 끔뻑끔뻑하는데 여기에서 더 뭘 어떻게 해야 할지 모르겠다는 얼굴이었다.

"하, 이 자식. 말이 좀 잘 통하나 했더니 이런 쪽에서 센스가 없네, 센스가. 척하면 척이어야 할 거 아냐."

"세, 센스요?"

"눈치가 없다고 자식아. 우리 형님이 지금 중원을 통일하겠다고 원소, 조조랑 싸우고 있잖아? 그러면 뭐가 필요하겠어?"

"구, 군대?"

"그로취. 군대랑 또 뭐?"

"군량…… 군량도 필요하고, 화살이나 갑옷을 만들 물자도 필요한데…… 어, 이런 걸 원하시는 겁니까?"

"획아."

"예."

"너 나랑 일 하나 같이하자. 보상은 확실하게 해줄게. 남만에서 왕 하고 싶지? 남만 전체를 다 지배하는 왕. 겸사겸사 상황이 되면 남만 말고, 저 아래쪽에 있는 다른 곳이나 천축까지 쳐서 점령할 수 있으면 더 좋잖아?"

일방적으로 빨대 꽂혀서 빨아 먹히기만 하는 거 아닌가 생각하며 약간은 의구심 섞인 눈으로 날 쳐다보던 녀석의 표정이 달라진다.

마치 꿈이라도 꾸는 듯, 아주 잠시 멍하니 뭔가를 상상하던 맹획이 날 쳐다본다. 그 눈동자에 강렬한 열망이 깃들고 있었다.

"정말로 남만의 왕 자리를 지켜주실 겁니까?"

"지금 바로는 안 되고. 야, 그래도 명색이 우리 형님이 짱인데 아직도 그냥 온후로 있으시잖아? 온후의 부하가 왕이면 그림이 얼마나 이상하겠어. 그러니까 일단은 왕처럼 그냥 너 하고 싶은 대로 하고, 통일이 끝나서 형님이 황제 되시고 나면 그때 왕 해. 정식으로 봉작해 줄 테니까."

"온후께서 통일을 하시고 나면……."

작게 중얼거리던 맹획이 몸을 부르르 떤다.

그럴 만도 할 거다. 하북은 이미 쪼그라들 대로 쪼그라들어서 밖으로 뛰쳐나올 수도 없을 상황이다. 원소가 늙었으니 언제 죽어도 이상하지 않고.

게다가 조조도 우리 주력의 사정권에 있는 익주를 잃고 나면 손에 쥔 것이라곤 양주와 옹주, 낙양 정도가 전부일 뿐이다. 연주, 예주, 청주, 서주에 강남, 형주까지 손에 쥐고 남만도 평정해 버린 우리 쪽과는 아예 급이 다른 수준이 되어버리는 거고.

이쯤 되면 굳이 공명이 정도가 아니라도 어느 정도, 세상 돌아가는 것에 관심을 두는 사람이라면 누구나 조조나 원소의 운명이 풍전등화에 몰려 있다는 걸 알 수 있다. 형님이 중원 전체를 통일하기 일보 직전이나 마찬가지라는 것 역시 마찬가지.

"사실상 새로운 제국을 열게 될 분의 오른팔이 얘기하는 거야. 네가 원한다면 문서로도 남겨주마. 조정이 엉망인 틈을 타서 눈치껏 왕입네 주장하는 게 아니라, 조정이 인정해 주는 진짜 왕이 되는 거다."

"하겠습니다!"

"진짜로?"

"예, 그리고 혹여 걱정은 하지 마십시오. 이미 총군사께서 어떤 분이신지를 다 아는데…… 결과가 뻔한 배신 같은 걸 해서 제 신세를 망칠 생각은 추호도 없습니다."

"아니, 하겠다는 건 좋은데 왜 말이 갑자기 그렇게 가냐? 누가 들으면 내가 무슨 가후처럼 필요 없는 놈들은 죄다 죽여 버리는 줄 알겠다?"

"그보다…… 더 무서우신 분이잖습니까."

"내가?"

"가후를 만나서 조금 고생만 했을 뿐, 지금껏 전쟁에 나가 패배한 적이 단 한 번도 없으시잖습니까. 신통력도 있으시고, 비바람도 자유자재로 불러오는 데다 불도 잘 다스리시고…… 게다가 남만에서의 이 모든 일, 총군사께서 다 계획하신 거 아닙니까?"

가만히 생각하는 것만으로도 소름이 끼친다는 듯, 맹획이 마른세수를 하더니 말을 이었다.

"저와 남만군을 통일의 대업에 장기 말로 사용하고자 몇 번이나 포로로 잡았음에도 돌려보내고, 오과국 왕과 타사대왕이 절 돕겠다고 연합군을 형성하고 나왔음에도 그들만 콕 찝어서 제거하신 분입니다. 그런 분을 제가 어떻게……."

하긴. 입장 바꿔놓고 생각해 봐도 나 같이 괴물 같은 장수를 적으로 돌리고 싶지는 않을 거다. 반기를 든다고 해도 내 수명이 다하고 난 다음에나, 그러고도 우리 쪽의 상황이 어지러워지고 나서야 가능할 터.

힘에 의한, 공포로 만들어진 복속이나 마찬가지이긴 하지만 나쁠 건 없지.

"잘 생각했다."

내가 맹획의 어깨를 두드려 주며 막사 밖으로 데리고 나왔다. 얘기가 이렇게 정리되는 것이라면 형님도 뵙고, 다른 장수들도 만나서 같이 얘기 정도는 해줘야 할 테니까.

그렇게 생각하며 맹획이를 데리고 움직이는데 뭔가 골똘히 고민하던 녀석이 입을 열었다.

"아, 그리고 말입니다."

"응?"

"저는 그분처럼 되고 싶지 않습니다."

"그분?"

갑자기 뭔 소리를 하는 건가 싶어서 맹획이를 보는데 녀석의 시선이 한쪽으로 향해 있다. 그리고 그 시선이 맞닿아 있는 것은······.

"주유?"

불쌍하다는 듯, 녀석을 쳐다보던 맹획이 고개를 끄덕이고 있었다.

📱

"아이고, 죽겠다."

술을 얼마나 퍼마신 건지 모르겠다. 세상이 빙글빙글 제멋대로 도는 것 같다.

내가 머리를 움켜잡은 채 서 있으니 제갈영이, 후성이와 육손이 손권이가 달려오는 게 시야에 들어왔다.

"……아요? ……공, ……상공?"

제갈영이 옆에서 뭐라고 말을 하는 것 같은데 도무지 알아들을 수가 없다. 그냥 몸도 비틀거리고, 속은 메스껍다.

"으……."

이제는 아예 날 들어 올린 모양이다.

불편하기 그지없는 그것이 느껴지길 잠시, 정신을 차리고 나니 쏴아아아- 하는 바람 소리가 들려왔다.

정신이 맑아진다.

내 시야에 들어오는 건 짙은 안개로 가득한 군막이었다.

"허…… 나 설마, 술 마시고 꼴라 돼서 뻗은 건가?"

평생 한 번도 이런 적이 없었는데.

와, 나이를 먹긴 먹은 것 같다.

맹획이가 남만에서 알아주는 명주라며 가지고 왔기에 한 모금 마셨던 것까진 기억이 난다. 형님이랑 같이 맛있다며 주거니 받거니 하던 것도.

그러다가 취기가 한 번에 확 올라왔고…….

"쓰읍. 그거 엄청 독한 것이었나 보네."

술도 좀 봐가면서 마셔야겠다.

나는 그렇게 생각하며 베개 옆으로 손을 찔러 넣어 핸드폰을 꺼내 들었다.

슬슬 보름달이 뜰 때가 되어간다고 생각하긴 했는데, 무릉도원을 한 번만 보고 남만 전역의 일을 끝낼 정도로 일이 쉽게 풀릴 줄이야.

"나도 성장한 건가?"

그럴 거다, 아마. 서당 개도 삼 년이면 풍월을 읊는다고 했는데 나는 뭐…… 벌써 이 짓을 이십 년 넘게 하고 있으니까. 당연한 거겠지.

"어디, 이번엔 뭘 봐야 하나?"

곧장 무릉도원 카페로 들어갔다.

자유 게시판에서부터 슬슬 훑어보는데 어째 카페가 오늘은 조용한 것 같다. 올라오는 글들의 화제성이랄 것도 딱히 뭐, 별다를 건 없고.

자유 게시판도 '삼국지 지능순 1위 위속 2위 제갈량 3위 주유 ㅇㅈ?', '삼국지를살다12 하는데 초나라 너무 너프된 듯??', '솔직히 위속이 후대에서 저평가되는 건 나관중 잘못이 제일 큼' 정도의 제목이 전부일 뿐이다.

이천 년 뒤 미래의 오늘은 그냥 평온한 하루인 모양이지.

나는 그렇게 생각하며 삼국지 토론 게시판으로 옮겨 갔다. 진짜 중요한 건 여기니까. 내가 맹획을 사로잡고, 남만을 복속시킨 다음 중원이 어떻게 되었는지에 대해 알아봐야 한다.

이다음으로 우리가 할 일이라고 하면 익주를 공격하는 거니까 키워드를 익주, 위속, 정벌, 남만이라고 넣고 검색하면……

글이 수십 개나 주르륵 올라온다.

이건 내가 남만을 정벌하기 전 시점의 글이고, 저건 남만을 무시하고 익주 먼저 정벌하러 올라가려던 때의 얘기고…… 흐음?

'위속이 익주 정벌할 때 원소만 안 죽었어도 바로 통일인데 개아깝ㅋㅋㅋㅋㅋㅋ'이란 글이 눈에 들어왔다.

아니, 원소가 죽는다고? 그것도 우리가 익주를 정벌하고 있을 때?

5장
북진이다

　지금까지 늘 그래왔던 것처럼, 잠이 깨어날 때까지 무릉도원의 글들을 확인하며 자료를 모았다.

　역사 속에서 위속이 어떤 선택을 했는지, 그에 따른 조조와 그 휘하 인물들의 선택이 어땠는지를 전부 확인하면서.

　"……음."

　잠에서 깨어나니 상쾌하다. 술을 잔뜩 먹고 잠들었음에도 숙취가 하나도 없다. 당장 런닝이라도 하며 운동이란 운동은 다 할 수 있을 것 같달까?

　"깼어요?"

　기분 좋게 몸을 일으키니 너무도 익숙한 그 목소리가 들려왔다. 씻고 온 건지 제갈영이 물기를 머금어 촉촉한 머리카락을 말리고 있다. 그러면서 뭔가, 내게 할 말이 없느냐며 쳐다보고 있었다.

살을 맞대고 이십 년을 살아온 부부다. 아직 내가 무릉도원이라는 것에 대해서 이야기한 적은 없지만, 보름달이 떠오르고 난 다음 날엔 항상 기똥찬 뭔가를 이야기하는 편이었으니까 이번에도 뭔가 있겠거니, 어렴풋이나마 짐작하며 저러고 있는 거겠지.

"모두 모여 있어요. 당신이 일어나고 나면 할 말이 있을 거라고 언급도 해놨고요."

"잘했어."

"뭔가 있는 거죠?"

"원소가 죽을 거야. 곧."

"원소…… 하북이 흔들리겠네요."

역시나 그걸 어떻게 알았냐는 둥의 이야기는 없다.

나는 그런 제갈영의 모습을 잠시 응시하다가 사람을 불러 채비를 갖췄다.

무릉도원에서 보고 나온 정보들 때문에 심장이 두근거린다. 그런 걸 애써 진정시키며 형님의 군막으로 들어섰다. 제갈영의 말대로 장수들이, 책사들이 모두 모여 있었다.

"오, 왔느냐? 일단 먹자. 먹으면서 얘기해."

반갑게 날 맞이하는 목소리가 들려왔다.

형님이 군막 한쪽을 손으로 가리킨다. 아마도 사슴일, 그것이 숯불바비큐가 되어 노릇노릇하게 구워지고 있다.

그리고 그걸 굽는 건…….

"뭐야. 맹획이 네가 왜 그걸 하고 있어?"

"하하. 제가 잘하겠다고 했잖습니까. 주공을 모시는 일이니 당연히 해야죠. 총군사께서도 한 점 드시겠습니까?"

그러면서 고기를 한 점 뚝 떼다가 접시에 담아서 내게 내민다.

"됐어. 아침부터 고기 먹으면 속 더부룩하다. 사양하겠습니다, 형님."

"그러냐? 내가 허저랑 직접 나가서 잡아 온 건데."

"에이, 형님이 그렇게 잡아 오시는 게 뭐 하루 이틀이에요? 그보다 지금은 좀 진지한 얘기를 할까 합니다. 맹획아. 너도 그거 다른 애들한테 넘기고 이쪽으로 와서 앉아봐."

내가 분위기를 환기하며 둥글게 둘러서 놓여 있는 의자에 걸터앉자 장수들이, 책사들이 하나둘 자리에 앉기 시작했다.

그런 와중에서 맹획이가 어찌해야 할지 모르겠다는 듯, 어색하기 그지없는 모습으로 내 곁으로 와 섰다.

"야. 왜 그러고 서 있어? 앉으라니까? 후성아 자리 좀 내줘."

"괘, 괜찮습니다. 전 서 있는 게 더 편해요."

"나중에 남만의 왕씩이나 될 놈이 뭐 그렇게 빼고 있어? 앉아. 진짜 괜찮으니까. 누가 너 눈치 주디?"

"아니요! 그런 거 절대 아닙니다! 아무도 안 그러셨습니다."

"그런데 왜 그러고 서 있어?"

내가 그렇게까지 말하니 맹획이가 어쩔 수 없다는 듯, 후성이의 자리로 가 앉았다.

후성이가 자신의 옆자리에 앉으니 손책이며 주유며 장수들이 한 칸씩 옆으로 옮기며 새로 자리를 잡고 있었다.

"문숙. 그래서 이번엔 무슨 일인데?"

"계획을 좀 바꿀까 합니다. 맹획이가 오과국, 독룡동을 흡수하면서 남만을 안정시키길 기다렸다가 모든 힘을 쥐어짜 익주를 점령하고 한중까지 치고 올라가는 게 원래 계획이었죠. 일반적인 상황에서라면 확실히 이렇게 움직이는 게 제일 좋을 겁니다."

"그 말씀은, 이제 일반적인 상황이 아니라는 거요?"

가만히 앉아서 내 이야기를 듣고 있던 주유가 반문했다.

"어. 곧 원소가 죽을 것 같다."

"……워, 원소가 죽을 것이라 하시었소?"

"원소가 죽는다면 확실히…… 난리가 나겠는데?"

"스승님께서 말씀하신 것처럼 일반적인 상황은 절대 아닐 겁니다. 하북이 혼란에 빠질 테지요. 원소가 뒤늦게나마 원담을 좌천시키고 원상을 후계자로 올렸다고는 해도 아직 그게 완벽하지는 않잖습니까."

"그런 상황이니 이쪽에서도 뭔가 그에 맞춰서 움직임을 보여야 할 필요가 있어요. 조조가, 가후가 북쪽으로 시선을 옮기지 못하도록 목덜미까지 칼을 겨누며 최대한 위협을 해야죠."

주유가 황당하다는 듯 반문하는 와중에서 손권이와 육손이, 그리고 거기에 이어 제갈영이 말했다. 주유가, 마량이 황당하다는 듯 그 모습을 쳐다보고 있었다.

"총군사. 그대의 말대로 이 시점에서 원소가 죽게 된다면 상황이 달라지긴 할 거요. 그런데 원소가 죽을 거라는 근거가 없잖소, 근거가? 하북에 첩자라도 심어둔 거요? 그 첩자가 원소의 용태에 대해 정보를 전하기라도 한 것이고?"

"아니? 그런 거 없는데?"

"아니, 그런 게 없으면 도대체 뭘 보고서 원소가 죽게 될 것이라 이야기하는 거요?"

"천문. 어제 내가 취해서 군막으로 들어가는데 밤하늘에서 원소를 상징하는 별이 기운을 잃었더라고. 그래서 알았지. 곧 죽을 거라고."

"처, 천문이라 하시었소?"

"응."

주유의 얼굴이 일그러진다. 녀석이 욱하고 치밀어 오르는 걸 억지로 내리누르는 듯, 눈을 감은 채 후욱 후욱 몇 차례나 심호흡하더니 다시 눈을 떠 날 쳐다보고 있었다.

"그래서, 어떤 별을 보신 게요? 도대체 어떤 별이 원소의 수명이 얼마 남지 않았다는 걸 알려줬다는 거외까?"

"아, 아제로스?"

"아제로스? 지금 아제로스라 하시었소이까? 도대체 그 아제로스라는 게 어디에 붙어 있는 별이외까? 내 지금껏 듣도 보도 못한 그 별을 두고 도대체 무슨!"

주유의 얼굴이 또 시뻘겋게 달아오른다.

이번엔 진짜 치밀어 오르는 분노를 못 참겠다는 듯, 얼굴이 계속해서 붉게 변해가고 있었다.

아오, 좀 더 있어 보이는 이름을 만들었어야 했나?

"주유 장군. 말씀이 좀 심하신 거 아니오? 산양성 전투에서 천기를 읽어 삼십만 원소군을 수몰시킨 게 우리 장군이신데?"

"맞습니다, 공근 형님. 우리 스승님께서 천기 읽는 거로 얼마나 많은 것들을 알아내셨는데요!"

"아니, 예전엔 그랬다고 칩시다. 그런데 이건 말이 안 되잖소, 말이. 원소의 나이가 많아서 언제 죽어도 이상하지 않다는 거 말곤 총군사의 말을 뒷받침해 줄 근거 자체가 없는데 뭘 믿고 이런 대계를 정한다고?"

"그러니까 스승님께서 말씀하셨잖아요. 천기를 읽었다고."

"그러니까 그거 말곤 근거가 없잖느냐, 근거가!"

"근거가 왜 없어요? 천기를 읽으셨다니까?"

"천기 말고는 근거가…… 크아악!"

손권이와 언쟁을 벌이던 주유가 답답하다는 듯 괴성을 내지르며 자리에서 벌떡 일어났다.

녀석이 좌중을 돌아본다. 하지만 지금 녀석의 주장에 동의하는 건.

"난 자네의 편일세, 공근."

"총군사께서 영험하시다고는 하나, 국가의 대계라는 것은 쉽게 이해할 수 없을 기이한 일들이 아닌 질서 정연하며 누구나 쉽게 이해할 수 있고 드러나 보여지는 것들에 비추어 결정되어야 합니다."

이 자리에서는 손책과 마량 두 사람이 전부일 뿐이다.

주유의 시선이 제갈영을, 육손과 손권을, 나아가 마량의 동생인 마속을 향해 옮겨졌다. 내 시선 역시 마찬가지.

마속은 왜 저러는지 모르겠지만 나머지는 뭐, 이미 오랫동안 날 보아온 탓에 철석같이 믿어 의심치 않는 모습들이다.

"이 광신도들 같으니라고."

"믿지 않으려거든 가만히 앉아서 논의가 진행되는 걸 지켜보시는 게 어떻겠습니까? 공근 장군."

그런 와중에서 제갈영의 나지막한 목소리가 울려 퍼졌다.

주유가 형님을 힐끔 쳐다보더니 한숨을 푹 내쉬며 자신의 자리로 가 털썩 주저앉았다.

"그래서, 원소가 죽는다 칩시다. 그러면 뭘 어쩌자는 거외까? 하북이 분열할 것은 기정사실이거늘, 아군의 중원의 끝자락인 익주에서도 남쪽으로 수백 리나 떨어진 남만에 와 있잖소? 한시라도 빨리 병력을 움직여 하북으로 나아가는 게 낫지 않겠소?"

"뭐 하러 하북으로 가? 익주를 쳐서 가후나 조조가 하북 쪽으로 시선을 못 옮기게 하는 게 우리한테는 베스트야."

"그놈의 베스트는……."

주유가 인상을 찌푸리더니 말을 잇는다.

"총군사는 그럼 하북이 안정을 되찾을 때까지 우리가 조조의 양팔과 양다리를 묶어놓자는 것이오?"

"내가 군이 그렇게 해야 할 이유가 없잖아? 뭐 하러 그쪽이 좋아할 짓을 해줘?"

"……그게 아니면 도대체 뭘 하겠다는 거요?"

모든 궁금증을 해결하겠다는 듯, 적극적으로 이야기하던 주유의 눈이 가늘어졌다.

그 눈매가 계속해서 점점 더 가늘게 변해가고 있었다.

"설마?"

"스, 스승님? 제자가 얼마 전, 공명 사형의 서신을 전해 받았습니다. 분명 그 서신에서는 원소 측의 인사 중 우리 쪽으로 줄을 대려는 자가 없어 정보를 수집하기가 무척이나 힘들다는 언급이 있었고요."

"뭐, 녀석이 그 편지를 쓰던 때까지는 그랬겠지."

내가 당연하다는 듯 이야기하자 이번엔 육손이의 눈이 동그랗게 커졌다.

"생각을 해보자고. 원소의 후계는 엄청나게 불안해. 좌천당했다는 원담은 군부의 지지를 받고, 새로 후계자가 된 원상은 관료들의 지지를 받지. 이런 상황에서 원소가 죽어. 그러면 원담이 얌전히 원상한테 고개를 숙이겠어? 까딱 잘못하면 후환을 제거한답시고 목이 잘릴 판국인데?"

"그야 당연히……."

반란이다. 그게 일어날 수밖에 없다.

중원을 통일하느니, 지금까지 하북에서 외치고 있던 한실중흥이라는 그 웃기지도 않는 명분이니 하는 건 다 제쳐놓은 채 일단은 자기가 살아남기 위해 군을 일으킬 거다.

"스승님의 말씀은…… 하북에 우릴 지지하는 세력이 존재한다는 전제하에서 진행되는 것이잖습니까?"

"그렇지?"

"그 말씀대로 일이 진행된다고 하면…… 어떻게 될까요?"

육손이와 내가 대화하는 걸 지켜보고 있던 손권이가 반문했다. 녀석이 조마조마해서는 날 쳐다보고 있었다.

"최소가 기주의 절반. 어쩌면 기주 전체가 형님 손에 들어오게 되겠지."

"기주의 절반……."

"다 의미 없는 소리다, 중모. 근거도 없는 소리를 어떻게 믿어?"

주유가 인상을 찌푸리며 손책의 옆에 앉아 있던 손권이를 향해 걸어가 말했다. 옆에서 손책이, 마량이 고개를 끄덕인다. 손권이는 계속 들어보라는 듯 주유를 만류하며 날 쳐다보고 있을 뿐이었다.

그러던 때.

"그, 급보입니다! 급보요!"

저 밖에서 다급한 목소리가 들려왔다.

부장 하나가 헐레벌떡 군막 안쪽으로 달려오더니 형님 앞에서 무릎을 꿇고서 포권하고 있었다.

"무슨 일인데 그렇게 급해?"

"공명, 공명 선생께서 서신을 보내셨습니다!"

형님이 죽간을 받아 들어선 그걸 좀 살펴보더니 주변을 두리번거리기 시작했다.

그러길 잠시, 형님이 주유를 향해 죽간을 내밀었다.

"네가 봐."

죽간이 도착한 그 순간부터 불안하다는 듯, 설마설마하며 서 있던 주유가 잽싸게 그걸 받아들고선 읽어 내려가기 시작했다.

그리고 그런 주유는.

"이, 이런 말도 안 되는……."

"왜요, 왜 그럽니까? 공근 형님."

"이, 이! 이이익!"

진짜 피라도 토할 것 같은 얼굴로 주유가 몸을 부들부들 떨고 있다.

손책이 슬금슬금 자리에서 일어나 그런 주유에게서 멀어진다. 손책이의 손에 주유가 들고 있던, 공명이의 서신이 들려 있었다.

"중모. 네가 읽어봐."

"고마워요, 형님. 에, 그러니까…… 전풍이 원소의 목숨이 경각에 달렸다며 기주의 호족들과 함께 투항할 것이라고 전했답니다! 주공께서 허락하신다면 공명 사형과 공대 선생이 직접 함께 북진해 항복을 받아낼 거라고도 했고요! 감축드립니다, 스승님!"

손권이가 환하게 웃으며 말하는데 옆에서 주유가 날 무슨 귀신이라도 되는 것처럼 쳐다보고 있었다.

"이제 알았죠? 형님."

"아니, 이게 말이 된다고? 아조로스인지 아제로스인지 하는 별 하나만 보고도 원소의 수명을 점친다는 게, 이게!"

"지금까지 스승님께서 이런 걸 해오셨으니까 말이 되는 거겠죠. 안 그래요?"

손권이가 씩 웃으며 주유의 어깨를 가볍게 두드려 준다.

주유는 화를 낼 기운조차 없다는 듯, 그저 터덜터덜 자신의 자리로 걸어가 앉을 뿐이었다.

"뭐, 어쨌든. 그런 의미에서 지금 바로 이쪽에 있는 모든 전력을 끌어모아서 북쪽으로 치고 올라가려고 하는데 괜찮을까요? 형님."

"오냐."

"괜찮을까? 맹획아."

"저, 저한테도 물어보시는 겁니까?"

맹획이가 몹시 당황한 얼굴로 날 쳐다보며 말했다.

"쫄지 말고. 내가 뭐 널 잡아먹기를 하냐, 때리기를 하냐?"

"하, 하하······ 동원할 수 있는 모든 전력을 끌어모아 보겠습니다."

쭈구리라고 할 수밖에 없을, 그 얼굴로 맹획이가 말했다.

"그럼 결정됐군."

북진이다.

"······그러니까, 위속이 남만을 정벌 중이라는 것이냐?"

새하얀 머리카락을 곱게 올리고 검은 관복을 입은 채 태사의에 앉아 있던 장년인, 조조가 반문했다.

그런 조조의 앞에서 사마의가 잔뜩 긴장한 모습으로 고개를 조아리고 서 있었다.

"그렇습니다, 주공. 현재까지 확인된 바로 위속은 첫 전투에서 코끼리 부대를 이끌고 나온 맹획의 대군을 간단하게 격파하고, 맹획을 포로로 잡았으나 곧 풀어줬다 합니다."

"우리 문숙 아우가 또 뭔가 일을 꾸미는 모양이로군."

앉은 자세를 고쳐가며 조조가 중얼거렸다.

그런 조조의 손이 허벅지 위에 올려져 있던, 자신의 검을 향했다. 조조가 검을 만지작거리며 자신의 옆에 서 있던 가후와 순욱 쪽으로 시선을 옮기고 있었다.

"맹획의 목을 베었다면 모르되, 포로로 잡아놓고도 살려서 보냈다면 필시 남만 전체의 복속을 노리는 것일 터. 그대들은 어찌 생각하는가?"

"소생의 생각 역시 주공과 같습니다."

"마찬가지입니다. 익주가 아닌 남만을 공격하러 갔다는 것은 곧 우리가 맹획과 나눈 이야기에 대해서 어떤 방식으로든 알아차렸다는 이야기일 테지요. 거기에 한 번 포로로 잡은 맹획을 살려서 보내준다는 건 그 마음을 얻어 남만 전체를 완전히 복속시키기 위함일 겁니다."

"그래…… 그렇겠지."

조조가 중얼거리며 자리에서 일어나 검을 쥔 채 주변을 걸어 다니기 시작했다. 그 눈동자의 초점이 흐릿해진다.

조조는 한참이나 그런 모습으로 뭔가를 골똘히 고민하며 움직이더니 마침내 생각났다는 듯, 탕! 소리가 날 정도로 강하게 검집을 땅에 내려치며 입을 열었다.

"익주의 방어는 어떻게 되어가고 있나? 문숙 아우의 용병술은 가히 신의 경지라고 해도 과언이 아닐세. 사람의 마음을 얻는 방법도 알고. 남만을 복속시키는 건 오래 걸리지 않을 거야. 복속이 마무리됨과 동시에 북쪽으로 치고 올라오게 될 걸세."

"안심하십시오, 주공. 익주는 천하를 통틀어 비슷한 곳을 찾아보기 어려울 정도로 지형이 험한 곳입니다. 능히 백 명으로 만 명을 막을 수 있는 곳인 데다 크고 작은 요새 팔십 개를 새로이 지었으며, 성들의 벽을 보수하였으니 위속이라 하여도 쉬이 엿보진 못할 것입니다."

"문약. 자네의 말대로 되면 얼마나 좋겠는가. 한데 문숙일세. 저수, 전풍처럼 고리타분하지도 않고, 주유 놈처럼 어설프지도 않아. 공명인지 뭔지 하는 제자 놈보다 훨씬 더 정밀하고, 잘 짜였으며 과감하기 그지없는 용병술을 펼치는 문숙이란 말일세."

"그래도 주공."

"하나 묻지. 지금 당장 문숙이 삼십만 대군을 이끌고 북상해 올라온다면 어떻게 될 것 같은가?"

조조의 반문에 순욱이 자신의 미간을 매만지더니 답했다.

"아무런 지원도 없이, 익주가 단독으로 전투를 펼친다고 가정하였을 때 못 해도 일 년은 걸릴 것입니다."

"온갖 공성 병기를 잔뜩 동원해서 밀고 올라온다면?"

"그렇다 하여도 열 달은 넘게 걸릴 것입니다."

"당장에 보이고, 예상할 수 있을 것들만으로도 열 달이라 하였어. 문화. 그대는 어찌 생각하나?"

"위속의 용병은 언제나 우리의 예상을 뛰어넘는 방식으로 전개돼 왔습니다. 길어도 반년, 짧으면 석 달 내에 익주 전역을 평정할 방책을 가지고 있을 가망이 큽니다."

"반년, 반년이라……."

가후의 답변에 조조가 또다시 중얼거리기 시작했다.

"문숙이라면 자네의 예측도 뛰어넘은 뭔가를 준비했을 거야. 내 보기엔 확실히 그러해. 지난번, 자네가 대군을 이끌고 연주를 향해 나갔을 때도 그랬잖나."

"확실히 그러하였습니다. 위속을 상대로 하는 일이라면……항상 상식 밖의 일이 벌어질 것이라 예상하고 움직여야겠지요."

가후가 자신의 수염을 쓰다듬으며 말했다.

조조가 고개를 끄덕이며 계속해서 말을 이어나가려던 찰나.

"주공! 급보입니다!"

저 밖에서 양수가 다급하게 달려오며 소리쳤다.

"무슨 일인데 그리 호들갑을 떠는 것이냐?"

"하북에서 곧 변고가 생길 것 같습니다. 원소가 곧 세상을 뜰 것 같다 합니다!"

"원소가? 쯧…… 하긴, 지금까지 안 죽고 버틴 것만으로도 용한 수준이겠군."

"그뿐만이 아닙니다, 주공! 신비의 아들인 상당 태수 신창이 성을 들어 바치며 귀순해 오겠다 하였습니다!"

"상당 태수가? 그렇단 말이지?"

조조가 씩 웃으며 반문했다.

그런 조조의 옆에서 가후가 수염을 쓰다듬으며 섬뜩하기 그지없는 눈빛으로 동쪽을 응시하고 있었다.

"와, 이거 느낌이 좀 묘한데?"

북쪽, 익주를 향해 나아가는 길. 어디를 봐도 동남아 느낌 물씬 나는 풍경밖에 없었는데 이제는 슬슬 중원의 맛이 난다. 나무도 잎이 넓은 활엽수가 아닌, 잎이 좁은 침엽수가 나타나고 사람들의 옷차림이나 건물 모습도 중원의 그것처럼 변해가는 중이었다.

"저기, 장군."

"응?"

"괜찮을까요? 주공만 허저 장군이랑 같이 연주로 가시는 거 말입니다."

그렇게 바뀌어가는 풍경을 구경하며 나아가던 내게 후성이가 다가와 말했다. 녀석이 자긴 아무리 봐도 걱정스럽다는 얼굴로 고개를 갸웃거리며 날 쳐다보고 있었다.

"연주에 가면 공명이랑 공대 선생이 있잖아. 걱정할 게 뭐가 있다고."

"그렇겠죠?"

"당연히 그렇지, 인마. 그러니까 너무 신경 쓰지 마. 어차피 그쪽은 그쪽에서 알아서 다 잘할 거다."

진궁 혼자서만 있으면 또 모르겠지만 공명까지 있는데 뭐 걱정할 게 있다고.

내가 그렇게 말하며 평온하기 그지없는 얼굴로 있으니 후성이도 이제는 불안감이 가라앉는 모양이다. 녀석이 헤헤 웃으며 평소의 모습으로 돌아오고 있다.

그리고 그런 녀석의 옆에서, 주유가 미심쩍다는 듯 날 쳐다
보고 있었다.

"총군사. 이 쾌속 전진은…… 뭔가 좀 이상한 것 같지 않소이까?"

"뭐가?"

"적들의 저항이 전혀 보이질 않잖소. 게다가 놈들이 공들여
세웠을 요새도 벌써 몇 개나 텅 빈 채로 함락되었소. 뭔가 꿍
꿍이가 있는 것일 터."

"이건 공근 형님의 말씀이 옳습니다, 스승님. 적들은 지금
아군을 익주 깊숙한 곳으로 끌어들이고 있습니다."

"당연히 끌어들이겠지. 어차피 걔들 입장에서는 뭐 할 수 있
는 게 없을 거 아냐. 그러니까 끌어들여서 보급이라도 끊어보
겠다는, 뭐 그런 얄팍한 수 아니겠어?"

"그걸 예측함에도 이런 짓을 한단 말이오?"

주유가 기가 찬다는 듯 날 쳐다본다.

"주유야. 이걸 예측하면 해결책도 당연히 만들어뒀을 거로
생각하는 게 맞는 거 아닐까?"

"그대가 내놓은 해결책이라 함은 결국 성도를 이른 시일 내
에 점령한다는 것이 전부일 게 아니오?"

"당연히 그거지. 잘 아는구만?"

"……그런 당연한, 삼척동자조차 이야기할 수 있을 방안 말
고 뭔가 제대로 된 것은 없소이까?"

"우리 주유, 슬슬 또 딴지 거는 거 시작하네? 우리의 관계를
좀 제대로 정리해 볼까?"

내가 환하게 웃으며 말하니 주유가 얼굴을 싹 굳히고선 내 시선을 피한다.

그런 주유를 대신해 옆에 있던 손책이 다가와 말했다.

"그래도 총군사님, 이게 그렇잖아요."

"뭐가?"

"총군사님의 전략대로라면 우리는 성도까지 가는 길목에 있는 다른 성, 요새 등을 무시하고 그냥 지나가는 거잖아요. 그렇죠?"

"그렇지."

"그러면 성도에 도착하고 나서 추가 보급을 받는 건 아예 불가능한 거 아닙니까? 후방에 남겨둔 성과 요새에서 적들이 튀어나와 보급로를 차단할 게 뻔하잖아요."

"그것도 그렇지."

"그렇다는 건 결국 진중에 남은, 딱 한 달 분의 군량만 가지고 적들과 싸워야 한다는 건데 한 달 내에 성도를 점령하는 것에 실패한다면 그대로 망하는 거잖습니까. 너무 위험하잖아요?"

"주유한테 얘기는 제대로 전해 들은 모양이네."

"당연히 들었죠. 우리 얘기잖습니까."

손책이가 답답하다는 듯 말했다.

내가 그런 손책이를 향해 이야기하고자 했을 때, 저 옆에서 다가온 손권이 녀석의 어깨에 손을 얹었다. 녀석이 나이에 어울리지 않을, 초롱초롱한 눈으로 손책이를 응시하고 있었다.

"책 형님."

"응?"

"한 달도 필요 없어요. 일주일이면 끝나요."

"이, 일주일? 성도는 장안에 버금가는 요새 도시다. 성벽은 몇 차례나 증축한 산양보다도 높고, 두꺼우며 주둔하고 있는 병력만 십만에 가까운데 그런 곳을 어떻게 일주일 만에 점령한다는 거야?"

"비밀 병기가 있거든요. 스승님께서 만드신."

"비, 비밀 병기?"

눈이 동그랗게 커져선 손책이가 날 쳐다본다.

나는 그저 가볍게 씩 웃어 보이며 어깨를 으쓱해 보였다.

얘기해 준다고 뭐 지가 알아듣기나 하겠어? 봐야 알지.

📱

"그 어떤 성도, 요새도 건드리지 않고 곧장 성도를 향해 진격해 올라왔다니?"

어느 늦은 밤중, 성도성 태수부.

사방에서 올라온 보고를 한데 모아 확인하던 법정이 인상을 찌푸리며 말했다. 그런 법정의 앞에서 장임이 한숨을 토해 내고 있었다.

"그 위속이질 않소이까. 또 뭔가 준비한 것이겠지."

"뭔가를 준비한다고 해도…… 이건 그냥 자살행위잖소이까. 단기간 내에 성을 점령하겠다는 의도인 것 같기는 한데, 어디 그게 말이나 될 소리요? 다른 곳도 아니고 성도이거늘?"

"나도 압니다. 성도성이 얼마나 견고한지를 말이외다. 굳게 문을 걸어 잠근다고 하면 일 년, 이 년도 버틸 수 있는 곳이 이곳이잖소이까. 한데 위속이라고 이걸 모르겠소?"

"……알겠지. 모를 리가 없지."

이마를 부여잡으며 법정이 중얼거렸다.

조조 휘하에서 지략이 가장 뛰어나다는 가후조차 수차례 위속에게 물을 먹었을 정도다. 그런 위속이 성도성에 대해 아무것도 모르고 일을 진행할 리가 만무하다.

그럴 가능성은 어느 날, 자고 일어나서 보니 여포와 위속이 쌍으로 급사했다는 소식이 전해지는 것보다 더 적다.

"그렇다는 건 결국 위속이 준비한 게 뭔지를 알아차려야 하는데……."

"내응 아니겠소?"

"내응?"

법정의 반문에 장임이 고개를 끄덕였다.

"위속의 대군이 이곳에 도착한 지도 벌써 나흘이 지났소이다. 하지만 지금껏 위속이 한 게 뭐가 있었소? 공격 같지도 않은 공격만 몇 차례 하며 간만 본 게 전부잖소이까?"

"그거야 그렇기는 하지. 지금으로선 장군의 말대로 내응이 가장 설득력이 있는 이야기긴 합니다. 이 사람도 그걸 생각해 보지 않은 건 아니지만……."

피곤한 기색이 역력한 얼굴로 중얼거리던 법정이 말꼬리를 흐리며 자리에서 일어났다. 저 멀리, 옆에서 갑옷을 차려입은 장년의 장수가 성큼성큼 그들을 향해 다가오고 있었다.

"조인 장군."

"오셨습니까, 장군."

"아직도 이렇게 고민만 하고들 있는 거요?"

두 사람이 앉아 있던 자리에 가득한 죽간을 보고선 조인이 혀를 내둘렀다. 법정이 고개를 끄덕이고 있었다.

"지금으로선 위속이 무엇을 노리고 있는지, 그걸 알아내는 게 가장 급선무인 것 같아서 말입니다."

"법정 군사. 그대의 마음은 나도 알겠지만, 그거 어차피 성공 못 해."

"예?"

"천하의 위문숙일세. 그 위문숙 머릿속에 뭐가 들어 있는지 알아낼 수 있는 위인은 내 결단코 이야기할 수 있네. 천하를 다 뒤져도 한 사람도 없어. 단 한 사람도."

"……아니, 장군. 아무리 그렇다고 해도."

"나만큼 위속을 가까이에서 지켜본 자가 이곳에 있나?"

"없습니다."

조인의 말에 반박하려던 장임이 입을 다물었다.

"나만큼 위속에게 쓴맛을 본 자는?"

"없지요……."

이번엔 법정이 입을 다물었다.

"그럼 내 말을 들어. 위속이 노리는 게 뭐가 되었건 간에, 결국 그건 수단일 뿐이니까. 그 결과물은 뭐다? 성문을 열고, 성도를 점령하는 게 되겠지. 그러니 자네들은 성이 점령되지 않도록 하는 것에만 집중하면 돼. 있지도 않을 첩자를 잡겠다고 성을 들쑤시고 다닐 게 아니라 방어를 튼튼히 하라고. 무슨 말인지 알아들었나?"

"알겠습니다."

"한 달만 버티면 장안에서 지원이 내려올 거다. 주공께서 직접 오시건, 아니면 다른 누구를 시켜서건 병력이 내려올 테니까…… 흐음."

자신 있게 떠들던 조인의 얼굴이 갑자기 딱딱하게 굳어졌다.

"왜 그러십니까?"

"아니, 아니야. 어쨌든 잘들 버티고서 지키라고."

아무렇지도 않은 양, 그렇게 말하며 조인은 소리 나지 않게 한숨을 내쉬었다.

지원이 내려오면 결국 위속과 비슷한 규모의 병력이 만들어지게 될 거고, 그 결과는 회전이다. 성도의, 익주의 운명을 걸고 위속과 너른 평야에서 전투를 벌이는 것.

어쩌면 그것이 진짜로 위속이 원하는 게 아닐까?

생각이 거기까지 미치자 조인이 또다시 한숨을 내쉬었다.

"갈 데까지 가버렸군, 나도. 이렇게까지 후달리게 되다니."

조인이 인상을 찌푸리며 그렇게 말했을 때.

"저, 적이다! 적들이 나타났다!"

"북을 울려라!"

둥- 둥- 둥- 둥-

"야습이라고?"

쉴 새 없이 울려 퍼지는 북소리에 조인이 곧장 말을 타고 그 소리가 들려온 동쪽 성문을 향해 달려갔다.

조인이 이동하는 동안에도 성문 쪽에서는 계속해서 비명과 함께 적들이 나타났음을 알리는 북소리가 쉴 새 없이 울려 퍼지고 있었다.

"무슨 일이더냐! 적들이 공격이라도 해왔다는 것이냐!"

동문에 도착한 조인이 동문을 지키고 있던 장수를 향해 소리쳤다. 장수가 귀신이라도 본 것 같은 얼굴로 손을 들어 하늘을 가리키고 있었다.

"저, 저쪽을 보십시오, 장군!"

"저쪽이라니? 뭐…… 저게?"

사람이다. 흰옷을 입은 사람이 활을 들고서 하늘을 날고 있다.

그것도 한둘이 아니다. 못해도 백 명, 어쩌면 이백 명에 가까울 사람이 하늘 높이 올라가고 내려가길 반복하며 성벽 위쪽을 향해 화살을 쏴대고 있다.

그 모습을 확인한 조인의 눈이 휘둥그렇게 커지고 있었다.

"저게 무슨……."

쏴아아아아-

미친 듯이 불어오는 바람에 조인은 자신도 모르게 몸을 부르르 떨었다.

성벽에 꽂혀 있던 깃발들이 맹렬하기 그지없이 펄럭이고 있다. 병사들의 입장에선 정면에서 불어오는 바람을 품에 안고 싸우는 것이나 마찬가지.

"쏴라! 귀신 같은 게 아니다! 저것도 사람이라고! 쏘란 말이다!"

목이 터지라고 외치는 군관의 목소리에 맞춰 하늘을 날고 있는 사람들을 향해 화살을 쏴도 그게 닿을 리가 만무했다.

"하, 하하……."

말이 나오질 않는다. 그냥 어이가 없어서 웃음만 나온다.

"형님…… 도대체 무슨 짓을 벌이는 것이란 말이오?"

어딘가에 있을 위속을 떠올리며 조인이 자신도 모르게 중얼거리던 즈음.

번쩍-! 쿠르릉, 쿠콰콰콰쾅!

하늘에서 섬광이 번쩍임과 동시에 조인은 볼 수 있었다.

연이다. 검은색으로 칠해져 어두울 땐 쉬이 볼 수 없도록 고안된, 정말 거대하기 짝이 없는 연 수백 개가 성벽 근처에서 날고 있다.

갑옷도 없이 그 연에 매달린 병사들이 이쪽을 향해 화살을 쏘고 있었다.

"봐, 봤는가?"

그 모습을 목격한 조인이 바로 옆에 있던 군관을 향해 소리쳤다. 군관이 멍하니 고개를 끄덕이고 있을 때.

끼이이이이이익-!

성문이 열리는 그 커다란 소리가 저 멀리에서 들려오기 시작했다. 조인이 자신도 모르게 홱 고개를 돌렸다.

그런 조인의 귓가에 들려오는 것은.

"모조리 쓸어버려라! 돌격!"

"돌격하라!"

뿌우우우우우우우우-

성 안쪽으로 돌격할 것을 명령하는 여포군 장수들의 외침과 뿔 나팔 소리였다.

"……흐, 흐흐흐흐."

그 소리를 들으며 조인은 그저 실성한 사람처럼 선 자리에서 기묘하기 그지없는 웃음을 흘리기만 할 뿐이었다.

"와, 이게 진짜 되네?"

"허……."

성도성 북동쪽. 성 내부로의 진입을 위해 구성한, 시가전의 스페셜 리스트로 구성된 별동대와 함께 성문이 열리는 것을 기다리던 손책이 신기하다는 듯 말했다.

그 옆에서 주유가 기가 찬다는 듯 헛웃음을 내뱉고 있었다.

"참으로 신기하네…… 천으로 사람을 띄우다니."

"배도 바람의 힘으로 움직이잖나, 백부. 돛을 만들어 배를 움직이는, 그 기술로 사람을 하늘에 띄우는 것일 뿐이라고. 물론 이런 발상을 한다는 게 놀랍기는 하지만……."

정말 마음에 들지 않는다는 얼굴로 주유가 날 쳐다보며 마지못해 인정한다는 듯 읊조린다. 그러거나 말거나 손책은 계속해서 신기하다는 듯, 주변을 두리번거릴 뿐이었다.

"다들 지금은 전투에만 집중해. 좀 있으면 성문이 열릴 거고, 저쪽 애들도 죽기 살기로 싸울 테니까."

"총군사의 말이 맞다. 성도가 점령당하고 나면 사실상 익주 전역에 대한 통제력을 잃는 것이나 마찬가지일 터. 저들은 죽을 각오로 성을 지키고자 싸울 거다. 아군의 피해가 클 거야."

"공근. 그런 상황에 대비해서 우리 총군사님이 따로 또 복안을 준비해 뒀겠지. 그렇게 당해놓고도 몰라?"

"뭐, 뭐라고?"

"잘 봐. 이제 총군사가 손 한번 싹 휘두르면 뭔가 사건이 벌어져서 싸움 한번 없이 성을 점령하게 될 테니까. 안 그렇습니까? 총군사."

그렇게 될 것이라 믿어 의심치 않는다는 얼굴로 손책이가 날 쳐다본다. 주유가 어이가 없다는 듯, 그런 손책의 모습을 응시하다가 고개를 절레절레 흔들고 있었다.

"내가 무슨 아무 때나 건드린다고 계책을 툭툭 뱉어내는 자판기도 아니고……."

두통이 밀려온다. 내가 이마를 붙잡고서 있는데 주유가 심각하기 그지없는 얼굴로 말했다.

"방도가 있겠소? 아무리 시가전 훈련을 받은 병사들이라고 해도 막상 전투 상황에 진입하게 되면 희생이 막대할 것인데."

"방법이…… 뭐 있겠어? 그냥 최대한 빠르게 밀어붙이는 수밖에. 전투가 시작되면 적들이 사방에서 밀려들 거고, 민가고 뭐고 가림없이 궁수를 밀어 넣어서 화살을 쏴댈 건데. 그냥 운이 좋기를 바라야지."

아군의 희생이 크지 않기를, 적들의 저항이 거세지 않기를. 그래서 별다른 피해 없이 적들의 사기가 떨어져 항복하기를 바라고 또 바랄 수밖에.

내가 그렇게 생각하며 한숨을 푹 내쉬는데 저 멀리서 끼이이익- 하는, 성문 열리는 소리가 들려왔다.

별동대가 성공한 모양.

"가자."

"……무운을 빌겠소, 총군사."

"안 어울리게 무슨 무운이야, 무운은."

죽을 때가 되면 사람이 갑자기 달라진다는데. 주유 애도 그런 거 아니야?

끼이이이이이익-!

무릉도원에 들어가면 현재 시점에서 주유의 수명이 얼마나 남았는지 확인해 봐야겠다.

그걸 머릿속에 새기는데 성문 열리는 소리가 들려왔다. 굳건하게 닫혀 있던 성문이 안쪽에서부터 천천히, 그러나 멈춤 없이 확실하게 활짝 열리고 있었다.

"돌진! 성내로 돌격하라!"

그와 동시에 손책이가 병사들과 함께 성문을 향해 질주하기 시작했다. 특별히 몸놀림이 날쌔고, 무술 비슷한 것을 익힌 병사들로만 구성된 만 명의 별동대다.

창도 아니고, 오직 좁은 공간에서도 걸리적거림 없이 싸울 수 있도록 검으로만 무장한 병사들이다. 그들이 활짝 열린 성문 저편으로 막힘없이 달려 들어가고 있었다.

"주유야. 우리도 가자."

"벌써 들어간단 말이오? 아직은 위험하니 좀 기다리시오."

"아니, 쟤들은 그럼 뭐 안 위험해서 들어갔어? 명색이 내가 총군사인데 병사들만 보내놓고 뒤에서 구경만 하고 있으면 모양새가 우습지 않겠냐? 됐으니까 가자고."

"허, 참…… 날이 갈수록 주공과 같아지는군. 가자!"

주유가 그렇게 중얼거리며 병사들을 이끌고 내 뒤를 따르기 시작했다.

우리가 이렇게 성내로 진입해서 어느 정도, 길을 닦아두면 뒤쪽에서 대기하고 있던 나머지 병사들이 우르르 진입해 들어올 거다. 한쪽 성문을 거점으로 나머지 성문 전체를 점령하고, 나아가 익주성의 태수부를 점령해 수뇌를 사로잡으면 우리의 승리가 될 터.

그러니까 일단은 적들의 기세를 꺾어야 하는데…….

"어라? 뭐지?"

성 안쪽으로 들어왔는데 전투가 진행되는 와중이라면 늘상 들리던, 온 세상이 떠나가라 병사들이 외치는 함성이 들리질 않는다.

그냥 아무런 일도 없다는 듯, 앞장서서 손책과 함께 들어온 병사들이 사방으로 달려 나가며 성문 주변을 무난하게 접수하고 있다. 몇몇은 이미 성벽 위로 올라가 아직 조조군이 장악하고 있는 다른 성벽들의 상태를 확인하고 있기까지 했다.

"설마 이거……."

"그럴 리가 없잖아. 그 짧은 시간 동안에 어떻게 매복을 준비해?"

"하긴, 그렇겠지."

"이건 아무리 봐도 그냥 모랄빵 나서 도망간 느낌인데……."

"모랄빵?"

"충격으로 사기가 떨어져서 도망치는 거."

"거, 듣도 보도 못한 말들을 잘도 만들어내는군. 그것도 재주라면 재주일 거요."

툴툴거리면서도 주유는 날카롭기 그지없는 눈으로 계속해서 주변을 돌아보았다.

나 역시 마찬가지. 일단은 이곳의 상황을 확실하게 파악해야 성도성 전체를 어떻게 점령할지 계획을 세울 수 있을 테니 일단은…….

"형님!"

성문을 여는 것에 집중해야겠다.

그렇게 생각하고 있는데 익숙한 목소리가 들려왔다. 저 멀리, 성벽 위에서 말을 타고 장수 하나가 이쪽으로 달려오고 있었다.

그리고 그 장수는…….

"조인?"

"하하하, 형님! 접니다! 인이요!"

조인이다. 녀석이 성벽 위에서 혼자 해맑게 웃으며 내 쪽으로 손을 흔들고 있었다.

"너…… 너, 뭐 하는 거야?"

"아니, 형님께서 오셨는데 아우된 자로서 당연히 마중을 나와야죠. 안 그렇습니까?"

"너 어디에다가 병사들 숨겨놓고 나 방심시키려는 거 아니야? 막 갑자기 활 날아오고, 어?"

"에이, 형님. 무슨 그런 무서운 말씀을. 절대 아닙니다!"

조인이 말에서 내리며 양손을 들어 올린다. 자기는 날 해할 마음이 전혀 없다는 것처럼.

근데 녀석이 저렇게 얘기한다고 이걸 믿을 수 있는 상황이 아니잖아…….

"그렇게 경계하실 필요 없습니다, 형님! 저 항복하러 왔거든요? 성 전체가 다 항복입니다!"

"항복…… 지금 내가 항복이라고 들은 게 맞소?"

녀석이 소리침과 동시에 주유가 황당하다는 듯 말했다.

조인이가 성을 들어서 나한테 항복한다고? 아니, 이게 도대체 무슨 상황이야? 아무리 성문이 열렸기로서니, 조인쯤 되는 애가 이렇게 쉽게 항복한다는 게 말이 돼?

그런데 그게 진짜이긴 한 모양이다. 어느덧 나만큼이나 흰머리가 많아진 조인이 계속해서 양손을 들어 올린 채, 성벽에서 내려오고 있다. 그리고 녀석과 함께 성벽을 따라 이쪽으로 달려오던 천 명 남짓한 병력 역시 마찬가지.

병사들을 지휘해 창칼을 한쪽에 얌전히 버려두고서 내 쪽으로 다가오는 조인이가 머쓱하게 웃고 있었다.

"야. 너 이렇게 쉽게 항복해도 되는 거야? 조조 형이 가만히 있겠어?"

"아니, 병력도 우리가 더 적고 성문도 이미 열렸는데 할 수 있는 게 뭐가 있다고 버티겠어요? 그리고 다른 사람도 아니고 우리 문숙 형님이 직접 오신 건데."

"그래서 더 버텨야 하는 건 아니고?"

"버틴다고 이길 수 있으면 버티는데 그게 아니라는 건 형님도 알고 나도 알고, 그런 거잖습니까."

"뭐, 그렇긴 한데. 진짜 의외네."

조인이 이렇게 항복을 하게 될 줄이야.

"그냥 요양차 내려와서 있던 건데 이런 난리가 나다니. 아니, 어떻게 그런 걸 다 준비했답니까? 물이며 바람이며 불까지 다루더니 이제는 사람을 하늘에 띄워요?"

"그게 다 방법이 있지."

"그 방법이라는 게 혹시, 그거 아닙니까? 하북에선 형님이 파계선이라고 하는 것 같던데."

"뭔 헛소리야. 도술이 아니라 과학이라는 거다."

"과, 과학?"

"$E=mc^2$ 인마. 밑변 곱하기 높이 나누기 2라고."

조인의 눈이 동그랗게 커진다.

녀석은 도무지 무슨 소리를 하는 건지 모르겠다는 듯, 그냥 눈을 껌뻑이며 날 쳐다보고 있을 뿐이다.

"그게 무슨……."

"아, 그런 게 있으니까 더 묻지마. 나도 설명하려면 머리 아프다. 어쨌든 항복하는 거 받아줬으니까 된 거지? 어디 가서 조용히 들어가 있어라. 여기 일 처리 다 끝나고 나면 그때 다시 부를 테니까."

"가, 감옥 같은 것에 들어가 있으란 말이오?"

"꼭 감옥은 아니지만, 뭐 그 비슷한 거."

"에이, 형님. 우리가 한두 해 알고 지냈던 것도 아닌데 이러기요?"

녀석이 은근한 목소리로 말하며 녀석이 팔꿈치로 날 툭툭 건드린다.

"내가 정보를 하나 넘겨드리리다."

"정보?"

"이곳 성도를 얻는다는 건, 곧 익주 전체를 얻는 것이나 마찬가지. 이제 형님은 익주를 안정시킬 방안을 연구해야 하는 거잖소?"

"뭐…… 일단은 그렇지?"

"그러니까 말이오."

조인이가 씩 웃으며 계속해서 날 건드린다.

"이런 게 바로 누이 좋고 매부 좋고, 그런 거 아니겠소?"

"애가 갑자기 무슨 소리를 하는 거야?"

"에헤이, 알 만큼 다 아는 사람이 이러기요? 오는 게 있으면 가는 것도 있어야지."

"아, 그런 거였어?"

"흐흐. 이제 좀 대화가 통하는 거요?"

자길 풀어주는 조건으로 정보를 넘기겠다는 거다. 익주를 안정시키기 위해 필수적으로 있어야만 하는 정보를.

"장난치는 거만 아니면 돼. 아니, 솔직히 장난이라고 해도 상관없다. 알지? 나. 어떤 성격인지?"

내가 입가 가득히 환한 미소를 지어 보이며 말했다.

"아, 거, 참. 사람 무섭게 왜 그러시오? 내가 어디 형님 상대로 사기를 치기라도 할까 봐? 후환이 두려워서라도 그런 짓은 안 하오. 절대로. 내 하늘에다가 대고 맹세라도 할까?"

"됐어, 인마. 후성아. 네가 애 쓸 필기구 좀 준비해 줘라."

"예, 장군. 이쪽으로 오시오, 조인 장군."

후성이가 조인이를 이끌고 성 밖으로 나가기 시작했다.

어차피 이곳, 성안에서 필기구를 구하려면 백성들의 집을 뒤질 수밖에 없다. 그랬다간 우리가 약탈하려 들었다는 느낌을 줄 수도 있으니까 차라리 이게 나을 터.

"아니, 조인을 풀어준다고요? 진심입니까?"

내가 그렇게 생각하며 후성이와 조인의 뒷모습을 쳐다보고 있는데 소식을 전해 들은 것인지 손책이 다급하게 달려와 소리쳤다.

"어. 그러기로 했다."

"조인이잖아요? 조조 휘하의 명장 중 하나인데 그런 조인을 이렇게 쉽게 풀어주는 건, 진짜. 총군사님. 제가 엄청나게 존경하는 거 아시죠? 그런데도 이건 좀 아닌 것 같습니다."

"괜찮아. 이렇게 하는 게 우리 쪽에도 이득이니까."

"아니, 조인을 풀어주는 게 어떻게 이득입니까? 이미 항복도 받았겠다, 적당히 어디 묶어뒀다가 조조에게 못 돌아가게 가둬놓기만 해도 되는 거잖아요?"

"백부. 이건 총군사의 말이 맞다."

"으응?"

내가 막 조인을 풀어주는 것에 대한 당위성을 이야기하려던 찰나, 옆에서 주유가 입을 열었다.

"네가 말했다시피 그 조인이다. 그런 놈을 이렇게 간단하게 풀어주면 조조 측의 명사들, 호족들이 어떻게 생각하겠어?"

"그거야 당연히 참 간도 크다, 뭐 이런…… 아? 설마?"

"뭔지 대충 이해가 가나? 조인과 같은, 명장이라 칭송받는 이가 조조에게 돌아가는 것도 전혀 두렵지 않을 정도로 양측이 가진 힘의 격차가 커졌다는 걸 보여주는 의미가 되는 거다. 거물을 풀어줌으로써 역으로 적들의 사기가 땅에 떨어지도록 하는 계책이 되겠지. 아니 그렇소이까? 총군사."

"어…… 뭐 그렇지?"

"와…… 진짜 이런 거였습니까? 그냥 풀어주는 게 아니라 거기까지?"

손책이가 날 쳐다본다. 조금씩 날 쳐다보는 녀석의 눈동자가 손권이의 그것처럼, 나이에 어울리지 않게 초롱초롱하게 변해가는 느낌이다.

"자, 가세. 한시라도 빨리 성을 접수해야지."

그런 손책을 주유가 끌고 간다.

태수부를 향한 진격을 알리는 외침이 사방에서 터져 나오고, 잠시 멈칫거리고 있던 병사들이 포로를 한곳에 모으는 둥 각자의 움직임이 펼쳐지고 있었다.

"그냥 무릉도원에서 새로 정보 찾아볼 시간 없으니 적당히 받아들인 건데⋯⋯."

뭐, 알아서들 오해하면서 대단하다고 치켜세워 주는 거니까. 군이 정정해 줄 필요는 없겠지?

6장
완전 망한 것 같은데?

다각, 다각.

사방에서 말발굽 소리가 요란하게 울려 퍼진다.

작금의 기주에서 두 번째로 거대한 도시, 업성을 향해 나아가는 여포와 그 휘하 병사들의 행렬이다. 그런 행렬의 선두에서 여포는 홀로 네 마리 군마가 끄는 마차에 올라 뚱한 얼굴을 하고 있었다.

"세월이 무상하구만. 적토마가…… 쯧."

"그나마 천하에 다시없을 명마이니 나이를 먹어 노쇠해진 뒤로도 주공을 모셨던 거죠. 계속 더 욕심을 부리시면 그건 학대입니다, 노인 학대요."

"안다. 나도 안다고."

함께 마차에 타고 있는 제갈량의 말에 여포가 인상을 찌푸렸다. 그러면서도 여포는 마음에 들지 않는다는 듯, 마차를 끄는 군마들의 뒷모습을 쳐다보기만 할 뿐이었다.

'낙심이 크지는 않으신 건가?'

아직 어떤지 모를 일이다.

평생 함께 전장을 돌아다녔던 군마가 노쇠해 더는 군마의 역할을 수행치 못하는 상태가 되면 많은 이들이 힘들어하게 마련. 겉으로 감정이 드러나지 않았을 뿐, 속으로 곪아갈 수도 있는 일이니 계속해서 지켜봐야 할 거다.

제갈량은 그것을 머릿속에 새겨 넣으며 저 멀리 앞을 응시했다. 원(袁)과 함께 전(田)의 깃발이 휘날리는 일단의 군대가 이쪽으로 다가오고 있었다.

그러길 잠시.

"참으로…… 오랜만에 뵙는 것 같습니다, 온후."

말을 몰아 여포의 바로 앞까지 다가온 전풍이 포권하며 말했다.

낙양에서 모든 병력을 잃고, 일가족과 함께 맨몸으로 쫓겨나다시피 했던 전풍이다. 그동안 마음고생을 많이 한 것인지, 전풍의 머리카락은 완전히 새하얗게 세어버렸다. 그 얼굴도 이제는 완연한 노인의 그것이 다 되어 있었다.

"어. 오랜만이다."

"미리 말씀 올리겠습니다만, 기주의 사정이 그다지 좋지는 않습니다. 바로 어제 주공께서 승하하셨습니다. 북방에서는 원담 공자가 유주 자사와 병주 자사를 자처하며 병사들을 끌어모으고 있고, 기주 자사를 자처하며 일 공자를 제압하겠다고 길길이 날뛰던 원상 공자는 현재 발해성에서 두문불출하고 있지요."

"원소가 죽었다고? 어제? 하…… 안타깝군."

여포가 인상을 찌푸리며 반문했다. 전풍이 쓰게 웃으며 고개를 끄덕이고 있었다.

"온후께서는 어찌 생각하실지 모르겠으나 일세의 영웅이 한 명 세상을 등진 게지요…… 참으로 안타깝고, 참으로 애석한 일입니다."

"침상에 누워서 갔지?"

"보름을 눈조차 제대로 못 뜨고, 앓다가 가셨습니다."

"다들 나이를 먹긴 먹는구만."

검은빛이 사라지고, 점점 더 확실한 은회색으로 변해가는 자신의 머리카락을 만지작거리며 여포가 말했다.

나이를 먹어가는 것은 자신 역시 마찬가지인 전풍이 복잡하기 그지없는 얼굴로 그 모습을 응시하다가 손을 들어 업성을 가리켰다.

"가시지요. 저와 뜻을 함께하는 이들이 온후를 기다리고 있습니다."

전풍이 앞장서서 움직이며 여포를, 그 휘하의 대군을 업성으로 안내하기 시작했다.

여포가 전풍과 함께 업성으로 들어온다. 그 소식이 전해짐과 동시에 업성의 백성들은 불안감에 떨며 오들오들 떨기 시작했다. 기주의 백성들에게 있어 매일같이 들려오는 소식이 바로 여포의 종제인 위속에 대한 악명이었으니까.

"위속이 산 채로 사람을 잡아먹기도 한다는데?"

"에이, 이 사람아. 그게 말이 되는가? 아무리 파계선이라지만 사람을 잡아먹는다니?"

"요괴라잖은가, 요괴! 요괴가 신선이 됐다가 인계로 내려왔다는데 당연히 인간을 잡아먹지!"

"내가 듣기로는 불을 자기 마음대로 부린다는데? 사람을 산 채로 불태워 죽이길 즐긴다더구만! 그런 놈을 동생이라고 데리고 있으니 여포는 오죽하겠어?"

"이, 이러다가 우리도 불타서 죽는 거 아닌가?"

"불이 아니라 홍수를 불러와 다 익사시킬지도 모르네! 우리 형님이 산양성 들판에 갑자기 바다가 생겨서 죽다가 살아났잖은가?"

"말세야, 말세…… 이러다가 정말 여포가 우릴 전부……."

업성의 남문. 거기에서부터 태수부로 쭉 이어지는 대로변에 모인 백성들이 불안감에 가득 찬 얼굴로 저마다 위속에 대해 주워들은 소문들을 이야기하고 있을 때, 업성을 근거지로 하북 전체를 주유하던 임협 양백이 검을 쥔 손에 힘을 더했다.

그런 양백이 사람들의 사이에서 삿갓으로 자신의 얼굴을 가린 채, 전풍을 시작으로 여포군 병사들이 성내에 들어오는 모습을 지켜보고 있었다.

"왼발! 왼발! 왼발! 왼발!"

아마도 여포군 장수일 거다.

말을 몰아 나아가는 전풍의 뒤에서 병사들과 함께 검을 든 채 땅을 걷는 장수가 소리친다. 그에 맞춰 병사들이 움직이고 있다.

그리고 그 움직임이라는 것은······.

척, 척, 척, 척!

"세, 세상에."

"군대가 저렇게 움직인다고?"

"저, 저것이 사람이여? 인간의 군대가 맞는 겐가?"

수백 명의 병사가 마치 한 몸이라도 되는 것처럼 한 치의 흐트러짐도 없이 발을 맞춰가며 움직이고 있다.

한 명의 발이 올라가면 다른 수백 명의 발도 함께 올라가고, 한 명의 발이 땅을 디디면 다른 수백 명도 함께 땅을 딛는다. 그럴 때마다 척, 척, 척하고 힘차게 땅을 밟고서 나아가는 소리가 사방으로 울려 퍼지고 있었다.

"이게 무슨······."

자신도 모르게 굵은 침을 삼키며 양백이 중얼거렸다.

여포군이 행진에는 뭔가 특별한 게 있다. 세간에 떠도는 그런 이야기를 듣기는 했지만 그게 이런 것일 줄이야.

"전방을 향해 힘찬 함성을 발사한다! 실시!"

"우-라!"

"우-라!"

양백이 반쯤 넋이 나간 채로 여포군의 그 움직임을 지켜보고 있던 때, 발을 맞춰가며 행진하던 병사들이 함성을 내지른다.

수십 명도 아닌, 수백 명이 동시에 외치는 함성이다. 양백은 태어나서 처음으로 거대한 파동 같은 것이 자신의 온몸을 강타하는 것을 느꼈다. 그 거대한, 동시에 절도 넘치는 외침이 사방으로 퍼져 나간다.

여러 민가에 널려 있던 빨랫감이 휘청거리고, 놀란 새들이 푸드드득 날아오른다.

낯선 군대를 보고 경계하며 하염없이 왈왈 짖어대던 개들이 화들짝 놀라 끼잉- 끼잉- 소리를 내며 제집으로 달려 들어가 머리를 처박고 있다.

그리고 그런 와중에서 사람들은.

"어이쿠!"

"으허억!"

생각지도 못한 함성에 까무러치고 있다. 몇몇은 너무 놀라 엉덩방아를 찧기까지 할 정도.

양백은 놀란 마음을 안정시키고자 심호흡을 하는 것에 집중했다. 그런 상태에서 얼마 지나지도 않은 시점에, 투박하면서도 어딘지 모를 멋스러움이 느껴지는 마차가 성문을 통과해 들어오고 있었다.

"저기에!"

"여포다."

"지, 진짜로 혼자서 30만을 베었을까?"

"조조군의 맹장 셋을 혼자서 단칼에 쳐 죽였다는데?"

"무신이여, 무신……."

조용히 수군거리는 목소리들이 양백의 귓가에 들려왔다.

여포다. 거의 완연한 은회색의 기다란 머리카락을 흩날리며 마차에 앉은 여포가 주변을 응시하고 있다.

양백의 시선이 그런 여포의 그것과 마주쳤다.

"흐흡."

그리고 그 순간, 양백은 자신의 온몸이 얼어붙는 것을 느꼈다. 그저 눈이 마주친 것임에도 불구하고, 감히 항거할 수 없을 거대하면서도 강력한 뭔가가 자신의 온몸을 집어삼키고 있었다.

"……."

숨도 쉬어지질 않는다. 그 압박감에 짓눌린 양백이 멍하니 서 있을 때, 여포가 마차에서 내리더니 성큼성큼 앞을 향해 걷기 시작했다.

"거, 걷는다! 마차에서 내렸어."

"좀 비켜 보게! 가까이서 보자고!"

"어어, 이봐! 밀지 마, 밀지 말라고!"

"밀지 마시오! 밀지 말란 말이외다!"

일순간 사방에서 난리가 펼쳐지기 시작했다.

대로변을 따라 백성들을 통제할 목적으로 도열해 있던 전풍의 지휘 아래에 있는 병사들이 허겁지겁 사람들을 막아섰다. 여포가 그 모습을 무심하기 그지없는 모습으로 지켜보고 있었다.

그러던 찰나.

"으아아!"

한 꼬마가 내지르는 비명 소리가 울려 퍼졌다. 양백의 시선이 꼬마를 향했다. 사람들에게 밀려나던 꼬마가 병사들의 팔 아래로 밀려나 휘청거리고 있다.

그런 걸 여포가 마치 경공이라도 펼치듯, 능숙하게 팔을 뻗어 한 손에 안아 들고 있었다.

"어, 저기, 그러니까, 이게……."

"꼬마야. 내가 무섭냐?"

무뚝뚝한 여포의 물음에 꼬마가 잔뜩 겁에 질린 얼굴로 고개를 끄덕인다.

우는 아이도 뚝 그치게 한다는 위속이다. 그런 위속의 종형임과 동시에 적국의 군주였던 사내다. 꼬마는 당장에라도 여포가 자신의 무례를 물을지도 모른다는 생각에 덜덜덜 몸을 떨고 있기까지 했다.

"짜식. 귀엽군. 여기까지 와서 날 구경할 정도면 너 염탐에 꽤나 재능이 있는 모양이다?"

"여, 염탐이라고요? 제가요?"

"하하. 그래. 참으로 좋은 재주다."

이게 칭찬인지, 아니면 화를 내는 건지 모르겠다는 듯 고개를 갸웃거리는 꼬마의 머리를 쓰다듬으며 여포가 주변을 돌아보더니 말을 이었다.

"꼬마야."

"예, 예?"

"이 성에서 제일 센 놈이 누구냐?"

"제일…… 센 분이요?"

"오냐."

"그게 아마…… 비요 장군님이실…… 걸요?"

고민하던 꼬마가 말하자 여포가 씩 웃더니 고개를 끄덕인다.

"좋은 정보다. 공명아!"

"예, 주공."

"이 녀석이 좋은 정보를 넘겨줬다. 금을 내려 포상하거라."

"금이라…… 알겠습니다, 주공."

제갈량이 여포의 마차 바로 뒤를 따르던 짐 마차에서 금붙이 하나를 꺼내 들고 오더니 그대로 꼬마에게 내밀었다. 꼬마의 눈동자가 동그랗게 커졌다.

지켜보던 이들 역시 마찬가지.

"자, 이걸 가지고 가거라. 자네들이 따라붙어서 이 아이가 금을 뺏기지 않도록 잘 지켜주고."

"예, 선생. 꼬마야. 갈까?"

소중한 보물이라도 되는 양 금붙이를 꼭 안아 든 꼬마를 데리고 병사들이 움직이기 시작했다. 그 모습을 지켜보던 사람들의 눈빛이 달라지고 있었다.

"저, 정보만 넘기면 금붙이를……."

"가만있자. 내가 고할 만한 정보가 뭐가 있지?"

"위속이 파계선이건 뭐건 그게 무슨 상관이야? 배만 불려주면 그게 최고지. 안 그런가?"

"아, 시끄럽네! 어떤 정보를 고해야 할지 고민하고 있는 거 안 보여?"

여포가 금붙이 하나를 꺼내 내민 것만으로 분위기가 확 달라져 버렸다.

'이런 줏대 없는 자들 같으니라고……'

그 모습을 지켜보던 양백이 인상을 찌푸렸다.

그러면서도 양백은 생각하고 있었다.

'하북에 이름난 임협들에 대한 정보를 고하면…… 나도 금붙이를 받을 수 있을까?'

"하북의 여론이 안 좋다더니…… 그렇긴 한 모양입니다."

업성의 태수부.

평소 같으면 수백 명의 관리가 북적거리며 업무를 보고 있어야 할 그곳이 텅 비어 있는 모습을 응시하며 제갈량이 말했다.

함께 걷고 있던 전풍이 쓰게 웃으며 고개를 끄덕이고 있었다.

"반발하며 관직을 버리고 떠나는 이들이 수두룩했소이다. 하오나 그들을 억지로 붙잡을 수는 없는 것 아니겠소이까?"

"뭐, 그렇지요. 이미 마음이 떠난 자들을 억지로 자리에 앉혀 놔봐야 제대로 일이 돌아갈 리가 만무하니."

결국엔 의지 있는 자들을 모아 새롭게 업무 시스템을 만들어야 할 거다.

제갈량은 그렇게 생각하며 자신의 앞에 산더미처럼 쌓여 있는 죽간 더미를 응시하다가 한숨을 푹 내쉬었다.

말도 안 될 정도로 많은 양이다.

수백 명이 함께 처리한다면 못 해도 하루 안에는 전부 끝나겠지만, 지금 남아 있는 건 열 명 남짓한 관리가 전부일 뿐이었다.

"나도…… 돕겠소이다."

옆에서 함께 그 모습을 지켜보던 전풍이 제갈량의 한숨 소리를 듣고선 말했다. 제갈량이 고맙다는 듯 전풍을 향해 포권하며 한쪽에 자리를 잡고 앉았다.

"일단은 시급한 문제 먼저 처리하지요. 내정에 관련된 것은 차후, 인력이 보충된 다음에 살펴도 되는 것이니 병력과 군량의 이동 등 안보에 관한 것부터 살피는 게 먼저일 겁니다."

"그럽시다."

"그러면 일단은……."

정말 막막하다. 하지만 그럼에도 해야만 하는 일이다.

제갈량은 그렇게 생각하며 종류별로 분리만 된 채 방치되어 있는 죽간들을 하나하나 살피기 시작했다.

그렇게 살펴본 죽간이 하나, 둘, 열, 백 개가 되고 오백 개가 되며 천 개가 되어갈 때쯤. 피곤하기 그지없는 얼굴로 눈가를 비비던 제갈량의 눈매가 가늘어졌다.

끊임없이 몰려오는 졸음을 초인적인 인내로 버텨내며 하나라도 더 많은 죽간을 살피고, 조금이라도 더 많은 것들을 파악하며 하북의 상황에 대해 알고자 하던 제갈량의 눈동자에 생기가 돌아오고 있다.

제갈량의 손에 쥐어진 것은 조조에게 항복하는 것으로 이야기가 맞춰진 채 작업이 진행되고 있었던, 상당성에 대한 죽간이었다.

그리고 옆에서 꾸벅꾸벅 졸던 전풍이 제갈량의 그 이야기를 전해 들었을 때.

"신창 이자가!"

얼굴이 시뻘겋게 달아올라선 쾅! 책상을 주먹으로 내려치며 자리에서 벌떡 일어났다.

그런 전풍이 제갈량과 함께 여포를 향해 발걸음을 옮기기 시작했다.

쐐애애애애액-! 퍽!

화살 한 대가 부르르 떨리며 허공을 갈라 날아간다. 그런 화살이 꽂히는 것은 위(魏)라는 글자가 쓰인 옷을 입은 허수아비의 가슴팍 한가운데였다.

멀찌감치에서 그런 허수아비의 모습을 응시하던 원담이 인상을 찌푸린 채, 화살통에서 화살을 꺼내 활시위를 쭉 잡아당겼다.

"죽어라, 이놈!"

팟!

조금씩 머리카락이 파뿌리처럼 변해가는 원담이 증오심에 가득 찬 목소리로 외치며 활시위를 놓음과 동시에 또 한 발의 화살이 허공을 가르며 날아간다.

그 화살이 꽂힌 것은 이번에도 마찬가지로 조금 전, 원담이 쏜 그 인형의 가슴팍. 이제 그냥 봐서는 가슴팍에 쓰인 게 위(魏)인지, 아니면 다른 무엇인지 알아보기조차 힘들 정도로 넝마가 되어버린 그 가슴팍에 수십 대나 되는 화살이 고슴도치 등처럼 잔뜩 꽂혀 있었다.

"찢어 죽여도 모자랄 놈 같으니라고."

"예, 계셨습니까? 주공."

허수아비의 모습을 한참이나 노려보던 원담이 분기 가득한 목소리로 중얼거렸다. 그런 원담을 향해 방통이 다가오고 있었다.

"자네도 쏘려고?"

"……그게 아닙니다. 또 당했다고요, 주공."

"당하다니?"

원담의 눈이 동그랗게 커졌다.

방통이 한숨을 푹 내쉬더니 허리춤의 호리병에 담겨 있던 술을 벌컥벌컥 들이켜며 말했다.

"상당이 넘어갔답니다. 상당 태수 신창, 그 씹어 죽여도 시원찮을 놈이 조조에게 항복했다고요."

"허."

원담이 헛웃음을 내뱉는다.

"그러면 지금 상당이 조조의 손에 넘어갔다는 건가?"

"아닙니다. 하, 진짜. 그게 지금 상당성에서 휘날리는 깃발은 조(曹)가 아니라 여(呂)입니다. 여요."

"아니, 조조에게 항복하겠다고 했다면서? 그런데 어떻게 거기가 여로…… 설마?"

"위속이 올라온 걸 상상하시는 것이라면 아닙니다. 위속은 아직도 익주에 있어요. 이번엔 위속이 아니라 공명이고요. 쓰읍…… 그 죽일 놈의 제자요."

원담의 얼굴이 딱딱하게 굳어진다. 그런 원담의 머릿속에서는 제갈량이라는, 위속의 뒤를 졸졸 따라다니며 그가 지금껏 해온 것들을 배워온 그 분신과도 같다는 제자의 모습이 떠오르고 있었다.

"내…… 기필코 이 치욕을 위속 그놈에게 갚아주고야 말 것이다."

"당연하죠. 죽을 때 죽더라도 위속의 목만큼은 따고 죽는다. 그게 우리 목표 아닙니까."

술기운이 올라 조금씩 붉게 달아오르는 얼굴로 방통이 말했다. 그런 방통의 눈동자에 광기가 깃들어 있다. 그것은 원담의 눈동자 역시 마찬가지였다.

"그래서, 방법은?"

"방법이요?"

"위속의 목을 벨 방법 말일세. 뭔가 방도를 내야 하잖나. 원상 그 멍청한 놈은 전풍에게 잡아먹혀 아무런 힘도 못 써. 게다가 전풍은 위속에게 기주를 아예 통째로 들어다 바치기까지 했고. 이 상황에서 우리가 어떻게 해야 위속의 목을 벨 수 있겠냔 말일세."

"찾아봐야죠. 이십 년을 골머리 썩어가며 고민했는데 그걸 지금 말씀하신다고 바로 만들 수가 있겠습니까?"

"하……."

천연덕스럽게 말하는 방통의 목소리에 원담이 한숨을 푹 내쉬었다.

말이야 맞는 말이다. 이십 년이나 어쩌지 못하고 당하기만 했던 상대가 바로 위속이다. 그런 자를 어떻게 할 방법이 닦달한다고 나올 리가 만무했다.

"바로 만들 수가 없어도 어떻게든 방법을……."

"주, 주공! 큰일입니다! 주공!"

만들기 위해 머리를 싸매는 것이 그대의 역할이 아닌가?

그렇게 이야기하려던 원담의 귓가에 관구검의 다급한 목소리가 들려왔다. 집채만 한 덩치에 갑옷을 걸쳐 입은 관구검이 헐레벌떡 원담과 방통이 서 있는 곳을 향해 달려오고 있었다.

"무슨 일이냐?"

"여포, 여포가 북상해서 올라오고 있습니다!"

"여포가? 그자는 지금 기주에 있는 게 아니더냐? 이제 막 항복을 받았으니 땅을 안정시키기 위해 한동안은 붙어 있어야 할 터인데?"

"아닙니다, 주공! 여포가 직접 제갈량과 함께 북진해서 올라오고 있습니다! 어서 대비해야 합니다!"

"군사, 내 정말 이해가 안 돼서 그러는데 도대체 이게 무슨 소린가?"

"관구 장군의 말씀대롭니다. 제갈량과 함께 상당에서 성을 인수하기 위해 접근하던 하후돈, 하후연을 격파한 여포가 여세를 몰아 북쪽으로 진격해 올라오는 겁니다."

"그걸 알고 있으면서도 내게 고하지 않았단 말인가?"

원담의 얼굴이 딱딱하게 굳어졌다.

"고하고 있잖습니까? 지금."

"하."

어이가 없다는 듯, 원담이 방통을 응시한다.

방통은 어깨를 으쓱이며 또 한 번 술을 들이켤 뿐이었다.

"캬아아, 술맛 좋구만. 너무 걱정하실 필욘 없습니다, 주공. 어차피 지금은 알아봐야 할 수 있는 게 없으니까."

"그건 또 무슨 소리지?"

"여포입니다. 다른 놈도 아니고, 자기 혼자 삼십만 대군을 능히 대적할 수 있다고 떠들어대는 여포요. 그런 놈이 제갈량이라는, 위속만큼은 아니지만, 그에 준하는 놈과 함께 대군을 끌고 밀고 올라오는 중이니 어차피 우리가 할 수 있는 일은 하나밖에 없잖습니까?"

"수성전을 이야기하는 겐가?"

"당연한 거 아닙니까?"

"전풍이 여포에게 항복한 것에 불만을 품은 기주 쪽의 호족은? 기주가 항복한 지 얼마 지나지 않았어. 잘 찾아본다면 후방에서 여포를 괴롭힐 수 있을 자가 나올지도 모르네."

"안 나올 겁니다. 왜냐, 제가 이미 추려봤거든요. 그리고 지금, 의외로 기주에서 여포의 평이 나쁘지가 않습니다. 강한 자에게 붙는 걸 미덕으로 여기는 호족 놈들은 이미 여포 놈의 발을 핥는 중이고요."

"빌어먹을."

원담이 주먹을 움켜쥔다. 그 상태로 원담은 가슴팍에 화살이 잔뜩 꽂힌 위속 인형을 노려보더니 방통 쪽으로 시선을 옮겼다.

"그래서 여포의 병력은?"

"당장에 탐지된 건 십오만가량입니다. 적은 수의 병력으로 대군을 격파하는 걸 미덕으로 여기는 것이 그놈이니 이번에도 적 병력은 그다지 많지는 않을 겝니다. 뭐, 많건 적건 성 밖으로 나가서 직접 맞이하는 건 사실상 불가능합니다만."

"그거야…… 그렇겠지."

"너무 걱정하지 마십쇼, 주공. 이곳, 역경의 성벽은 하북 전체를 놓고 봐도 가장 높고, 견고하잖습니까? 십오만 정도로는 아무것도 못 할 겝니다. 여포가 어떤 미친 짓을 할지, 그거만 따지면 돼요."

방통이 그렇게 말하며 씩 웃었다.

그랬는데.

"……오, 오십만이라고? 여포가 이끄는 병력이?"

며칠이 지나고, 여포군의 규모가 확실하게 드러났을 때 방통이 파르르 떨리는 목소리로 말했다. 그런 방통의, 옆에서 업무를 보다가 함께 이야기를 전해 들은 원담의 안색이 새하얗게 질리고 있었다.

"더럽게 높군."

역경의 성벽. 그곳의 모습을 응시하던 제갈량이 말했다.

그런 제갈량이 미간을 찌푸리고 있었다.

"역경이잖습니까, 사형. 공손찬이 마지막까지 버티기 위해 심혈을 기울여 만들고 있었다던."

"육손아."

"예?"

"저 높고 견고한 성벽을 어떻게 넘어야 할지 고민하는 사형 앞에서 성의 유례 같은 걸 떠들 정도면 그걸 이용해서 성벽을 넘어야 할 방법이라든지, 약점 같은 건 확보해 둔 거라고 이해해도 되는 거지?"

"예, 예?"

"설마 그런 것도 아니면서 그냥 역경이니까 어려워도 참고 견디라고 말만 하는 건 아니겠지?"

제갈량이 환하게 웃으며 말했다.

그런 제갈량을 마주하며 육손은 어색하게 웃었다. 스승, 위 속의 괴팍함을 그대로 빼닮은 제갈량이 저런 얼굴을 하는 건 비상 신호나 마찬가지다. 이런 상태에서 계속 제갈량의 옆에 있다간 무슨 소리를 듣게 될지 모른다.

말 몇 마디로 주유가 피를 토하게 했던 위속이고, 그 입담 역시 그대로 익힌 제갈량이다. 일단은 물러나는 게 자신의 신상에 좋을 터.

육손이 그렇게 생각하며 슬금슬금 뒤로 물러나고자 했을 때.

"헛."

잔뜩 굳어진 얼굴로 지금의 상황이 몹시 불편하다는 기색을 온몸으로 뿜어내고 있는 여포의 모습이 시야에 들어왔다.

평소의 유쾌하고, 친근한 느낌이 아니라 그냥 보는 것만으로도 몹시 화가 났다는 걸 알 수 있는 모습이었다.

"주, 주공?"

"어, 공명아."

"괜찮으십니까? 왜 갑자기……."

"화나잖아. 쟤들."

큰 소리가 날 정도로 강하게 방천화극의 창끝을 땅에 꽂아넣으며 여포가 말했다.

제갈량의 눈동자가 동그랗게 커졌다. 육손 역시 마찬가지.

"화가 난다고요?"

"그럼 화가 안 나겠어? 지금까지 내가 오십만지적을 찍으려고 얼마나 개고생을 해왔는데. 쟤들은 뭐 아무것도 안 하고, 맨날 싸움에서 지기만 했는데도 오십만지적이잖아?"

"예…… 예?"

내가 지금 제대로 들은 게 맞나? 제갈량이 그렇게 생각하며 반문했다.

그런 제갈량의 옆에서 육손은 익숙한 레퍼토리가 시작된다는 듯, 작게 한숨을 내쉬더니 고개를 절레절레 젓고 있을 뿐이었다.

"하, 부럽다. 진짜."

여포가 중얼거리며 주변을 돌아본다.

위속의 지시로 제갈량이 내정을 담당하며 여포 휘하의 병력은 비약적이라 할 정도로 늘어나게 됐다. 지금 여포의 뒤를 따라 하북으로, 역경으로 밀고 올라온 오십만 대군은 그러한 배경에서 생겨난 대군이었다.

"공명아."

"예, 주공."

"나 그냥 저쪽으로 넘어갈까?"

"……저쪽이라고요?"

"저쪽으로 가면 나도 바로 오십만지적 찍는 거잖아?"

"주, 주공! 그게 도대체 무슨 말씀이십니까?"

안색이 새하얗게 변해서는 제갈량이 황급히 소리쳤다.

다른 사람이 이런 소리를 한다면 그냥 농담이겠거니 하고 넘기겠지만 여포라면 결코 방심할 수 없으니까.

"내가 뭐?"

"그런 말씀을 하……."

"이놈 여포야!"

제갈량이 말을 이어나가려던 찰나, 역경의 성벽 위쪽에서부터 쩌렁쩌렁한 목소리가 울려 퍼졌다.

제갈량이 고개를 들어 역경의 성문을 응시했다. 그 위에서 원담이라고 생각할 수밖에 없을 중년인이 검을 뽑아 들어 여포를 겨누고 서 있었다.

"예가 어디라고 군을 이끌고 올라오는 것이냐! 네놈들이 감히 이 역경성을 넘을 수 있을 거로 생각하느냐?"

"원담아. 내가 설마 못 넘을 거 같아?"

"못 넘지. 네놈들이 무슨 수로 여길 넘는다고?"

"안 그래도 마음에 안 드는 놈이 기고만장하니 더 열받는군."

솥뚜껑만 한, 그 커다란 두 손으로 마른세수를 하며 여포가 중얼거린다. 그런 여포의 눈동자가 원담과 그 휘하 병사들에 대한 부러움과 질투로 이글이글 불타오르고 있었다.

"원담! 이 여포가 평생을 꿈꿔온 오십만지적을 날름 뺏어버린 기분이 어떠냐?"

"뭐, 뭐라고? 오십만지적? 내가?"

"전투가 시작되기 전에 내 미리 밝히마. 내가 정말 억울해서라도 네놈들의 항복은 못 받아준다. 오십만지적이 된 놈들을 모조리 박살 내고, 풀뿌리 하나 남기지 않는 거로 내 이 억울함을 달랠 거야."

그러면 오십만지적을 찍은 자들을 박살 내는 거라도 할 수 있겠지.

여포가 그렇게 생각하며 이야기했을 때, 역경의 성벽 위 분위기가 싸늘하게 가라앉기 시작했다. 여포와 원담이 대화를 나누는 그 모습을 함께 지켜보고 있던, 역경성을 지키던 병사들이 침을 꿀꺽꿀꺽 삼키고 있었다.

"이봐, 왕 형. 우리 쪽이 숫자가 더 많을 때도 싸우기만 하면 다 졌잖아…… 이거 이래서 살아남을 수가 있을까?"

"여포도 있고, 병력이 오십만인데…… 답이 있겠어?"

그것은 병사들뿐만 아니라 백인장 이상의 부장급들 역시 마찬가지. 오백인장 왕인이 동료의 반문에 한숨 섞인 목소리로 답하며 대지를 가득 메운 오십만이나 되는 여포군의 모습을 응시하고 있었다.

그리고 그것은.

"방 군사야…… 우리 망한 것 같은데?"

완전 낭패를 봤다는 듯 어안이 벙벙해진 얼굴을 하는 원담 역시 마찬가지였다.

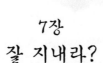

7장
잘 지내라?

"하……."

오십만이나 되는 여포 휘하의 대군이 역경성을 포위하며 공성전을 준비하는 와중. 원담은 역경성의 태수부에서 인상을 찌푸린 채, 지도를 응시했다.

역경성 주변에 포진되어 있는 여포군 병력이 자그마한 돌로 표시되어 있다. 지도에 올려진 돌 하나가 만 명의 병력을 의미한다. 그리고 당연하게도 그 돌은 당장에 보이는 것만 삼십 개 이상이었다.

"나머지 병력은? 이십만 명이나 된다면서? 그들은 어디에 있나?"

"당장 파악은 안 되지만…… 뭐 뻔한 거 아니겠습니까? 뒤쪽에 있겠죠."

원담의 반문에 방통이 뻔하다는 듯 손을 들어 서른 개의 돌

뒤쪽을 툭툭 두드렸다.

그런 방통의 얼굴이 붉게 달아올라 있다. 방통이 숨을 내쉴 때마다 진한 술 냄새가 새어 나오고 있었다.

"아니, 군사. 적의 대군은 이 성을 포위하고도 남을 정도로 많소. 우리보다 적은 병력이라고 해도 우리는 감히 성 밖으로 치고 나갈 생각조차 못 할 상황이고. 아니 그렇소이까?"

그런 방통을 향해 장합이 의아하다는 듯 반문했다.

"그런 상황이지요?"

"그렇다면 필시 여유가 되는 병력을 나눠 아군의 후방을 공격하고, 텅 비어 있다시피 한 성들을 공략하여 점령하는 것이 옳소. 병법에서도 그리 이야기하지 않소이까. 그런데 어찌 소재가 파악되지 않는 이십만 대군이 아직도 역경성 주변에 있을 것이라 말씀하시는 것이오? 과음 때문에 판단력이 흐려지기라도 하신 것이외까?"

"장합 장군. 제 판단력이 흐려졌다고요?"

"그게 아니라면 이리 판단할 수는 없겠지. 주공. 방 군사는 이미 주정뱅이와 다를 바 없습니다. 저런 자를 우리가 어찌 믿고 군략을 맡긴단 말입니까?"

탁!

방통이 허리춤에 매고 있던, 아직도 술이 반이나 남은 그 호리병을 내려놓으며 장합을 응시했다. 방통이 어이가 없다는 듯, 피식 웃고 있었다.

"장합 장군은 지금껏 수도 없는 전투를 통해 위속과 여포를 겪어오셨을 거요. 그럼에도 여포가 어떤 위인인지, 그게 이해를 못 하신 거요?"

"이, 이해를 못 했다고? 내가 말이오? 위속은 음흉하고 남의 복장을 뒤집어놓는 일에서 즐거움을 느끼는 변태적인 자가 아닌가! 여포는 단순 무식으로 온 천하에 따를 자가 없고! 내가 뭘 이해하지 못했단 것이오?"

얼굴이 붉어진 장합이 목소리를 높인다. 그런 장합의 모습에 방통이 고개를 절레절레 젓고 있었다.

"그건 겉으로 드러나는 모습일 뿐이외다. 위속은 자신이 원하는 바를 이루기 위해서라면 수단과 방법을 가리지 않는, 그러면서도 정도에서 벗어나지 않으려 하는 이상주의자요. 여포는 강한 적을 찾아 헤매는 미치광이지. 여포가 단순 무식하다 하셨소이까? 뭐, 맞는 말이긴 하오. 그런데 그냥 단순 무식하기만 한 게 아니오. 단순 무식한 데다 미쳐 버리기까지 한 작자니까."

"미, 미쳐 버렸다고? 여포가?"

"내기해도 좋소. 장군도 들었잖소이까? 자신이 오십만을 대적하지 못하게 되었으니 그 오십만을 대적하는 아군을 모조리 쓸어 아쉬움을 풀겠다고."

"그거야…… 아군의 사기를 깎아놓고자 하는 말이 아니오?"

"절대 아니오. 절대로. 적어도 여포는 허언을 하는 자는 아니외다. 그가 하는 말은 언제나 진심이었소. 역경성의 풀 한 포기 남기지 않고 모조리 쓸어버린다던 그 이야기 역시 마찬가지이고."

"그러면…… 우리는 분노한 여포와 그 휘하의 오십만 대군을 모두 상대해야 한다는 이야기인데……."

방통의 이야기를 듣던 이들 중 하나가 떨리는 목소리로 중얼거렸다. 몇몇은 낯빛이 새하얗게 변하기까지 하고 있다.

방통이 그 모습들을 찬찬히 돌아보더니 술을 한 모금 들이켜고선 원담 쪽으로 시선을 옮겼다. 원담이 오만상을 찌푸리며 그런 방통의 시선을 받아내고 있었다.

"그래서 군사. 방법은? 있겠는가?"

"있습니다, 주공. 하지만 극약이 될 것입니다."

"그 극약을 쓰면 여포의 목을 벨 수는 있고?"

"그럴 기회는 얻을 수 있지요."

"기회를 얻는다…… 나쁘지 않군. 희망은 있다는 소리잖아?"

원담의 입가에 미소가 피어오른다.

"그래서 그 극약은 뭐지?"

"성을 버리는 겁니다."

"성을 버리는 것이라. 그다음은?"

"병사들을 데리고 관중으로 가는 것이지요."

"관중?"

원담의 얼굴이 딱딱하게 굳어졌다.

"관중이라니? 방 군사! 지금 그게 무슨 소리요?"

"말 그대로요, 장합 장군. 유주와 병주, 그리고 기주는 이와 잇몸의 관계였소이다. 유주와 병주에서는 강병을 얻을 수 있으나 물자가 풍족지 않아 기주의 도움이 필요하였소. 지금껏 하북은 기주의 물자와 유주, 병주의 힘이 모여 유지돼 왔고. 한데 지금 기주는 여포에게 넘어가지 않았소?"

"그래서…… 유주와 병주를 모두 넘기자는 거요? 마지막 남은 하북의 근간이나 마찬가지인 이곳을? 주공! 이 주정뱅이가 정녕 실성한 모양입니다!"

장합이 딱딱하게 굳어진 얼굴로 소리쳤다. 그러거나 말거나 방통은 원담을 응시하며 계속해서 말을 이었다.

"이곳에서 버티고 있으면? 뭐, 한동안은 지킬 수 있을 겁니다. 일 년이고 이 년이고 버티겠지요. 그런데 그다음은 어떻겠습니까? 희망이 있겠습니까? 주공."

"무슨 수를 써서라도 지킬 것이오! 이 장합이 목숨을 바치는 한이 있더라도!"

"그래서 희망은? 기주를 먹지 않고도 오십만의 대군을 끌고 올라온 여포요. 익주에서는 이미 삼십만에 달하는 병력이 움직이고 있지. 도합이 팔십만이외다. 거기에 기주의 병력까지 합쳐진다면 어떻겠소? 도합 백만이 움직이게 될 것인데, 그러한 병력을 상대로 이 역경이 버틸 수가 있다고 보시오?"

"백만 대군이 몰려온다 하여도 이 장합이 충심으로 주공을……."

"헛소리하지 마시오. 주공. 움직인다면 지금뿐입니다. 후일을 도모하십시오. 위속의 목을 베어야 하지 않겠습니까?"

"……위속의 목을 벨 수가 있겠나?"

여전히 굳어진 얼굴로 원담이 말했다. 방통이 고개를 끄덕였다.

"지난날 비록 전풍을 배신하며 사예를 빼앗는 파렴치한 행위를 저지르긴 하였으나 가후는 한때나마 위속을 궁지에 몰아넣었던 자입니다. 그와 소생이 지략을 합친다면 가능할 것입니다. 이곳에 있는, 주공의 대군도 함께 말이지요."

"절대로 안 됩니다, 주공!"

여전히 딱딱하게 굳어진, 그러나 어딘지 모르게 솔깃하다는 얼굴을 하는 원담을 향해 장합이 피 끓는 목소리로 소리쳤다.

하지만 원담은 그런 장합에게는 눈길조차 주질 않은 채, 태수부 한쪽의 지도 쪽으로 시선을 옮기고 있었다.

"내가 자네의 말대로 관중으로 간다고 치지. 하지만 지금 이곳 역경은 여포군에 의해 겹겹이 포위되어 있는 상황이거늘, 어떻게 탈출한단 말인가?"

"그게 다 방법이 있지요, 주공."

방통이 씩 웃으며 말했다.

그 모습에 장합이 탄식하며 푹 고개를 숙이고 있었다.

📱

"주공. 성내의 움직임이 심상치 않은 것 같습니다."

역경성 남쪽, 여포군의 영채에서도 가장 커다란 막사.

그 앞에서 여포는 팔짱을 낀 채 장료와 함께 서서 저 멀리 앞에 있는 역경성의 모습을 응시하고 있었다.

"아직도 고민하고 계시는 겁니까? 주공."

그런 여포와 장료의 귓가에 제갈량의 목소리가 들려왔다.

백우선을 살랑이며 제갈량이 다가오고 있다. 그런 제갈량의 입가에 여유만만한 미소가 피어올라 있었다.

"오십만지적을 뺏어간 놈들이니까. 성을 떨어뜨릴 때까지 시간이야 좀 걸리겠지만 방법은 확실히 생각해 둬야지."

역경성의 성벽은 높고, 두텁다. 게다가 성 안쪽으로 이십만에 달하는 원담 휘하의 병력이 모여 있으며, 군량은 이십만 명이 삼 년은 더 먹을 만큼 쌓여 있는 것으로 확인되는 중이다. 식량이 떨어지는 삼 년까지는 아니겠지만 못해도 최소 일 년은 버틸 거다.

그렇게 생각하고 있던 여포를 향해 제갈량이 포권하며 고개를 숙이고 있었다.

"감축드립니다, 주공. 오래잖아, 저들을 섬멸할 수 있을 것 같습니다."

"응? 섬멸?"

"예. 조금 전, 장수들에게 보고를 받았습니다. 성내에서 원담군 병사들이 뭔가 잔뜩 챙기느라 부산스럽기는 한데, 그것을 티 내지 않기 위해 최대한 소리를 죽이는 중이라 합니다. 뭔가 은밀히 준비하는 게지요."

"야습을 준비하는 거 아니오?"

여포의 곁에서 제갈량의 이야기를 듣고만 있던 장료가 의아하다는 듯 반문했다.

제갈량이 고개를 저었다.

"상대는 원담과 방통입니다, 장료 장군. 그들이 꿈에서도 그리는 일이 무엇이겠습니까?"

"그거야…… 당연히 총군사를 이기는 일이지 않소이까?"

"그냥 이기는 것이 아니지요. 그들의 목표는 스승님의 목을 베는 것입니다. 설령 그로 인해 자신들이 몰락하고, 모든 것을 잃는다고 하여도 그 일만큼은 하고 말리라고 하늘에 대고 맹세했다지요. 대소신료들의 앞에서도 공공연히 그 말을 하고 다닌다고 합니다."

"그래서 그거랑 그게 무슨 의미가…… 설마?"

장료의 눈매가 가늘어졌다.

제갈량이 고개를 끄덕였다.

"그 설마가 맞을 겁니다. 어차피 전풍이 기주를 들어 항복한 그 순간, 하북의 운명은 결정된 것이나 마찬가지. 대세를 볼 줄 아는 자들은 누구나 그것을 알 테지요."

"그러니까 공명이 네 말은 원담과 방통이 집을 버리고 조조한테 가서 의탁할 거란 얘기냐? 어디까지나 문숙의 목을 베기 위해?"

"예, 주공. 원담과 방통은 이미 수차례나 주공과 스승님께 쓴맛을 본 자들입니다. 그만큼 주공과 함께하는 군대가 얼마나 강한지 잘 알고 있지요. 우리를 상대로 야습을 벌이거나 하는, 어처구니없는 일을 벌이지는 않을 겁니다."

아무리 대세가 기울었다고는 해도 유주와 병주라는, 커다란 땅을 지배하는 자가 모든 것을 포기하고 조조에게 의탁한다는 건 상상하기 어려운 일이다. 때문에 제갈량은 원담과 방통이 반쯤 미쳤기에 이런 일을 벌일 수 있는 거라고 생각했다.

그랬는데.

"멋있군."

여포가 씩 웃고 있었다.

"주, 주공?"

"때려잡을 방법을 짜서 진행하도록."

멍하니 자신을 쳐다보는 제갈량을 뒤로한 채 여포가 막사 안쪽으로 걸어 들어간다.

제갈량은 자신이 잘못 들은 게 아닌지 의심하며 잠시 기억을 더듬더니 한숨을 푹 내쉬었다.

"우리 주공은 정말……."

"독특한 분이시지. 그래서 제갈 선생이 봤을 때 전투는 어떻게 진행될 것 같소?"

함께 여포의 뒷모습을 응시하던 장료가 말했다.

제갈량이 한 차례 더 한숨을 내쉬더니 말을 이었다.

"자기들이 유주를 버리고 병주를 지나 조조에게 의탁하고자 한다는 걸 우리가 예상치 못하리라 생각할 겁니다. 그러니 처음엔 단순한 야습으로 위장하겠죠. 삼만 명, 많아야 오만 명이 일시에 치고 나와 타격을 가하고 다시 성내에 돌아갈 것처럼 말입니다."

"흐흐. 그러면 그다음은 불을 보듯 뻔하군. 적들의 의도를 오판한 아군이 단순한 야습이라고 판단해 그걸 막고자 움직일 때, 성내에서 빠져나온 나머지 병력이 모조리 밀려와 단숨에 포위망을 뚫는 거겠지?"

"예, 그렇게 하고서 적들은 상산관으로 향할 겁니다. 유주와 병주를 이어주는 길목이자 능히 백 명으로 만 명을 막을 수 있는 천혜의 요새이니 그곳에서 길을 틀어막고 시간을 벌고자 하겠지요. 그러니 장군께서는 지금 당장 병력을 이끌고 상산관으로 가는 길을 틀어막으십시오."

"나만 그러면 되오?"

"조운, 마초, 태사자 장군에게도 사람을 보내 각각 북평, 고안, 범양으로 가 적들을 막으라 이르십시오. 그리고 전 주공과 함께 대군을 이끌고 나아가겠습니다."

"그렇게 합시다."

진지하기 그지없는 얼굴로 장료가 고개를 끄덕였다.

"으하하하, 순 오합지졸뿐이로구만?"

어두운 밤중, 원(袁)의 깃발을 휘날리며 장합이 껄껄 웃는다. 그런 장합의 주변에서 여포군 병사들이 헐레벌떡 비명을 내지르며 도망치고 있다.

역경성을 출발한 지 어느덧 반 시진째. 앞을 가로막는 자들은 모조리 보이는 족족 박살을 내버릴 것이라 굳게 마음먹고 영채를 나선 장합이다. 하지만 예상했던 것과 다르게 여포군의 저항은 미미하기만 한 수준이었다.

"장군. 이대로면 어렵지 않게 탈출할 수 있을 것 같습니다."

"방 군사가 내신 계책이 아니더냐? 성공할 거다. 적진에 위속이 있다면 또 모를까, 그것도 아닌데 뭐가 두렵다고?"

옆에서 신이 난 듯 떠들어대는 부장의 어깨를 가볍게 툭툭 두드려 주며 장합은 주먹을 움켜쥐었다.

병사들의 사기가 떨어지는 것을 우려해 일이 아주 잘 풀리는 것처럼, 기분 좋게 행동하고는 있지만 불안한 마음은 점점 커져만 가고 있었다.

'일이 이렇게 쉽게 풀릴 리가 없는데.'

여포 휘하의 병력이 오합지졸이었던 적은 지금껏 단 한 번도 없었다. 적들이 다가오는 모습을 보고서 혼비백산하며 도망친 적 역시 마찬가지.

여포군 병사들이 도망치는 모습을 보이는 건, 장합의 경험상 단 하나의 경우일 뿐이었다.

계책에 따라 적들을 유인하는 것.

'주공에게 이 상황을 전한다 한들……'

달라질 건 없다.

어차피 뒤가 없는 계책이다. 상황이 안 좋으면 판을 뒤흔들 수 있는, 어떤 계책 같은 거라도 만들어봐야 할 수밖에.

장합이 그렇게 생각하고 있을 때.

캉캉캉캉캉캉-!

뿌우우우우우우우우-! 둥, 둥, 둥, 둥!

사방에서 요란하기 그지없는 소리가 울려 퍼짐과 동시에 대군의 움직이는 소리가 들려오기 시작했다.

병사들의 발소리가, 돌격을 알리는 십인장 백인장 등의 외침이다. 말 그대로 천지가 진동하는 것 같은 그 소리가 기세 좋게 서쪽을 향해 진격해 나가던 원담군을 에워싸고 있다.

장합이 이를 악물었다.

그러던 찰나.

"여어. 장합. 오랜만이다?"

익숙하기 그지없는 목소리가 들려왔다.

여포다. 적토마를 연상케 할 붉은 전마를 탄 채, 붉은 전포를 흩날리며 방천화극을 든 여포가 씩 웃으며 손을 흔들고 있다.

그 모습을 발견함과 동시에 장합은 온몸에서 소름이 돋아오르는 것을 느꼈다. 매복병이 튀어나옴과 동시에 여포가 나타났다는 건 곧 지금까지 위속을 상대하며 늘 그래왔던 것처럼, 대패가 눈앞으로 다가왔다는 이야기.

그리고 앞으로 겪게 될 대패는 진정한 의미에서의 패망을 가지고 오게 될 거다. 눈앞이 캄캄해진다.

"야, 장합. 원담 좀 데리고 와봐라."

"주, 주공은 왜 찾으시는 거요?"

"진지하게 얘기해 줄 게 좀 있거든."

"이야기라니…… 알겠소."

의심쩍은 눈으로 여포를 응시하던 장합이 몸을 돌려 움직이기 시작했다. 대군과 함께 나타났던 여포는 가만히 서서 그 모습을 지켜만 보고 있을 뿐이었다.

그렇게 약간의 시간이 지났을 때.

"……날 보자 하였다고?"

장합과 함께 그 모습을 드러낸 원담이 말했다. 여포가 고개를 끄덕이고 있었다.

"이야, 원담이. 어떻게 딱 우리 공명이가 생각한 그대로 움직여?"

"지금 날 모욕하고자 부른 거요?"

"응? 아닌데? 제안하려고 부른 건데?"

"투항을 권유하려는 것이거든, 아예 말도 꺼내지 마시오. 나는 죽을 때까지 싸울 것이고, 기쁘게 죽음을 맞이할 생각이니."

비장하기 그지없는 얼굴로 원담이 말했다. 그 옆에서 있던 장합 역시 절로 주먹을 움켜쥐며 비장하고도 명예로운 최후를 떠올리고 있었다.

그랬는데.

"투항 권유하는 거 아닌데? 원담 너 조조한테 가고 싶다며. 그거 내가 책임지고 보내준다. 호위까지 해줄게. 어때. 괜찮지? 콜?"

"……뭐, 뭐라고?"

여포의 입에서 나오는, 전혀 생각지 못한 그 이야기에 원담의 눈이 동그랗게 커졌다.

"주공께서 그렇게 말씀하셨다고? 레알이오?"

"그렇다던데? 레알이외다. 지금 그것 때문에 교전을 중단하라는 지시까지 내려진 상황이오. 선생과 논의된 게 아니었소?"

여포와 원담이 마주한 곳에서 멀찌감치 떨어진 곳에서 마초에게 이야기를 전해 들은 제갈량의 눈이 동그랗게 커졌다. 언제나 살랑살랑, 여유롭게 흔들던 부채도 지금은 움직이질 않고 있었다.

"하, 진짜…… 주공…… 아…… 아오오!"

혼자 한숨을 내쉬던 제갈량이 부채를 움켜쥔다.

"노, 논의된 게 아니었구려?"

"당연히 아니지! 아니, 아니야…… 괜찮소. 이거, 어떻게 보면 우리에게 이득이오. 그냥 이득도 아니야. 개이득이지. 핵이득이오. 암, 그렇고말고."

"이게 어떻게 이득이오? 이십만이나 되는 대군을 조조의 품에 안겨주는 거나 마찬가지인데? 어떻게 봐도 개손해잖소?"

"아, 개손해 아니라니까! 무조건 핵이득이라고!"

"워워. 진정하시오. 뭐, 선생께서 핵이득이라고 하면 핵이득인 거겠지."

"진짜로 핵이득이라고! 사기가 땅에 떨어진 식충이 이십만을 조조의 품에 안겨주는 건데 무조건 핵이득이지! 쟤들 때문에 조조군 사기도 같이 떨어질 거고, 군량은 군량대로 축낼 거고, 내부에서 분란까지 생길 게 뻔한 데다 유주, 병주를 평정하는 게 훨씬 더 쉬워질 텐데 퍽이나 손해겠다!"

얼굴이 빨개진 제갈량이 꽥 소리치며 자리에서 벌떡 일어났다. 그러면서 제갈량은 저 멀리 앞에 있을, 여포 쪽으로 시선을 옮겼다.

'백만지적 좀 찍어보자. 응?'

역경으로의 진격을 시작하던 때, 여포가 했던 그 말이 귓가에서 맴도는 느낌이다.

결국, 여포는 이 병력을 조조에게 몰아줘서 스스로가 백만지적이 될 가능성이 조금이라도 커지도록 만든 거다.

다른 노림수 따위는 하나도 없다. 오직 그거 하나만 있을 뿐.

'그렇긴 해도 이거…… 의외로 진짜 개이득일지도?'

치밀어 오르는 답답함으로 머리가 팽팽 돌아가는 와중에서 문득 그런 생각이 떠올랐다.

원담을 살려서 조조에게 보내는 것과 이곳에서 그 휘하 병력을 모조리 박살 내는 것의 손익 계산서가 차르륵 제갈량의 머릿속에서 펼쳐지고 있었다.

그리고 그 결과는…….

'살려서 보내는 게 더 이득이다.'

말도 안 되는 일이지만 이게 이득이라는 건 확실하다.

생각이 거기까지 미쳤을 때, 제갈량이 다시 부채를 살랑살랑 흔들며 입가에 사악하기 그지없는 미소를 피어 올리고 있었다.

두두두두두!

오십 기 남짓한 기병이 흙먼지를 흩날리며 달린다.

여(呂)가 새겨진 깃발을 든 병사 역시 함께다. 그리고 그 옆으론 원(袁)이 새겨진 깃발을 든 병사들이 대열을 갖춰 움직이는 중이다.

원담 휘하의 병사들이 자신들 곁을 달리는 여포군 병사들을 묘한 눈으로 쳐다보고 있었다.

그것은 원담 휘하의 숙장, 장합 역시 마찬가지.

"하…… 이건 정말."

말이 안 되는 광경이다. 불과 얼마 전까지만 해도 불구대천의 원수이자 무슨 수를 써서라도 박살 내고, 모든 것을 빼앗아야 할 대상이었던 여포와 그 휘하 병사들에게 호위를 받으며 움직이는 와중이라니.

"주공……."

이건 좀 아니지 않습니까?

그렇게 말하고 싶은 걸 꾹 내리누르며 장합은 저 멀리에서 움직이고 있는 원담 쪽으로 시선을 옮겼다.

그 원담의 옆으로 여포가 말 머리를 나란히 하며 움직이고 있다. 마찬가지로 이 역시 얼마 전이었더라면 결코 상상할 수도 없을, 말도 안 되는 광경이었다.

"야, 원담. 진짜 내가 널 얼마나 부러워하는 줄 알아?"

"도대체 그대가 왜 날 부러워한단 말이오?"

진심을 담아 이야기하는 여포의 목소리에 원담이 인상을 찡그리며 반문했다.

"난 지금 그대와 이렇게 말 머리를 나란히 하고 움직이는 것 자체가 치욕스럽기 그지없거늘. 그대는 이것이 부럽단 말이오?"

"응, 부러워. 너한테는 적이 많잖아? 그리고 야, 저쪽에 내가 두고 온 본대만 해도 그래. 오십만 명이나 되잖아? 그냥 가만히 있어도 오십만지적이 될 수 있는데 그게 안 부럽겠냐?"

"오십만지적…… 하……."

그냥 이야기를 듣는 것만으로도 두통이 밀려온다는 듯, 원담이 한숨을 푹 내쉬며 이마를 부여잡는다.

"내 꿈이 백만지적인데. 이래서 죽기 전에 꿈이나 이룰 수 있을지 모르겠다. 쯧. 적들이라고 있는 놈들이 다 약해 빠져가지고."

"크으윽!"

원담이 이를 악문다.

그러면서도 원담은 여포의 모습을 응시했다. 지금 이곳에는 원담 그 자신과 함께 역경성을 빠져나온 이십만의 병력이 있다. 그리고 거기에 더해서 여포와 그 휘하의 최정예 병력 삼만 명까지.

'여기에서 여포를 죽일 수 있다면?'

이런 말도 안 되는 짓을 벌이는 여포다.

여포의 입장에선 적진 한가운데인 병주에 들어선 상황이고, 병력도 훨씬 더 적다. 게다가 운만 좀 따라준다면 언제라도 불의의 일격을 가할 수 있는 상황.

'그래도…… 답이 안 보이는군.'

원담이 인상을 찌푸렸다.

한참 전부터 계속해서 여포의 빈틈을 살피고 있지만 어떤 방식으로든 공격이 먹힐 것 같지가 않다.

일신의 무위가 뛰어난 자객을 여포의 옆으로 붙여 기습을 한다? 말도 안 된다. 무신 여포를 상대로 칼을 먹일 수 있는 장수는 이 세상에 존재하지 않는다.

그렇다고 병사들을 동원해 여포를 에워싸고 난전의 와중에서 그 목이 떨어지길 기대한다?

'말도 안 될 일이지.'

여포라면 오히려 좋아할 거다. 다시 한번 이십만지적이 되었다면서.

게다가 진영 이곳저곳을 들쑤시고 다니며 장수들의 목을 따는 일에 집중할 거다. 가뜩이나 사기가 땅에 떨어진 병사들이 전의를 잃은 채 도망치며 군 전체가 붕괴하게 될 것이고.

'함정에 빠뜨리는 건 더더욱……'

이건 아예 답도 나오질 않는다.

여포를 감정이란 찾아보려야 찾아볼 수조차 없을 정도로 차갑기만 한 얼굴의 육손이 뒤따르고 있다. 지략 쪽으로는 위 속에게서 배우고, 무위는 여포에게 배웠다는 괴물 같은 놈이다. 그런 놈이 여포의 뒤에 달라붙어 있는 한, 함정에 빠뜨리는 것 역시 불가능하다.

거기까지 생각이 미친 원담이 할 수 있는 일이라곤.

"하아……"

땅이 꺼지라 한숨을 내쉬는 것일 뿐이다.

"후우……."

그렇게 한숨을 내쉬는 원담의 바로 옆에서 방통이 마찬가지로 한숨을 푸욱 내쉬었다. 두 사람이 답답한, 그러면서도 서글퍼진 얼굴로 서로를 응시하고 있었다.

그러던 찰나.

"무슨 한숨들을 그렇게 쉬고 있어?"

두 사람의 귓가에 여포의 목소리가 들려왔다.

고작 삼만의 병력, 그것도 군데군데 흩어져 있는 병력을 이끌고 이십만이나 되는 대군을 호위해 조조의 영역으로 보내주겠다며 움직이던 여포가 약간은 답답하다는 듯 두 사람을 쳐다보고 있었다.

"야, 너희. 한숨 좀 그만 쉬고. 어? 힘을 내라고. 그래야 적들도 다 때려 부수고 하지."

"히, 힘을 내라고 하였소?"

여포의 그 목소리에 원담이 황당하다는 듯 반문했다.

"포기하지만 않으면 언젠가는 성공할 거라던데? 너희도 이말을 믿어봐. 지금 고생하는 거, 이거 잠깐이다?"

원담의 얼굴이 딱딱하게 굳어지기 시작했다. 주변에 있던 원담의 휘하 장수, 그리고 방통 역시 마찬가지.

그러거나 말거나 여포는 진지하기 그지없는 어조로 계속해서 말을 이어나가고 있었다.

"힘내, 원담. 노력하다가 보면 어느 날 네 휘하에 백만대군이 있는 걸 보게 될 거야."

"지금 우릴 놀리는 것이오?"

"아무리 온후라 하여도 말씀이 좀 지나치시구려!"

"맞소이다! 비록 우리가 이런 상황에 처해 있다고는 하나, 어찌 그리 사람을 업신여기고 조롱한단 말이외까!"

파르르 떨리는 목소리로 반문하는 원담에 이어 장수들이 반발하며 소리치기 시작했다. 몇몇은 아예 원담의 명령만 있다면 당장에라도 여포를 향해 달려들기라도 할 것 같은 기세다.

그런 와중에서 여포가 고개를 갸웃거리고 있었다.

"조롱? 내가? 너흴?"

"이게 조롱이 아니라면 도대체 뭐란 말이오!"

"난 진심으로 얘기한 건데?"

"하, 진심이라고? 이게? 그대는 우리가 무슨……."

창끝으로 여포를 겨누며 소리치던 장합이 몸을 흠칫거리며 말과 함께 뒷걸음질 치기 시작했다. 여느 때와 마찬가지로 유쾌하고 해맑던 여포의 얼굴에서 웃음기가 사라져 간다.

그런 여포의 얼굴이 진중하게 변해간다. 동시에 그저 마주하는 것만으로도 오금이 저릴 정도로 강력할 기세가 뿜어져 나오고 있었다.

"오, 온후?"

"백만지적."

"배, 백만지적?"

"그게 내가 원하는 거야. 백만 대군을 상대로 싸워보는 거."

말도 안 되는 소리다. 한 명의 인간이 백만이나 되는 대군과 싸우겠다니.

하지만 여포라면 가능할지도 모를 터.

꿀꺽.

장합이 자기도 모르게 굵은 침을 삼켰을 때, 여포가 씩 웃더니 말을 몰아 저 멀리 앞으로 달려가기 시작했다.

"하, 하하……."

그 모습을 지켜보며 장합은 허탈하다는 듯 웃음을 터뜨렸다.

적이 백만 명이어도 두려워하지 않는, 오히려 적이 강하길 바라 마지않는 군주인 여포. 그리고 싸우기만 하면 언제나 승리하는, 불패의 명장인 위속. 그들을 상대로 하는 전쟁은 어쩌면 처음부터 승패가 정해져 있던 것일지도 모른다는 생각이 장합의 머릿속에서 떠오르고 있었다.

태원군, 진양성.

낙양을 중심으로 한 사주와 병주의 경계에 자리한 그곳의 성벽 위에서 하후돈은 못마땅하단 얼굴을 하고 있다.

그것은 하후돈의 옆에 서 있는 하후연 역시 마찬가지였다.

"상당을 손에 넣었어야 했는데……."

"형님은 아직도 그 생각뿐이오? 난 상당성을 생각하면 끔찍하기만 한데."

"끔찍했던 것은 끔찍했던 거고, 안타까운 건 또 다른 이야기지.

상당성만 손에 넣었더라면 언제고 기주를 향해 진출하는 것도 한결 수월했을 것을……."

"내 참……."

못 말리겠다는 듯 하후연이 고개를 절레절레 젓는다.

상당성 전투로 그들은 삼만의 병력 대부분을 잃고 간신히 목숨만 건진 채 도망쳐 왔다. 덕분에 이렇게 요충지인 상당성 대신, 상대적으로 그 가치가 떨어지는 진양성으로 도망쳐 온 것이었다.

"늘그막에 이게 뭔지 모르겠소. 장안을 점령하던 때까지만 해도 우리가 이 나이쯤 되면 천하가 맹덕 형님의 깃발 아래에서 어느 정도 안정되리라 생각했었는데 지금은……."

"숙부님! 숙부님들!"

하후연이 답답하다는 듯 이야기하던 때, 저 멀리에서 익숙한 목소리가 들려왔다. 조진이 말 그대로 안색이 새하얗게 변한 채, 그들을 향해 정신없이 달려오고 있었다.

"큰일입니다! 큰일이 났습니다, 숙부님들! 이, 이건 정말!"

"무슨 일인데 그렇게 호들갑을 떠는 게야? 뭐, 여포가 오기라도 한단 말이냐?"

"어, 어떻게 아셨습니까?"

"정말로 여포가 오고 있다는 것이냐? 이곳 진양으로?"

순간 몸을 흠칫하던 하후돈이 조진의 그것만큼이나 다급한 목소리로 반문했다. 그런 광경에 하후연의 눈이 가늘어지고 있었다.

"야전으로 나가지만 않는다면 버티는 것은 어렵지 않잖소. 그나저나 조진아. 여포 휘하의 장수는 누가 있다더냐?"

"육손입니다, 숙부님. 그런데 지금 그게 문제가 아니라!"

"당황하지 마라. 장수는 언제나 태산과도 같이 무겁게 평정을 유지해야 함을 아직도 모른단 말이더냐?"

"하, 하지만."

"장수가 당황하면 병사들은 흔들리고, 장수가 흔들리면 병사들은 무너지게 마련이다."

"지금 그런 걸 이야기할 때가 아니란 말입니다, 숙부!"

"어허, 이놈이 그래도?"

"여포가 원담과 함께 오고 있단 말입니다! 오십 리 밖에서 놈들이 나타났다고요!"

"아직도 정신을…… 응? 뭐라고?"

근엄하기 그지없는 얼굴로 조진을 타박하던 하후연이 고개를 갸웃거린다.

"여포가 원담과 군을 합쳤다는 보고가 올라왔습니다! 원담이 여포에게 항복을 했다고요!"

"뭐, 뭐라!"

하후연이 자신도 모르게 소리를 내지른다. 그런 하후연의 낯빛이 창백하게 변해간다.

"원담이 여포에게 항복했다니! 그게 도대체 무슨 소리냐!"

"저도 모릅니다! 모른다고요! 그런데 원담이 여포와 말 머리를 나란히 한 채 이곳으로 진격해 온다는 보고가 올라왔단 말입니다!"

"으허, 으허허허. 이런 말도 안 되는…… 원담이 항복을 했다니? 이러면 천하의 절반이 아니라 셋 중 둘 이상이 여포의 손아귀에 들어갔단 말이질 않으냐!"

가만히 둘의 대화를 듣고만 있던 하후돈이 당황한 기색이 역력한 목소리로 소리쳤다.

"형님께는, 주공께는 사람을 보내 알렸느냐?"

"아, 아직 못 했습니다."

"어서 사람을 보내라. 어서! 성문을 굳게 닫고, 수성을 준비해! 위기다! 최악의 상황이야. 주변의 다른 작은 성들에도 사람을 보내 병력을 끌어모아야 한다. 성 주변의 마을도 전부 불태우고, 백성도 끌어모아야 해. 알겠느냐!"

"예, 숙부님!"

"묘재, 네 녀석도 움직여야 한다. 이렇게 갑자기 오십 리 밖에서 나타날 정도면 보급도 간소화되었을 것이니 공성 병기를 가지고 왔을 리가 없다. 지금 당장 병사들을 이끌고 성 밖으로 나가서 숲이란 숲은 전부 불태워!"

"알겠소, 형님!"

조진과 하후연이 허겁지겁 움직이기 시작했다.

그 모습을 지켜보며 하후돈은 주먹을 움켜쥔 채, 이를 악물었다. 말도 안 되는, 절망적이기까지 한 상황이다. 눈앞이 다 캄캄해진다.

밀려오는 절망감을 억지로 외면하며 지도를 펼친 채, 방어 전략을 구상하길 한참.

"장군! 적들이 북문 측으로 접근해 오고 있습니다!"

부장 하나가 허겁지겁 달려와 소리쳤다.

"방어 준비는?"

"장군께서 지시하신 대로 진행되고 있습니다!"

"알았다. 일단은…… 가 봐야겠군."

자리에서 일어나며 하후돈이 비장하기 그지없는 얼굴로 성벽을 향해 나아갔다. 그런 하후돈의 시야에 정말 성 밖을 가득 메운, 이십만 명이나 되는 대군의 모습이 들어왔다. 그 사이에서 여(呂)와 원(袁)의 깃발이 함께 휘날리고 있다.

악몽과도 같은 광경이다. 하지만 그렇다고 해서 싸워보기도 전에 지레 포기하고 주저앉을 수는 없는 노릇.

"여포! 위속 없이는 아무것도 못 하는 놈이 제법이구나! 간이 배 밖으로 나왔어! 그리고 원담! 네놈에게서 악취가 진동을 하는구나!"

"……악취라니? 내게서 악취가 난단 말이오?"

여포의 옆에서 뚱한 얼굴을 하고 있던 원담이 인상을 찌푸리며 소리쳤다.

"오냐! 원소의 아들이라는 놈이 제 아비 원수의 뒤를 빨아주고 있질 않느냐! 어디 입이나 한번 벌려보아라! 필시 네놈의 입속에 여포의 똥구멍을 핥아주며 묻은 똥이 남아 있을 터!"

"허, 허허……."

"이야. 우리 도니, 문숙이한테 많이 배웠나 본데? 원담이 입에 똥이 남아 있다고? 크크크크크"

재미있다는 듯 여포가 웃음을 터뜨릴 때, 원담이 어이가 없다는 듯 헛웃음을 내뱉는다. 그런 원담의 주변이 술렁이고 있었다.

'뭐지?'

뭔가 좀 이상하다.

전투가 시작되기에 앞서 이런 식으로 도발을 하면 상대도 뭔가 응답하게 마련이다.

하지만 돌아오는 이야기가 없다. 여포는 그저 계속해서 웃고만 있고, 원담은 싸늘하기만 한 눈동자로 자신을 쳐다보고 있을 뿐이다. 욕설도 없고, 공격 명령도 없다.

'그러고 보니……'

원담군 병사들의 대형도 좀 이상하다.

이만한 병력으로 성을 공격하러 왔다면 뭘 하든 일단 넓게 펼쳐져 포위부터 하고 봤을 거다. 성안과 바깥을 차단해 버릴 수만 있다면 그보다 좋을 것이 없으니까.

하지만 원담군의 병력은 북쪽 성문 앞에 고스란히 모여 있을 뿐이었다.

"흠흠. 돈아! 좀 어색하겠지만 참고 잘 지내라?"

"잘 지내라니? 그게 도대체 무슨 소리란 말이오?"

"신병 받으라고. 크크크크. 난 간다! 원담이 너도 고생하고?"

여포가 하후돈을 향해, 그리고 원담을 향해 가볍게 손을 흔들더니 말 머리를 돌려 저 북쪽으로 나아간다. 여(呂)의 깃발을 들고 있던, 여포의 병사들 역시 마찬가지.

어안이 벙벙해진 하후돈이 멍하니 그 모습을 지켜보고 있을 때, 원담 휘하의 장수 하나가 백기를 들어 올린 채 성문을 향해 다가오기 시작했다.

그리고 잠시 후, 전후좌우 사정을 모두 전해 들었을 때.

"크으으아악! 내가 여포 그 돌대가리에게 당하다니! 가문의 수치다! 수치라고오오!"

분노에 가득 찬 하후돈의 목소리가 울려 퍼지기 시작했다.

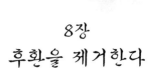

8장
후환을 제거한다

"뭐라?"

장안성, 그곳에 있는 자신의 집무실에서 지도를 펼쳐놓고 한참이나 말없이 고심하던 가후가 황당하다는 듯 소리쳤다.

그런 가후의 목소리에 장수, 만총이 딱딱하게 굳어진 얼굴로 재차 이야기하고 있었다.

"전멸할 수밖에 없는 상황의 원담군을 여포가 직접 진양까지 데려다주었다고 합니다. 그 수가 무려 이십만에 이르고요."

"……허. 돌아버리겠군. 안 그래도 어디로 튈지 알 수 없는 자이긴 했지만 이런 식으로…… 허허허."

가후가 어이가 없다는 듯 헛웃음을 내뱉는다.

그런 가후의 모습에 만총이 함께 한숨을 내쉬고 있었다.

"오합지졸도 그런 오합지졸이 또 없습니다, 총군사. 진양에서 낙양으로 이동하는 중인데 탈영병의 수가 적지 않다고 합니다. 그러면서 군량은 똑같이 축내고 있으니, 이거 완전 식충이가 따로 없습니다. 말도 안 되는 짐덩이를 떠안게 된 꼴이에요."

"짐덩이가 맞기는 하지."

"원담도 마찬가지입니다. 지금의 상황에선 아무런 가치도 없을 놈을 받아들이게 되었으니 벌써 두통이 밀려온다고요."

정말로 머리가 아프다는 듯, 인상을 찌푸리는 만총의 그 모습에 가후가 고개를 끄덕였다.

틀린 말은 아니다. 원담은 백성과 호족들의 인망을 단번에 잃어버릴, 최악의 방법으로 하북을 포기했다.

하지만 원담 정도 급에서 항복해 오는 자를 후대하지 않을 수도 없는 노릇. 잘못하면 굴러온 돌이 박힌 돌을 빼내며 행패 부리는 것을 오냐오냐 봐줘야 할지도 모를 일이다. 하지만.

"방법이 없는 건 아니지."

가후가 눈을 번뜩이며 말했다. 그런 가후의 눈빛이 시리도록 차갑게 식어가고 있었다.

"왔는가, 총군사."

스스로를 전서 장군으로 칭하며 새롭게 명패를 바꾸어 단 조조의 장군부. 가후가 그곳의 외당에 도착하자 두통에 시달리며 인상을 찌푸리고 있던 조조가 그를 맞이했다.

그런 조조의 옆으로 죽간이 산더미처럼 쌓여 있었다.

"거대한 똥을 끌어안게 됐어. 이것들이 보이는가?"

"새로이 합류하게 된 원담과 그 휘하 이십만 병력을 먹여 살리는 것에 대한 정무 보고이겠지요."

"아는군? 그럼 어떤 내용인지도 알겠지. 가뜩이나 빠듯한 살림일세. 익주를 잃게 된 탓에 내년부터 살림이 어려워질 판이거늘, 이십만이나 되는 식충이까지 끌어안게 되었잖나?"

죽간 중 하나를 집어서는 제 이마를 툭툭 두드리며 조조가 말했다. 세월이 흘러 검버섯이 잔뜩 생겨난 그 얼굴로 조조가 가후의 모습을 응시하고 있었다.

"원담 그놈이 그러더군. 병주에서 곧장 옹양으로 오기는 곤란하니 낙양을 거쳐 황하와 위수를 거슬러 올라오겠다고. 이게 무슨 소리인지 알겠나?"

"의탁하기는 하였으되, 지분을 챙기겠다는 의미겠지요. 가능하다면 주공의 땅 중에서도 알짜라고 할 수 있을 곳에 눌러앉으면서 말입니다."

"난 원담을 모질게 내칠 수가 없는 상황일세. 익주를 잃지 않았다면 그나마 나았겠으나, 이제는 호족의 동요를 막기 위해서라도 그 식충이들을 어쩔 수 없이 끌어안아야 할 판이야. 그러니 이야기해 보게. 내가 어떻게 해야 하겠나?"

"너른 마음으로 그들을 받아들이십시오. 더할 나위 없이 환대하며 가능하다면 낙양을 내어줄 수도 있다는 뜻을 넌지시 표하십시오."

가후의 그 이야기에 조조의 눈썹이 꿈틀거린다. 하지만 이내 곧, 조조의 입가에 씩 미소가 피어오르고 있었다.

"자네, 뭔가 있군?"

"주공을 위해 소생이 계책을 만들어 왔습니다."

만총의 앞에서 보였던 것과 같은, 그 시리도록 차가운 눈빛으로 가후가 자신의 계책을 이야기하기 시작했다.

그리고 그 설명이 끝났을 때.

"그대가 나의 장자방이로다."

만족스럽기 그지없는 목소리로 이야기하며 조조가 자리에서 일어나 한쪽에 걸려 있던 의천검을 꺼내 내밀었다.

"내 검을 자네에게 맡기도록 하지. 자네가 이야기한 그대로 진행해 보게."

"감사합니다, 주공. 이번에야말로…… 그놈의 수급을 베어다 바치도록 하지요."

🔲

솨아아아아아-

익숙한 바람 소리와 함께 꿈속에서 눈을 떴다.

그리고 핸드폰은…….

"이번엔 탁자에 있구만?"

뜨끈한 김이 모락모락 피어오르는 찻잔 바로 옆에 놓여 있다.

갑자기 웬 차? 지금까지 이런 적은 한 번도 없었는데?

심지어는 향도 좋다. 내 꿈속이니 먹어도 잘못되는 일 같은 건 없겠지?

"오."

한 모금 마시니 청량한 향이 입안 가득 펼쳐지고, 그 뜨끈하면서도 묘하게 부드러운 느낌이 몸속을 가득 메우는 것 같다.

"이거 무슨 차지?"

삼국지의 시대에서 깨어나고, 형님이 어느 정도 자리를 잡고 난 다음부터 좋다는 차는 거의 다 공수해다가 마셔본 것 같은데 이런 느낌은 처음이다.

안 그래도 좋던 컨디션이 더 좋아지는 것 같달까? 지금이라면 어떤 일이든 다 해낼 수 있을 것 같다는 생각마저 들 정도였다.

"현실에서도 계속 마실 수 있으면 좋을 것 같은데."

이게 어떤 이유에서 갑자기 나타난 건지는 모르겠지만 아마 안 될 거다. 여긴 뭔가 신기한 현상이 계속해서 벌어지는 꿈속이니까.

나는 그렇게 생각하며 핸드폰을 들고, 카페 앱을 실행했다. 무릉도원에 들어가려는 거였는데…….

"쓰벌?"

뭐야. 왜 이름이 바뀌었어?

내가 기억하고 있는 카페의 이름은 삼국지 무릉도원이었다. 그런데 지금은 삼국지 무릉도원이 아니라 이국지 무릉도원이다.

아니, 삼국지가 아니라 이국지라니? 이게 무슨 말도 안 되는…….

'이국지 웹툰 이거 보시는 분? ㅋㅋㅋㅋ 개웃김ㅋㅋㅋㅋㅋㅋ', '이 국지 여행 다녀왔습니다(데이터 주의)', '위속이 만약 원술 사촌 동생이었더라면?', '이국지 PK 장수 시스템 너무 구림……'

삼국지가 아니라 이국지라고 쓰여 있는 것만 아니면 자유 게시판에 올라와 있는 글들은 나름 정상적이다.

예전까지는 삼국지 토론 게시판이었던, 이국지 토론 게시판 도 살펴봐야 할 것 같다.

'위속의 인재관???', '알고 보면 여포가 천재였을 수도 있는 거 아님?', '제갈량vs주유vs육손 누가 더 나음?', '여포가 원담 을 호위해서 조조한테 데려다준 거 레알임??'

글 자체는 정상적인데…… 엥?

"뭐야, 이게."

형님이 원담을 호위해 줬다고?

〈역경에서 원담이 버티고 있던 걸 여포가 설득해서 무혈로 항복시키고 조조한테 보내줬다는데 이거 진짜임?? 이거 제갈량 계책 아니었어여??〉

└군신여포: ㅋㅋㅋㅋㅋㅋㅋㅋㅋ 아님 이거 여포 계책 맞아욬ㅋㅋㅋ ㅋㅋ 여포가 위속 하는 거 보고 배웠다는 게 업계 정설ㅋㅋㅋㅋㅋ

└가랏허저몬: 진짜 여포는 나관중 고소미 먹어야 할듯ㅎ 전풍, 저 수도 여포 계책에 몇 번이나 똥망했는데 나관중 때문에 단순 무식 지랄 이미지로 굳어진거라…… ㅎ

└신기방기방통: 하…… 나 원빠였는데 원담 항복하는 장면부터는 이국지 읽기 싫드라…….

└갓갓위속: 나도 이거 항복하는 장면까지만 재미있고 이후로는 보기싫어짐…… 조조랑 가후 좋아하는 사람들은 아마 여기부터 재미있었을 듯.

└대군사가후: 여포가 조조한테 선사한 빅 엿이 돌고 돌아 여포한테 돌아갔죠. 이거 아니었으면 아마 나관중 소설 제목이 아마 이국지연의가 아니라 삼국지연의였을 듯?

"……뭐지?"

원담이 조조한테 항복했는데, 그것 때문에 삼국지가 아니라 이국지가 되는 거로 미래가 바뀌었다는 건가?

그렇다는 건…… 설마?

📱

"하……."

잠에서 깨어나고, 몸을 일으킴과 동시에 한숨이 나온다. 가슴이 답답해진다.

어떻게 된 게, 이놈의 삼국지 시대에서는 문제 하나를 해결하고 나면 또 다른 문제가 줄을 이어 생겨? 이제 좀 편하게 놀고먹으려고 했더니, 그걸 또 말아먹었네?

"밖에 누구 있어?"

"예, 장군. 저 있습니다."

방문 바로 앞에서 후성이의 목소리가 들려왔다. 녀석이 조심스레 내 침실 쪽으로 들어오고 있었다.

"또 네가 지키고 있었어? 너도 이제 짬이 있는데. 다른 애들한테 넘겨도 되잖아."

"하하. 어제가 보름달이 뜨는 날이잖습니까. 보통 장군은 보름달이 뜨는 날 주무셨다가 다음날 일어나시면 기똥찬 책략 같은 걸 많이 내놓으셨으니까요. 다른 날이면 몰라도 이런 날은 제가 직접 지켜야죠."

녀석이 기대감 가득한 얼굴로 날 쳐다보며 말했다.

제갈영보다 훨씬 더 오랫동안 날 봐온 녀석이다. 무릉도원에 대해 말했던 적은 없지만, 함께한 세월이 있으니 얼추, 어느 정도는 감을 잡았겠지.

"그래서 뭡니까? 이번엔 뭘 준비하면 될까요?"

"장안에서 한중으로 향하는 길목, 그리고 한중에서 익주로 내려오는 길목을 싹 다 살펴봐 줘. 새로 생긴 길이든 예전엔 사용했지만, 지금은 안 쓰는 길이든 전부."

"그거면 되는 겁니까?"

"어. 일단은."

"분부하신 대로 처리하죠."

후성이가 내게 포권하고서 성큼성큼 방을 나서 움직이기 시작했다.

그나마 무릉도원이 있었으니 여기까지 온 거지…… 진짜 무릉도원이 없었으면 벌써 망해도 수십 번은 망했을 것 같다.

제갈량이며 주유며 죄다 우리 쪽에 있는데 뭐 이렇게 상황이 꼬이는 건지 참. 속이 답답해진다.

그리고 그것은 내가 무릉도원에서 글을 보고 나오고 시간이 한참이나 더 지났을 때 역시 마찬가지였다.

"이렇게 자리를 만든 걸 보니 총군사도 뭔가 감지한 모양이 시구려."

후성이에게 맡겼던 조사가 마무리되고 그 자료들이 내 책상에 올라왔을 때, 내 집무실에서 주유가 말했다. 녀석의 뒤를 따라온 여몽이가 돌돌 말린 비단과 죽간 몇 개를 들고 있었다.

"주공의 활약으로 하북 전역을 피 흘리지 않고 손쉽게 얻기는 하였으나, 그에 따른 반작용으로 원담이 조조의 휘하로 귀순하는 일이 벌어졌소. 그리고 그 원담의 것을 포함한 다수의 병력이 한중으로 집결 중이라 하외다."

"소생이 수집한 정보 역시 공근 장군께서 말씀하신 것과 비슷합니다. 가후는 서량의 강족을 옹양으로 끌어들여 언제라도 남하해 내려올 준비를 끝마친 상태입니다. 그리고 한중에서 파서로 향하는 길을 은밀히 정비하는 중이라더군요."

주유에 이어 마량이 말했다.

녀석이 품에서 꺼내 책상에 활짝 펼치는 익주 지역의 지도에 한중에서부터 파서로 이어지는 자그마한 줄이 그어져 있었다.

"지극히 은밀히 작업이 이어지는 통에 정확히 확인하지는 못했으나 마차 하나 정도가 간신히 지나갈 정도 넓이의 길이 최소 열다섯 개 이상 만들어지고 있었습니다."

"길이 열다섯이나? 그것도 최소라는 것인가?"

"예, 장군. 산중은 물론이거니와 공사가 진행되는 현상은 어다나 물샐 틈 없이 삼엄한 경계가 이뤄지고 있어 자세하게 파악하지는 못하였습니다. 그럼에도 확인된 것만 열다섯 개의 새로운 길입니다."

"그렇다는 것은……."

주유가 수염을 쓰다듬으며 미간을 찌푸린다.

이 정도면 조조군의 움직임에 대해 당장 확보할 수 있는 정보는 전부 확보한 거나 마찬가지다. 이제 여기에서 정보들을 조합하고, 결론을 내는 일만 남은 셈.

나는 팔짱을 낀 채, 마량과 주유가 고민하는 모습을 지켜봤다. 이 녀석들이, 그리고 무릉도원이 없는 상태의 내가 도대체 어떤 결론을 냈길래 형님이 천하의 칠 할 가까이를 지배하고 있음에도 옹양과 낙양 정도만 간신히 손아귀에 넣은 조조를 어쩌지 못했던 건지 확인하기 위해서.

"계략이 있는 것이겠지. 확인되지는 않았으나 익주와 한중 사이의 길목을 지키는 관문들의 병졸이 조금씩 줄어드는 중이라더군. 그것도 티가 나지 않게 조금씩, 몹시 은밀하게."

"……그런 일도 있었습니까?"

마량의 반문에 주유가 고개를 끄덕이며 말을 잇는다.

"내 한중 각지에 뿌려둔 세작들이 군량의 운송 경로를 추적하다가 정말 우연히 발견한 걸세. 그리고 내가 지금껏 이야기한 것과 자네가 발견한 것들을 모두 합쳐서 생각해 보면 가후가 노리는 것은 그것밖에 없겠지."

"소생도 같은 생각입니다."

마량이 고개를 끄덕이는 걸 확인한 주유가 내 쪽으로 시선을 옮긴다.

"포위 섬멸을 노리는 거요. 아군이 한중을 향해 빠르게 진격할 수 있도록 관문의 방어를 약화시키고, 언제든 험한 산길로 우회해 아군의 후방을 공격해 관문을 점령할 준비를 하는 것이겠지."

"소생이 비록 익주 사람은 아니나 한중의 지형이 얼마나 험한지는 알고 있습니다. 한중의 입구는 크게 두 단계로 나뉘는데 양평관을 지난 직후가 하나이고 그다음의 정군산과 천등산 그리고 한성에 가로막힌 곳이 또 하나입니다."

지도에 표시된 험준한 산지 가운데, 마치 대구의 그것을 연상케 하는 분지를 가리켰다.

배가 두 개인 호리병처럼 한중은 작은 분지와 큰 분지로 나뉘어 있다. 그리고 그 작은 분지의 입구에서 넓은 분지로 나아가는 길목에 자리한 것이 바로 마량이 이야기한 정군산과 천등산, 한성이었다.

"양평관도 천혜의 요새라 할 수 있지만 두 산과 한성으로 이어지는 방어선 역시 마찬가지입니다. 셋 중 하나라도 점령하지 못한다면 앞으로 나아갈 수가 없습니다. 만약 아군이 양평관을 점령한 상태에서 후방 길목의 가맹관 같은 곳을 점령당하기라도 한다면……."

"그러니까 너희들이 보기엔 그게 가후의 전략이라는 거지?"

"소생의 미욱한 시각에서 보자면 그렇습니다."

"내 보기에도 마찬가지요."

마량이, 주유가 고개를 끄덕인다. 그거 외에 뭐가 더 있겠냐
는 듯.

〈위속도 그렇고 주유랑 마량도 그렇고 한중 쪽 기후는 모르니 당할
수밖엨ㅋㅋㅋㅋㅋㅋㅋ 익주에서 한 1년 정비하면서 북상한 것도 아니
고 점령하자마자 바로 올라갔으니 진짜 당할 수밖에 없짘ㅋㅋㅋㅋㅋ〉

무릉도원에서 봤던 댓글 내용이 떠오른다.
절로 한숨이 나온다.
"주유, 마량. 지금 계절이 어떻지?"
"지금의 절기는…… 가을이 되어가는 여름이잖소?"
내 표정을 보고서 뭔가 자신이 놓친 게 있다는 것을 깨달은
듯, 주유가 조심스럽게 반문한다.
"지금 우리가 준비를 끝마치고 한중에 도착하면 아마 가을
이 될 거야. 맞지?"
"그렇…… 겠지."
"연주와 서주, 기주의 가을을 생각해 봐. 날씨가 어떻지?"
"그야…… 설마?"
내가 여기까지 이야기하고 나니 주유의 눈이 동그랗게 커진
다. 이해하긴 마량 역시 마찬가지였던 듯, 그 안색이 창백하게
변해갔다.
"강남의 기후는 온난다습이지. 반면 연주와 기주, 서주는
가을이 되고 겨울이 되면 날씨가 건조해지지만, 이곳처럼 산

이 많지는 않아. 그런 날씨에서 가후가 내건 미끼에 정신이 팔린 채 양평관을 점거하고 한중의 안쪽으로 들어가는 길목을 점령하기 위해 산을 끼고 영채를 세운다면?"

"한수가 한중을 가로지르며 흐르기는 해도…… 천시만 잘 맞춰 화공을 퍼붓는다면 혼란에 빠지고 지휘 체계가 무너져 전군이 혼비백산하겠지."

입술을 질끈 깨물고 있는 마량의 옆에서 주유가 쥐어 짜내듯 말했다.

"그거만 나오면 그나마 낫지. 후방에서는 강족이 들이닥칠 거야. 아마 가맹관을 공격할 별동대 따위는 없겠지만 그걸 대비하느라 병력이 분산된 틈을 그대로 치고 들어오겠지. 그다음엔 뭐, 샌드위치가 되는 거고."

내가 책상에 놓여 있던 죽간을 들어 양손으로 뭉개 버렸다.

미친 거다. 가후는 우리가 이쪽 땅의 기후에 익숙하지 못하다는 것까지 염두에 두고서 계책을 세운 거다. 익주 땅에서 오랜 세월을 산 사람에게는 절대 통하지 않을 계책이겠지만 우린 이쪽을 모르니까. 그 미세한 틈새를 파고들어 대국을 뒤집어 엎어버리는 거다.

가후…… 진짜 어디에서 이딴 괴물 같은 놈이 튀어나온 건지. 무릉도원이 없었더라면 어떻게 됐을지, 상상조차 하기 싫어진다.

내가 그렇게 생각하며 주먹으로 책상을 퉁퉁 두드리고 있을 때, 뭔가 골똘히 고민하고 있던 주유가 입을 열었다.

"총군사, 그대가 꿰뚫어 본 그대로라면 그 계책을 역으로 이용해 한중으로 밀고 들어갈 수 있을 것 같소. 조조군을 궤멸시키는 것까지는 못하더라도 한중을 점령하는 것 자체는 어렵지가 않을 것 같소이다."

"한중을 점령한다고?"

"적이 의도하는 바를 모른다면 또 모를까, 그걸 알고 있다면 격파하는 것 자체는 어렵지가 않소. 총군사도 잘 알고 있잖소이까?"

"아니, 그것만 가지고는 모자라."

"……모자라다니?"

"이번엔 하나부터 열까지, 전부 내가 다 지휘할 거야. 그리고 가후의 목을 베어야지. 이번에야말로."

후환을 제거한다.

무릉도원을 이용해 조조와 가후의 모든 움직임을 낱낱이 살피면서 하나하나, 그들이 끌어낼 수 있는 전력을 전부 박살낼 거다. 이번에야말로.

익주에서 한중으로 이어지는 길목의 첫 번째 관문이라 할 수 있는 검각.

우리가 익주에서 머무는 동안 공명이가 보내온 증원군과 합쳐져 삼십오만이 된 대군을 이끌고 북진한 와중이다.

검각에서 한중까지의 길목에 있는 관문 총 넷. 가맹관, 백수관, 양안관, 마지막으로 양평관까지.

"모르고 있었다면 깜빡 속아서 기세를 타고 있었을 거요. 험준한 산지의 사백 리 길, 그것도 관문 세 개를 공격해 점령하기까지 하면서 움직이는 데 고작 한 달밖에 안 걸렸다니."

저 멀리 앞, 험준하기 그지없는 산세의 길목 사이를 가로막고 있는 양평관의 모습을 응시하며 주유가 말했다.

그 옆에서 마량이 고개를 끄덕이고 있었다.

"소생이 계속 생각을 해봤는데 말입니다. 가후가 앞선 세 관문을 지키는 병사들 사이에 유언비어를 퍼뜨렸던 것이 아닐까요?"

"유언비어를?"

"예, 공근 장군께서도 보셨잖습니까? 우리가 나타나기도 전에 이미 적지 않은 숫자가 탈영하고 없었습니다. 덕분에 관문을 공격하자마자 떨어뜨릴 수 있었고요. 장안에서 변고가 일어나 조씨 천하가 무너지고 있다니…… 시도는 좋았죠."

내게서 가후가 노리는 바가 무엇인지 듣지 않았더라면 주유나 마량이도 혹하는 마음 정도는 가졌을 거다.

조씨의 천하가 무너졌다는 건 결국 조조가 죽었다거나, 그 세력이 박살 내고 있다는 의미가 될 수밖에 없다.

북쪽에서 원씨의 세력이 무너지고, 형님이 원담을 직접 조조에게 데려다주기까지 했다는 게 바로 며칠 전에 알려졌으니 더더욱 방심하기 좋았을 거고. 여러모로 회심의 일격을 맞기 딱 좋은 상황이나 마찬가지.

"이제 어떻게 할 거요?"

나와 함께 양평관의 모습을 응시하며 주유가 말했다.

앞선 세 관문과 달리 양평관은 그냥 멀리서 보기로도 방비가 삼엄하기 그지없다. 당장에라도 전투를 시작할 수 있도록 만반의 준비가 다 갖춰진 모습이고.

험준한 지형에 높은 성벽, 후방의 지원까지 갖춰진 상황이니 점령하는 게 녹록하진 않겠지.

"이제 막 도착했으니 짐 풀고, 영채를 세워서 병사들을 쉬게 해줘야지. 저 관문을 어떻게 넘을지는 내일부터 의논해 보자고."

"그럽시다, 그러면."

주유가 고개를 끄덕거린다.

험준한 산악 지형에서 손쉽긴 해도 전투를 세 번이나 치르며 강행군을 해온 것이나 마찬가지다.

병사들도 좀 쉬게 해줘야지. 나도 쉬고.

영채가 세워지는 것을 멀찌감치서 구경하며 나는 하늘을 올려봤다. 어둑어둑해지는 하늘 한가운데에 휘영청 밝은 보름달이 떠오르고 있었다.

쏴아아아아아아-

"어디, 이번엔 또 가후가 무슨 짓을 했는지 볼까."

꿈속에서 깨어남과 동시에 핸드폰을 꺼내 들며 나는 카페 앱을 실행했다.

가슴이 두근거린다.

한중에서 아군을 불태워 몰살시키겠다는 가후의 계책을 알아낸 상태가 되었으니 지난번처럼 이국지 무릉도원이라는, 그 끔찍한 카페명을 볼 일은 없을 거다.

그렇게 생각하면서 무릉도원으로 들어갔는데…….

"쓰벌. 아직도야?"

이국지 무릉도원이라는, 대문짝만 한 배너가 여전히 그대로 그 모습을 유지하고 있다.

아니, 가후가 그 난리를 피우는걸 가후랑 마량한테 다 얘기해 줬는데 도대체 왜 아직도 이국지라는 거야?

"열 받네, 진짜."

도대체 뭐가 문제라는 건지 확인해야 한다. 나는 그렇게 생각하며 곧장 이국지 토론 게시판으로 넘어갔다.

찾아봐야 할 건 말할 필요도 없다. 일단은 한중 전투다. 한중에서 잘못된 게 없다면 또다시 연표를 찾아보면 될 터.

"역시."

'위속은 왜 마속에게 진창도를 맡겼을까?', '초나라_최악의_트롤러_등산왕_마속을_araboja.txt', '마속은 등산을 할 수밖에 없었는가?', 'if_주유가 진창도를 지켰다면?'

한중 전투를 검색한 것만으로도 마속에 대한 글이 잔뜩 올라와 있다. 그리고 그 언급은 대부분 마속이 등산했다는 것으로 이어지는데…… 등산이라니? 이게 무슨 소리야?

〈한중 전투에서 위속이 본대를 이끌고 양평관을 공격하고 있을 때 후방의 하변에서 마대가 강족 병사들을 데리고 남하했었죠. 양평관에서 하변으로 이어지는 길목인 진창도에서 길만 잘 막으면 되는 거라 위속이 당시 떠오르던 신예인 마량, 마속 중 마속을 보내고 위연을 붙여줬는데 결과는…… ㅋㅋㅋㅋㅋㅋㅋㅋ)

└주유피꺼숏: ㅅㅂ 마속 똥멍청이가 등산해서 위연도 죽고 전투도 마대한테 똥꼬 털려서 한중 원정군 죄다 털리고 위속도 죽을 뻔하고 ㅋㅋㅋㅋㅋㅋㅋㅋㅋ 마속 한 놈 잘못 썼다가 뭐냐 그걸ㅋㅋㅋㅋㅋㅋㅋㅋ

└대군사가후: 위푸치노 거품 싹 걷어낸 전투가 이거지. 그냥 길목만 잘 막고 버티면 되는데 굳이 산으로 기어 올라가서 마대한테 영혼까지 털리골ㅎㅎㅎㅎㅎㅎㅎ 위속 사람 보는 눈 클라스 지리죠?

└조건달: ㄹㅇ 한중 전투 한번 이기고 낙양/병주 라인 우주 방어하면서 익주까지 다 집어삼켰는데 이거면 조조가 위속보다 상위 티어인 거 인증이지.

└킹갓저수지: 그래도 그건 좀;;;; 조조가 위속보다 아래라니??

└최후의쓰마이: 나도 위빠지만 조조가 위속보다 윗줄이라는 건 좀 너무 나간 듯ㅋㅋㅋ 위속보다 한 끗발 아래인 걸로 칩시다 ㅋㅋ

"하……."

어이가 없네.

마속 그 녀석이 마량이랑 같이 다니면서 맨날 병법서를 읽고 다니고, 장수들 사이에서 능력도 꽤 있다는 평이 지배적이었다. 그래서 중요한 임무긴 해도 비교적 쉬운 임무를 준 거였다. 한번 키워보자는 생각으로.

통일한다고 해도 전쟁이 끊이지는 않을 거고 나랑 주유, 공명이, 육손이가 더는 전장에 나설 수 없는 상태가 되면 후대가 우리 자리를 채워줘야 하니까.

그래도 혹시 모른다는 생각이 능력의 검증이 끝난 위연까지 붙여서 보내줬던 건데…… 그걸 못했다고? 그냥 가만히 길목에다가 영채 차려놓고 지키기만 하면 되는 건데?

"이 자식을 진짜."

빡침을 억지로 내리누르며 잠에서 깨어날 때까지 한중 전투에 대한, 조조와 가후의 움직임을 확인했다. 그러고서 모든 것이 녹아내리며 잠에서 깨어났을 때, 난 곧장 몸을 일으켰다.

둥- 둥- 둥- 둥- 뿌우우우우우우우우-!

"와아아아아아아아아!"

내가 군막을 나감과 동시에 북소리와 함께 뿔 나팔 소리가, 병사들의 함성이 터져 나오는 것이 귓가에 들려왔다. 주(周)와 손(孫), 태사(太史), 여(呂)까지 온갖 글자가 새겨진 깃발이 사방에서 휘날린다.

"여몽이겠구만, 저건."

우리 군에서 장군기에 여(呂)를 새겨넣을 수 있는 건 형님과 여몽, 둘뿐이다. 하지만 형님은 아직 기주 쪽에서 있을 테니까. 여몽일 수밖에 없지.

"아, 총군사. 기침하셨소이까?"

공성 병기들과 함께 양평관을 향해 질주하는 병사들의 모습을 지켜보고 있던 내게 주유가 다가왔다. 아무래도 밤을 새운 모양이다. 녀석의 눈 밑이 퀭했다.

"잠 좀 자면서 일하라니까. 그거 하나 지키는 게 그렇게 어렵냐?"

"어차피 누군가는 해야 할 일이오. 군무라는 게 그런 것 아니겠소? 게다가 양평관을 점령하는 것과 함께 진행해야 할 업무도 있으니까."

주유가 손가락을 들어 우리의 영채 뒤쪽으로 있는, 어제까지만 해도 병사들로 가득하던 군영을 가리킨다. 감녕이의 깃발만이 휘날리고 있을 뿐, 사람은 아무도 보이질 않고 있었다.

"벌써 간 거야?"

"생각보다 빠르게 발견되었소. 총군사가 대략적인 위치를 짚어줬잖소이까?"

"우릴 엿 먹이려고 했으니 가후도 엿 좀 먹어봐야지. 감녕 쪽 애들이 움직였으면 뒤처리는 확실하겠네. 그런데 마속은? 지금쯤이면 도착했을까?"

"마속? 그자라면 아마 내일쯤 도착할 거요. 그곳에서 총군사가 지시한 대로 영채를 지어 길목을 틀어막고 강족 병력과 대치하겠지."

"아니야. 걔 털릴 거야."

"……털리다니?"

"길목을 막는 게 아니라 산 위로 올라갈 거라고. 하, 옛날이나 지금이나 등산하자고 꼬드기는 놈들이 제일 싫다니까. 도움이 안 돼요, 도움이."

쉬는 날 부하 직원들 데리고 등산하자는 인간들이나, 멀쩡하게 길목만 막으면 되는 거를 기어코 산 위로 올라가서 자기 손으로 자기 목을 조르는 놈이나. 다 도움이 안 된다.

내가 그렇게 생각하며 인상을 찌푸리고 있는데 주유가 도대체 자기는 영문을 모르겠다는 얼굴로 쳐다보고 있었다.

"주유야. 나 장수 하나만 빌리자."

"장수? 새삼스럽게 빌리기는 무슨. 또 뭔가 신통력이라도 생긴 모양이외다?"

"그 비슷한 거지. 이번 작전에서는 그러니까 장수가⋯⋯."

허저나 육손, 조운이나 마초 같은 애들이 이쪽에 있으면 여러모로 좋겠는데 걔들은 다 공명이 밑에서 갈리고 있을 거다. 형님이 나선다면 최고겠지만 형님도 아직 기주고.

여기에서 내가 써먹기 제일 좋은 장수는 아무래도⋯⋯.

"손책이가 좋겠군."

걔도 나처럼 나이를 좀 먹긴 했지만 이런 말이 있다. 폼은 일시적이어도 클래스는 영원하다는.

어느덧 환갑에 가까운 나이가 되어버린 형님을 봐도 알 수 있는 만고의 진리다.

"다른 장수들은 몰라도 백부는 좀. 차라리 여몽을 데리고 가시오. 겸사겸사 경험도 좀 쌓아주고. 그게 낫지 않겠소?"

"경험 쌓아주는 거 신경 쓸 자리가 아니다, 지금은."

"……심각한 거요?"

주유를 상대할 때면 언제나 장난스럽던 내 어조가 진지하게 변해 버린 탓일 거다. 녀석의 얼굴이 딱딱하게 굳어졌다.

"어. 까딱 잘못하면 여기까지 박살 날 거야. 확실하게 처리해야 해."

반대로 확실하게 처리하기만 하면 반대로 더없이 날카로운 비수가 되어 조조의 목덜미를 겨누게 될 거다. 이 비수가 신경 쓰여 아무것도 못 하는 상태로 만들어 버릴 수도 있다.

"알겠소. 조금만 기다리시오."

주유가 부장을 불러다 손책 쪽으로 내 이야기를 전하기 시작했다.

📱

"아직까지는 전투가 치열해지지 않은 모양이지?"

조(曹)의 깃발이 수도 없이 꽂혀 바람에 흩날리는 한중성. 장안에서부터 이십만의 대군을 이끌고 친히 한중으로 남하해 내려온 조조가 말했다.

그런 조조의 앞에서 먼저 한중으로 파견되어 이곳을 맡고 있던 가후가 딱딱하게 굳어진, 오히려 약간은 두렵기까지 한 기색을 한 얼굴로 포권하고 있었다.

"자네 표정이 안 좋은데. 일이 좋지 않게 돌아가는 것인가?"

"아닙니다, 주공. 아직은 소생이 예상했던 방향으로 진행되는 중입니다."

"그렇다면 좋은 일이 아니던가."

"좋은 일이지요. 아직은 말입니다."

"조금만 시간이 지나면 일이 틀어질 것처럼 구는군. 자신감을 갖게. 서측 땅의 산불이라는 것은 중원의 것과는 완전히 달라. 위속이 산불을 예상하고 그에 대비한들, 이곳에서는 아무짝에도 쓸모가 없을 걸세. 게다가 자네는 이미 위속의 정신을 빼놓기 위한 많은 것들을 준비해 뒀잖나?"

조조의 시선이 지도를 향해 옮겨졌다. 조조군은 물론이고 지금까지 파악된 모든 여포군 병력의 위치가 표시된 지도다.

여포군은 서측에서 한중으로 이어지는 관문 그리고 양평관과 진창도에 병력을 배치해 둔 상태다. 그리고 조조군은 그런 여포군을 후방에서 괴롭힐 수 있도록, 산속에서 크고 작은 길을 내어가며 움직이는 중이고.

굵기가 제각각인 선이 백수관과 양안관, 가맹관을 향해 이어져 있다. 어디까지나 위장을 위한 작전일 뿐이지만 만에 하나 저것들이 성공이라도 한다면 그 자체만으로도 위속의 목을 움켜쥐게 되는 것이었다.

"신중한 것도 좋지만 장수가 두려워하면 군의 사기가 함께 떨어지는 법일세."

조조는 그 말을 남기고선 진중을 돌아봐야겠다며 밖으로 나섰다. 그런 조조의 뒷모습을 응시하며 가후는 작게 한숨을 내쉬고 있었다.

"불안하기가 그지없구나."

자신이 의도한 바에서 한 치도 틀리지 않게 모든 것이 진행되고 있다. 만약 상황이 좀 달랐더라면 이렇게까지 불안하지는 않았을 거다.

좀 삐걱대더라도 큰 틀에서 봤을 때 계책의 의도가 유지되는 중이라면 걱정할 필요조차 없다. 위속이 자신의 의도를 가지고 뭔가 움직이고는 있지만 가후가 짜놓은 판 위에서 허우적거리기만 할 뿐이니까.

하지만 지금은 그게 아니다. 완벽하게, 아무런 잡음조차 없이 사전에 짜두었던 흐름 그대로 진행되는 중이다. 이건 아무리 봐도 위속이 자신의 의도를 간파한 채, 그에 맞춰 뭔가 일을 꾸미고 있다는 의미일 수밖에 없다.

가후는 그렇게 생각하며 불안감에 몸을 떨고 있었다.

그러길 잠시.

"총군사."

가후의 귓가에 조인의 목소리가 들려왔다.

익주에서 요양을 하던 중, 갑작스레 위속의 침공으로 다시 군으로 복귀한 조인이 딱딱하게 굳어진 얼굴로 가후를 향해 다가오고 있다.

그 모습을 확인한 가후가 이를 악물었다. 가슴이 철렁하며 뭔가가 쿵 떨어지는 것만 같았다.

"무슨…… 일이오?"

"남쪽으로 파견되었던 별동대들 말이오."

"설마. 그들이?"

파르르 떨리던 가후의 목소리가 빠르게 평소대로 돌아가기 시작했다. 조금씩 핏기가 가시며 창백하게 변해가던 그 얼굴 역시 마찬가지. 가슴을 졸이며 조금은 위축되기까지 했던 가후의 얼굴에 여유가 돌아오고 있다.

조인이 고개를 끄덕이며 이상하다는 듯 가후의 모습을 응시하더니 품속에서 피로 얼룩진 깃발을 꺼내 내밀었다.

다른 부분은 모두 잘라내고, 글자만 한 자 남아 있을 뿐이었다.

"감(甘)이라."

"위속이 강남의 산월병을 감녕의 휘하로 배속시켰는데 그들이 움직인 것 같소."

"그렇게 되었던 말인가? 참으로 다행이군. 참으로……."

"아니, 다행이라니? 그게 무슨 말씀이시오? 위속이 총군사의 계책을 꿰뚫어 보고 있다는 것이잖소이까. 지금이라도 대책을 강구해야 하는 게……."

"꿰뚫어 본 게 아니오, 조인 장군. 이 사람이 만들어놓은 판 위에서 뛰어놀고 있을 뿐이지."

"판이라고 하시었소?"

가후가 고개를 끄덕이며 차갑기 그지없는 미소를 입가에 지어 보였다.

"이번에야말로…… 위속, 그놈을 잡을 수 있겠어."

9장
위속이 여기에 있다!

둥- 둥- 둥- 둥-

북소리가 끝도 없이 울려 퍼진다.

아침 일찍이 잠에서 깨어나 양평관의 상황을 살피던 가후가 인상을 찌푸렸다. 그런 가후의 옆에서 조홍이 작게 한숨을 내쉬고 있었다.

"오래는 못 버티오."

"그래 보이는군."

"지금 상태면 길어도 일주일이외다. 지원이 필요하오."

"양평관처럼 작은 관문에 병력을 더 밀어 넣을 수는 없는 일이오. 장군도 잘 알잖소이까?"

가후가 주변을 돌아보며 말했다. 성벽 위를 병력으로 빼곡히 채워 봐야 삼만 명 정도가 한계인 양평관이다. 한중에 조조가 직접 지휘하는 이십만 대군이 도착했다 한들, 이곳에서 더 할 수 있는 것은 없다.

"그래도 너무 빠르오. 자칫 잘못하면 위속이 총군사의 대계를 알아차릴지도 모르는 것이잖소이까?"

걱정스럽다는 듯 이야기하는 조홍의 목소리에 가후가 씩 웃으며 고개를 저었다.

"양평관 때문에 대계가 그르치게 될 리는 없소. 내 장담하지."

"정말로 괜찮은 것이오?"

"장군은 걱정할 필요 없소. 대계는 더할 나위 없이 좋을 정도로 잘 되어가는 중이니."

"호오…… 그렇다면 다행이외다. 내 죽기 전에는 위속 그놈의 낯짝이 낭패감으로 일그러지는 걸 구경할 수 있겠구려."

"기대하시구려."

오래잖아 찾아오게 될 그 날을 기대하며 가후가 성벽 저편으로 시선을 옮겼다.

여름이 지나고, 가을이 되어가며 산천은 빠르게 건조해지고 있다. 그런 변화를 아는지 모르는지 이제는 위속의 오른팔이 되어버린 주유가 수백 개나 되는 사다리, 성문을 강타해 통째로 부숴 버리는 용도의 충각, 거기에 투석기까지 공성 병기란 공성 병기는 모조리 동원해 전투를 준비하고 있었다.

"급보입니다! 총군사! 총군사께선 어디에 계십니까!"

그 모습을 지켜보고 있던 가후와 조홍의 귓가에 낯선 목소리가 들려왔다.

"이쪽이니라! 무슨 일이더냐?"

"진창도 쪽에서 전해져 온 보고입니다!"

"진창도에서는 갑자기 왜? 마속이라는 자가 위속의 명을 받고 길목을 지키러 갔다 하였잖으냐?"

"보십시오. 마속이 영채를 어찌 세웠는지 정탐병이 보고서 그런 것이라 합니다."

부장이 품속에서 곱게 접힌 비단 뭉치를 꺼내 가후에게 내밀었다. 그것을 받아 든 가후가 그 진형의 형세도를 확인한 순간, 그 얼굴에 당혹감이 서리기 시작했다.

"이것이 진정 마속이라는 자의 형세도란 말이더냐?"

"예, 총군사."

"그냥 길목만 막으면 되는 간단한 일이거늘, 길목이 아니라 기어코 산으로 올라가서 영채를 쳤다고? 그 위속이 선택한 장수가 말이더냐?"

"확실히 그러합니다, 총군사."

"확실히 미쳤군. 지고 싶어서 환장한 게지. 크흐흐흐. 여포군에도 이런 똥쟁이가 있을 줄이야."

가후의 옆에서 그 형세도를 확인한 조홍이 웃음을 터뜨리기 시작했다.

"계책을 약간, 아주 약간 수정해야 할 것 같소."

"어떻게 말이오?"

"위속의 대군을 섬멸하는 것이 아니라…… 어쩌면 위속의 수급을 취하는 것도 가능할 것 같군."

형세도가 뚫어지라 쳐다보는 가후의 눈빛이 스산하게 가라 앉고 있었다.

"허억, 허억."

"아이고, 나 죽는다. 아고고고고."

사방에서 앓는 소리가 울려 퍼진다. 장수며 병사며 할 것 없이 전부 쓰러지다시피 땅바닥에 주저앉고 있다. 다들 극도로 지친 모습이었다.

"아니, 총군사님. 안 힘들어요?"

그런 와중에서 나와 함께 병사들을 이끌고 산길을 주파하던 손책이가 말했다. 온몸이 땀으로 범벅이 된 채, 투구를 벗고서 숨을 고르던 녀석이 신기하다는 듯 날 쳐다보고 있었다.

"힘들지, 인마. 나라고 안 힘들겠어?"

"땀 한 방울 안 흘리고 계시는데도요?"

"어. 힘들어. 땀이 안 난다고 안 힘들 거라는 편견은 버리라고."

"아직 젊고 팔팔할 병사들도 저 지경이 났는데. 대단하십니다, 총군사께선."

내가 이렇게 체력이 좋은 게 자기는 이해가 되질 않는다는 듯, 손책이가 말하며 고개를 절레절레 젓는다. 그러면서 더는 내가 지치지 않는 것에 신기해할 여력도 없다는 듯, 그냥 땅바닥에 대자로 드러눕고 있었다.

확실히 나도 신기하긴 하다. 나이가 오십이 다 되어가는데 왜 이렇게 체력이 좋은 거지?

처음 위속의 몸속으로 들어왔던 때보다 지금이 더 체력이 좋아진 느낌이다. 설마, 이것도 무릉도원 때문인 건가?

"주름도 좀 없어진 느낌이고……."

검에 비치는 내 모습이 확실히 좀 젊어진 것 같기는 하다. 염색을 할 수가 없으니 머리카락은 계속해서 하얗게 세어가는 중이지만 언젠가부터 얼굴의 주름이 사라지고, 피부도 조금씩 탄력을 되찾아가는 것 같다고나 할까?

"오, 이곳에 계셨군요."

지쳐 있는 병사들의 사이에서 내가 그렇게 생각하고 있을 때, 저 멀리서 사방을 경계하고 있던 병사들과 함께 익숙한 얼굴이 그 모습을 드러냈다. 감녕이었다.

"고생하셨습니다, 총군사님. 그래도 나름 할 만은 하셨는가 봅니다? 전혀 안 지치셨는데?"

"나만 안 지쳤지. 쟤들은 다 그로기 상태야. 딱 보면 모르냐?"

"음? 하하. 그렇군요."

내 얼굴만 보고 우리가 체력이 좀 남아 있는 줄 알았던 감녕이가 어색하게 웃는다.

"그래서 너희 쪽 애들은?"

"저희 쪽에서 잘 싸우는 애들 이천 명을 제갈각에게 맡겨서 보냈습니다. 알아서 깔끔하게 잘 처리했겠죠."

"각이한테?"

"예, 제갈근 선생의 아들이니 총군사께는 조카뻘이잖습니까? 그거보다 확실한 보장이 또 어디 있겠어요?"

"갈이면 뭐……."

무릉도원에서도 종종 삼국지 후반기의 명장으로 꼽히는 녀석이니 알아서 잘할 거다. 가후가 뚫는 산길 루트도 대충 알고 있으니 못할 게 없지.

그쪽은 감녕의 말대로 걱정할 필요가 없을 거다. 지금 중요한 건 마속이지.

"야, 감녕."

"옙."

"여기에서 마속이 영채 친 곳까지 가려면 얼마나 걸리냐?"

"두어 시진 정도면 도착할 겁니다."

"그렇단 말이지? 야, 손책아."

"힘들어 죽겠는데 왜 자꾸 말 걸어요? 총군사님만 쌩쌩하지, 우린 다 죽겠다니까요?"

"됐고. 나 지금 감녕이랑 마속 뚜까 패러 갈 거니까 감녕이 부장들하고 같이 집결지로 가라. 무슨 얘긴 줄 알지?"

길목을 막으랬더니 등산을 해? 이 자식을 진짜.

"가자."

📱

휘이이이이이-

끝도 없이 불어오는 바람을 온몸으로 맞으며 마속은 기분 좋게 산 아래를 응시했다.

자그마한 샛길 세 개가 하나의 큰길로 이어지는 그 지점이 훤히 내려 보이는 곳이었다.

"이런 곳에서라면 적들의 움직임을 한눈에 살필 수 있지. 우리를 쫓아내지 않으면 길을 통과해 남쪽으로 내려갈 수도 없고. 안 그런가? 여몽."

"소장은 생각이 다릅니다. 총군사께서 말씀하셨잖습니까? 이곳의 길목에 영채를 치고 적들을 막으라고요."

"총군사께서도 이곳에 와서 직접 지형을 보시면 생각이 달라질걸? 보게. 저 아래에 진을 쳤다면 우린 지금처럼 사방을 한눈에 내려보지 못했을 거야. 적의 움직임을 속속들이 알 수 있다는 게 용병에 있어 얼마나 큰 이점인지 설마 자네는 모르는 건가?"

"적들에게 포위당하면 끝입니다. 진짜 끝이라고요. 총군사님의 말씀을 무시하려는 겁니까?"

"적들의 움직임을 전부 보고 있는데 포위는 무슨. 설령 포위를 당한다고 해도 마찬가지다. 높은 곳에서 기세를 타고 달려 내려가 쫓아내면 그만이잖나?"

"장군! 이건 진짜 아니라니까요? 총군사님 말씀대로 하자고요!"

"아, 자꾸 헛소리할래? 항명으로 잡혀가고 싶어?"

"하…… 진짜로 그러실 겁니까? 장군이 총군사님보다 잘나기라도 했어요?"

"계속 그딴 소리나 하면서 군심을 흐릴 작정인가?"

지금까지와 다른, 딱딱하게 굳어진 얼굴로 목소리를 내리깔며 마속이 말했다. 여몽이 이를 악문 채, 그런 마속의 모습을 노려보더니 휙 고개를 돌려 병사들의 사이로 돌아갔다.

그러거나 말거나 마속은 산 아래쪽으로 시선을 옮길 뿐이었다. 멀리서 병사들의 환호성 같은 소리가 들려왔지만 마속은 무시했다. 아마도 잔뜩 화가 난 여몽이 병사들 사이에서 뭔가 농담이라도 한 모양일 터.

스아아아아ー

또 스산한 바람이 불어온다. 자신도 모르게 옷매무새를 조이며 마속이 인상을 찌푸리며 중얼거렸다.

"총군사도 여기에서 내가 적들을 어떻게 막는지 지켜보면 놀라 자빠질 거다. 군략도 모르는 멍청이 같으니라고."

"······진짜 놀라 자빠지겠다, 이 자식아."

난데없이 들려오는 익숙한 그 목소리에 마속이 돌아섰다. 그런 마속의 뒤편으로 얼굴이 험악하게 일그러진 위속이, 한심하다는 듯 인상을 찌푸리고 있는 감녕이 서 있었다.

"······어?"

지금의 상황이 잘 이해가 되질 않는다는 듯, 마속이 눈을 껌뻑인다. 그러거나 말거나 위속이 마속을 향해 성큼성큼 다가오고 있었다.

"이 멍청한 자식아. 내가 길목을 막고서 버티라고 했지, 언제 등산을 하라고 했어?"

"초, 총군사? 총군사님?"

"그래. 이제 내가 누군지 알 것 같냐? 이 멍청한 등산가 놈아. 산 위에서 마대를 어떻게 막아? 엉?"

"그, 그러니까 말이죠. 이건!"

빡!

변명이라고 할 수밖에 없을, 그 말을 늘어놓으려던 마속의 눈앞에서 별이 번쩍이기 시작했다.

"아오, 진짜. 아직도 열 받네. 뭐가 어쩌고 어째? 산을 요새로 만들어?"

아직도 분이 안 풀린다. 어이가 없어서 마속을 노려보는데 눈탱이가 밤탱이가 된 채 무릎을 꿇고 두 손을 들어 올린 채 벌을 받던 녀석이 스르륵 고개를 숙이고 있었다.

진짜 분이 다 풀릴 때까지, 비 오는 날 먼지가 나도록 좀 때려야 정신을 차릴까?

"총군사님. 영채를 옮길 준비가 끝났습니다."

"어. 여몽이가 고생했다. 너는 끝까지 반대했다면서?"

"상식적으로 이런 곳에서 등산이라니. 말이 안 되잖습니까. 밑에서 포위한 채 식수를 확보하는 것만 차단해도 알아서 말라죽을 판인데요."

"하, 마속이 쟤도 눈이 있으면 그걸 알아야 하는데. 깝깝하네."

"그래도 사달이 벌어지기 전에 확인했으니 다행입니다."

여전히 한심하다는 듯 마속을 쳐다보던 감녕이가 말했다.

내가 고개를 끄덕였다. 무릉도원이 아니었으면 진짜 낭패를 볼 뻔했다. 가후한테 죽는 게 아니라 앞뒤로 포위당해서 그대로 섬멸당했을 판이다.

"서둘러! 해가 지기 전에 영채를 길목으로 옮겨야 한다!"

"내가 들어도 너보단 빠르겠다! 빨리빨리 좀 하자!"

"이제 어떻게 하실 겁니까?"

병사들을 재촉하며 영채를 옮기는 그 광경을 지켜보던 중, 감녕이가 말했다. 녀석의 옆에 서 있던 여몽이도 기대감 가득한 눈빛으로 날 쳐다보고 있었다.

"어쩌긴 뭘 어째? 계획대로 진행해야지."

가후의 책략을 이용한, 조조의 목에 단검을 겨누는 한 수다.

📱

척, 척, 척, 척.

병사들의 발소리가 요란하기만 하다. 팔만의 대군, 그것도 온 천하를 통틀어 최강이라 이름 높은 강족 병사들이 질서 정연한 모습으로 행군해 나아가는 중이다.

손수 사냥한 짐승의 가죽으로 옷을 해 입은 장수, 마대가 그런 병사들의 모습을 지켜보며 자신을 향해 달려오는 첨병을 기다리고 있었다.

"어떻더냐?"

"소인이 동료들과 함께 살펴보았는데 매복은 없는 것 같았습니다. 다만 적 영채의 위치가 달라져 있었습니다."

"영채의 위치?"

"예, 산 위에 있던 것이 길목 한가운데를 틀어막는 형상으로 바뀌어 있었습니다."

"허. 좋은 기회가 찾아온 줄 알고 잔뜩 기대하고 있었는데. 아깝게 됐군."

"어찌할 텐가?"

마대가 미간을 찌푸리며 중얼거렸다. 그런 마대의 옆에서 마철이 궁금하다는 듯 그를 쳐다보고 있었다.

"여기까지 왔으니 그 마속이라는 놈이 뭐 하는 놈인지, 낯짝 정도는 봐두어야 하지 않겠소? 우리와 성씨도 같은데."

"중원의 약골 놈일 게 뻔한데 보기는. 마음대로 하거라. 난 아우가 하자는 대로 따를 것이니."

"갑시다. 이랴!"

마대의 그 외침과 동시에 강족 병사들이 속도를 높이기 시작했다. 그 와중에서 마대는 끊임없이 주변을 두리번거리며 자신의 눈으로 직접 지형을 확인하고 있었다.

"지형이…… 별로 좋지는 않은 것 같구려."

마속이 영채를 세웠다는 곳으로 가까워지면 가까워질수록 마대의 얼굴이 변해갔다. 그것은 함께 있던 마철 역시 마찬가지.

"점점 좁아지는군."

"아무래도 진창도를 돌파하는 건 포기해야 할 듯싶소. 마속이 삼만 명으로 버티고 있을 것이라 하였으니 우리도 일부 병력만을 남겨 대치 상태를 유지하고, 나머지 병력은 다른 길을 이용해 한중으로 보내는 게 낫겠소."

"그럼 바로 물러나자는 소린가?"

마휴의 반문에 마대가 고개를 저었다.

"이런 곳에서 길목이 아니라 산 위에 진을 칠 생각을 하는 멍청이가 적의 주장이오. 살짝 한번 쳐보기만 합시다."

"좋은 생각이로군. 적장이 정말로 멍청이라면 진창도를 돌파해 큰 공을 세울 수도 있겠지."

"갑시다, 형님."

마대가 마철을, 병사들을 이끌고 마속의 양채를 향해 나아가기 시작했다.

그렇게 얼마나 지났을까?

마대는 자신의 눈앞에 펼쳐진 광경을 응시하며 눈을 의심했다. 당연히 방어상 우세한, 영채 안에 있어야 할 마속이 휘하 병력과 함께 길목의 입구를 향해 나와 그들을 기다리고 있었다.

"생각했던 것보다 더 멍청한 놈이었나 보군."

마대가 만족스럽기 그지없는 얼굴로 중얼거리며 창을 쥔 손에 힘을 더했다.

그러던 찰나, 마대의 눈이 동그랗게 커졌다. 마(馬)의 깃발 아래에 서 있는 장수, 마속의 눈에 새파랗게 멍이 든 게 그의 시야에 들어오고 있었다.

"뭐지?"

상식적으로 이해가 되질 않는 모습이다. 삼만 명이나 되는 병력을 지휘하는 주장의 눈이 누군가에게 얻어맞았음에 분명할 멍이 들어 있다니?

"설마?"

마속을 저렇게 때려서 눈가를 멍들게 할 수 있을 자. 산 위에 세웠던 영채를 길가로 내리도록 할 수 있을 자. 그리고 당연히 영채에서 버티고 있어야 할 마속이 이렇게 영채 밖으로 나와 그들을 길가에서 맞이하는 이 기이한 상황까지.

마대의 두뇌가 팽팽 회전하기 시작했다.

그런 연산의 결과는.

"빌어먹을."

최악이었다.

"아우. 왜 그러시는가?"

"퇴각해야 하오! 뭔가 잘못 돌아가고 있어. 위험하오, 형님!"

"퇴각이라니? 갑자기?"

이해가 안 된다는 듯 마휴가 반문하고 있을 때.

"쏴라! 모조리 날려 버려라!"

쉬쉬쉬시시시식-!

분명 아무것도 없으리라 생각했던 길가 양옆의 산중에서 누군가의 외침이 터져 나옴과 동시에 그 수를 헤아릴 수 없을 정도로 많은 화살이 일제히 허공을 가르며 날아오르기 시작했다.

그런 화살들이 정확히 마대와 마휴가 이끄는 강족 병사들을 향해 떨어져 내리고 있었다.

"방패! 방패를 들어라!"

"매, 매복이다! 막아…… 커헉!"

상황을 파악하고서 황급히 소리치던 부장들이 허망하게 화살에 맞아 쓰러지기 시작했다. 그것은 그들과 함께 서 있던 강족 병사들 역시 마찬가지.

마대가 이를 악물었다.

"당했다. 완벽하게 당했어! 형님, 퇴각해야 하오!"

"퇴각의 신호를 울려라!"

뿌우우우우우-!

마휴가 소리침과 동시에 그들의 앞에 있던 마속의 부대로부터 돌격을 알리는 뿔 나팔 소리가 울려 퍼지기 시작했다.

마속 휘하의 병사들이 함성을 내지르며 그들을 향해 돌진해 오고 있었다.

그리고 그런 와중에서.

"인중룡 여포의 동생, 위속이 여기에 있다! 형이 셋 셀 동안 항복하면 목숨만은 살려준다. 어떻게 할래?"

복병이 화살을 쏘아대던 그 산중에서 위(魏)가 새겨진 깃발과 함께 족히 수만은 되어 보이는 장수가 나타나 소리치는 게 마대의 귓가에 들려왔다.

질끈 깨문 마대의 입술에서 시뻘건 선혈이 흘러내리고 있었다.

"급보입니다! 양평관이 점령당했다 합니다, 주공!"

한중성의 태수부.

조조와 가후, 그리고 원담과 방통이 여유로이 대화를 나누고 있던 그곳에 황급히 달려온 장수 하나가 소리쳤다.

"조홍 장군은? 무사히 물러나셨다 하더냐?"

"예, 총군사님!"

"그럼 되었다. 물러가거라."

장수를 내보내며 가볍게 미소 짓던 가후가 조조의 앞으로 다가가 포권하며 고개를 숙였다.

"감축드립니다, 주공. 대계의 성공이 한 발자국 가까워졌나이다."

"축배를 들기엔 아직 좀 이르지 않은가? 총군사."

"적들이 함정 속으로 한 발자국 더 들어옴을 자축하는 것일 뿐이잖습니까? 주공."

"최후의 최후까지 방심해서는 안 될 걸세. 상대는 그 위속이잖은가."

"명심하겠습니다, 주공."

"그래도 성과라면 성과겠지. 오게, 내 한 잔 채워주지."

가후가 조심스레 자신의 잔을 들고 조조의 앞으로 걸어갔다. 조조가 만족스러워하며 그런 가후의 잔에 술을 채워주는 모습을 원담과 방통이 부럽다는 듯 구경하고 있었다.

"죄송합니다, 주공. 소생이 미욱하여……."

"운이 따라주지 않았을 뿐이니 그러지 말게."

술기운이 올라 코끝이 벌게져서는 이야기하는 방통을 위로하며 원담이 쓰게 웃었다.

방통은 도저히 맨정신으로는 못 버티겠다는 듯 술잔을 텅비우더니, 다시 또 술을 따라 가득 채우고 있었다.

"방 군사. 너무 자책하지 마시오. 상대는 그 위속이질 않소이까?"

"약 올리는 거요?"

"그럴 리가. 자, 내 한 잔 따르리다. 받으시오."

조조를 상대하던 때와는 완전히 다른, 차갑고도 메마른 어조로 이야기하며 가후가 방통의 잔을 채워주기 시작했다. 방통이 잠시 가후를 흘기더니 그 잔을 입가로 가지고 갔다.

그러던 찰나.

"급보입니다, 주공!"

안색이 새하얗게 질린 부장 하나가 그들을 향해 달려와 소리쳤다. 모든 게 계획대로 진행 중이던 와중에서 소식을 전하는 이의 얼굴이 저렇게 하얗게 질릴 이유는 단 하나밖에 없을터. 가후의 얼굴이 딱딱하게 굳어지고 있었다.

"무슨 일이냐?"

"마, 마대 장군이."

"마대가 뭐?"

"마대 장군이 진창도에서 위속과 마속의 매복에 걸려 대패해 도주하는 중이라 합니다!"

"뭐, 뭐라?"

"그리고 위속은 여세를 몰아 손책과 감녕에게 병력을 맡겨 진창을 향해 진격을 지시했다고 합니……."

"푸흡! 진창이라니! 서량병이 대패한 지금, 여포군이 진창을 향해 진격한다는 것은 텅텅 비어 있다시피 한 장안이 적들의 사정권에 들어왔다는 이야기가 아닌가!"

자신도 모르게 마시던 술을 뿜어낸 방통이 소리쳤다.

그와 동시에 방통이 몸을 흠칫하며 앉은 자리에서 일어섰다. 자신이 뿜은 술을 얼굴로 전부 받아낸 가후가 시뻘겋게 달아오르는 얼굴로 주먹을 움켜쥔 채 부장을, 그 너머의 서쪽을 노려보고 있었다.

쏴아아아아아아아아아아-

한 달 만에 들어오는 무릉도원인데 어째 오늘은 바람 소리가 평소보다 더 거세다. 무슨 지진이라도 난 것처럼 침대가 계속 흔들리기까지 하고 있었다.

"마차에서 잠든 탓인가?"

진창도에서 마대의 강족 병력을 섬멸한 직후, 감녕과 손책에게 병력을 맡겨 진창을 점령하도록 하고서 나는 마속 휘하에 있던 병력 약간을 차출해서 양평관으로 돌아가는 중이다.

밤낮없이 하루 정도면 도착할 거라 약간 무리해서라도 일정을 앞당기려고 마차에서 잠든 거였는데…….

츠아, 쏴아아아아-!

언제나처럼 머리맡에 있던 핸드폰을 꺼내는데 저 밖에서 또 이상한 소리가 들려왔다.

뭔가 싶어서 군막의 휘장을 걷고 나가서 보니…….

"시발?"

바다다. 꿈속에 들어오면 지금까진 그냥 내가 잠들어 있던 공간이 그대로 펼쳐졌었는데 이번엔 수레에서 자느라 많이 흔들려서 이런 건가?

"에이, 지금 이런 게 뭐가 중요하다고."

지금 중요한 건 서량군이 참패한 이후, 그 소식을 전해 들은 가후와 조조가 어떻게 움직일지를 살펴보는 거다.

그걸 알아야 한 시라도 더 빨리, 더 적은 피해로 이 전쟁을 끝낼 수 있다.

삼국 통일이 코앞이다. 그 말인즉, 내가 놀고먹으며 평온하게 은퇴 생활을 즐길 시간도 이제 멀지 않았다는 의미.

사람 한 명 없는, 활짝 펼쳐진 돛으로 바람을 받아 끊임없이 앞으로 나아가는 꿈속 배의 선실로 들어와 핸드폰을 꺼내 들으며 나는 무릉도원에 접속했다.

〈삼국지 무릉도원〉

"다행이다."

마속이 등산하는 걸 막아낸 보람이 있는 것 같다. 이국지 무릉도원이었던 게 삼국지 무릉도원으로 되돌아왔다.

그렇다는 건 내가 무릉도원을 보지 않는, 원래의 역사에서도 오래 지나지 않아서 삼국이 통일됐다는 의미겠지?

"전황이 나쁘지 않겠어."

약간은 마음이 편해진다.

나는 그렇게 생각하며 무릉도원의 삼국지 토론 게시판으로 들어갔다. 그리고 거기에서 내가 원하는 정보들을 찾기 위해 키워드 검색을 시작했을 때…….

'IF_위속이_서풍을_잡았더라면?', '1차 북벌에서 위속은 왜 한중을 버렸을까?', '위속_말년의_대실패_진창곡 계책', '여포는 왜 몽골을 횡단했을까?'

"몽골…… 횡단? 형님이?"

아니, 이게 무슨 소리야? 기주에서 공명이랑 같이 하북을 안정시키고 있어야 할 양반이 몽골 횡단이라니?

〈진짜 삼국지 최고의 미스터리임ㅋㅋㅋㅋㅋ 도대체 여포는 왜 그 시점에서 몽골을 횡단했을까?? 루트가 병주 북쪽을 싹 돌아서 장안 뒤쪽으로 움직이는 거였잖슴?〉

└여봉봉선: 제갈량의 큰 그림이었는데…… 그림이 너무 커서 도화지가 찢어짐ㅇㄷㄷㄷ

└우윳빛깔저수지: 하북이 다 점령당한 상태에서 여포가 당장 낙양으로 쳐들어가려고 하니까 제갈량이 설득했었음, 차라리 북방 민족

을 통합시키라고. 그래서 북쪽으로 간 거 아님?

　└장래희망나관중: 큰 그림은 제갈량이랑 육손이 그린 거고 여포는 그냥 얼른 적들 많은 곳에 가서 백만지적 찍고 싶어했다는 게 정계 학설이쥬.

　└최후의쓰마이: 그래도 이거 위속이 양평관만 제대로 지켰으면 천리 밖 제갈량 그림대로 한 방에 통일될 수도 있던 거 아님?

　└위속위승상: ㅇㅇ…… 그러킨 한데 가후가 양평관 뺏길 때 쉽게 되찾겠다고 트릭 써놓은 게 좀 많아서 ㅋㅋㅋㅋㅋㅋ;;

　└주유똥쟁이: 양평관 성내에 있는 백성들 집에서 성 밖으로 통하는 땅굴만 수십 개에 수로 쪽에 비밀 통로 만든 것도 있었음;; 몇 개는 찾아냈어도 전부 찾는 건 진짜 각 잡고 조사하는 거 아니었으면 불가능했을걸??

"시발……."

진창곡 전체를 손에 넣은 것이나 마찬가지여서 한중을 무시하고 그냥 바로 진창, 장안을 향해 달리려고 했는데…… 결국은 거기에서 망한 모양이다. 땅굴에 비밀 통로라니.

다른 루트로 아군을 공격하는 척, 한중 안쪽으로 우릴 유인하고 겸사겸사 서량의 강족 병력을 불러내 아군을 공격하기까지. 한중과 이 인근 지역에서 전투를 치르는 것에만 벌써 계책이 열 가지는 오간 것 같다.

그나마 무릉도원으로 다 보고 있으니 망정이지, 진짜…….

"그냥 가후가 짱이네."

이제는 인정할 수 있을 것 같다.

무릉도원이 없다는 가정하에, 지금의 천하에서 가장 책략을 잘 쓰는 사람을 꼽는다면 무조건 가후다.

시발.

"음……."

스르르, 눈이 떠진다.

조금씩 정신이 돌아오는 게, 내 앞에 펼쳐져 있는 광경이 시야에 들어오고 있다. 깃발이 펄럭인다. 여(呂)와 위(魏), 주(周)에 마(馬)까지. 그 외에도 수십 개나 되는 깃발들이 끊임없이 펄럭이는 중이다. 그리고 그 아래에 세워져 있는 건 양평관 뒤쪽으로 세워져 있던 아군의 영채였다.

"벌써 도착한 건가?"

"깨어나셨습니까?"

뒤늦게 상황을 파악하고서 몸을 일으키니 위월이의 목소리가 들려왔다.

"어. 완전 세상 모르게 잠들었었나 보다. 여기까지 오는데 계속 자고 있다니."

"하하. 나이를 먹으면 잠이 줄어든다고 하는데, 장군께서는 곤히 주무시니 좋은 일 아니겠습니까?"

"좋은 일이긴 하지."

"말을 대기시켜 놨습니다. 주유 장군과 마량 선생이 장군께서 돌아오시기만을 목이 빠져라 기다리던 중입니다."

"그렇겠지."

진창곡에서 내가 서량군을 완전히 박살 내고 돌아온 와중이니 이쪽에서도 선택할 수 있는 게 꽤 많아졌다. 지금쯤이면 아마 주유도 그렇고 마량도 그렇고 각자 계책을 내어놓고서 자기 말이 맞다고 우기고 있을 거다.

"오셨소이까?"

"어. 딱 봐도 피곤해 보이는 게, 잠도 안 자고 계책만 짠 모양이다?"

주유의 눈 밑이 다크서클로 퀭하다. 녀석이 쓰게 웃으며 고개를 끄덕이고 있었다.

"조금만 더 있으면 통일이잖소이까."

"통일이지……."

하북도 무너졌고, 조조 하나만 남았으니까.

세월 참 빠르다. 후성이 목소리를 듣고 잠에서 깨어나 이게 뭐시여? 하던 게 엊그제 같은데.

"자, 오셨으니 이제 우리 이야기를 한번 들어보시오. 나와 마량이 각자 현재의 상황에서 우리가 택할 수 있을 계책을 짜 보았으니."

"한중을 공격하느냐, 아니면 장안을 공격하느냐겠지."

"바로 그렇습니다. 오늘 새벽, 한중에 주둔하고 있던 조조 휘하의 대군이 북상을 시작하였습니다. 원담 휘하의 이십만 병력이 제일 먼저 포야도를 향해 움직이는 중이지요."

"진창이 아군의 손에 넘어올 판이니 장안의 방비를 굳건히 하겠다는 의미일 거요. 지금 조조에게 있어 마지막 남은 노른자 땅이 바로 장안과 그 인근 지역이니까."

마량의 옆에서 주유가 말을 이었다.

"대군의 움직임이 포야도에서만 관측되는 건 아니오. 한중의 후방에 있는 낙곡도 쪽에서도 병력이 움직이고 있소. 지금의 상황에서 그대로 자리를 지키고 있는 건 조홍과 가후가 직접 지휘하는 팔만 명 남짓한 병력일 뿐이지."

"그러니까 한중은 지금까지 쟤들이 구성한 방어선을 따라 지키기에 용이하니 병력을 뺐고, 비교적 위험한 장안 쪽으로 전력을 집중하고 있다는 거잖아."

"바로 그렇소이다."

주유가 고개를 끄덕인다. 무릉도원에서 봤던 것과 같은 전개다.

"그래서 주유 너는 한중으로 밀고 들어가기를 바라는 거고, 마량이 너는 양평관을 지키면서 보급로를 유지한 채 곧장 장안으로 밀고 올라가는 걸 바라는 거지?"

"그렇습니다. 양평관의 방비를 굳건히 하는 이상, 전력이 분산된 적들은 진창도의 보급로를 어쩌지 못할 겁니다. 장안은 예로부터 사방으로 길이 뚫려 있어 지키기 어려운 곳으로 여겨져 왔습니다. 지리에서 오는 이로움을 취해야 합니다."

"뭐, 겉으로 드러난 부분들만 본다면 그렇겠지."

"겉으로 드러난…… 부분들이라니요?"

마량의 눈이 동그랗게 변해간다.

"조금만 기다려 보자고. 위월이를 시켜서 확인 중이니까."

"확인이라니. 그게 무슨……."

녀석이 채 말을 끝내기도 전에, 저 밖에서 다급한 발소리가 들려오기 시작했다.

곧이어 모습을 드러낸 건 좀처럼 놀라는 일이 없던, 낯빛이 새하얗게 질린 위월이였다.

"자, 장군!"

"어떻게 됐어?"

"수로, 수로에……."

"수로에 무슨 문제라도 있었단 말입니까?"

마량의 반문에 위월이 고개를 끄덕였다.

"물만 통하고, 사람이 드나들지는 못하도록 막아두었던 쇠창살이 잘려 있었소. 아주 조금만 힘을 줘도 그대로 부러질 정도로."

"허어. 미리 알게 되었으니 다행입니다. 하지만 수로에 구멍이 뚫린 것만으로 성이 위태롭게 될 리는 없잖습니까? 그곳으론 기껏 해봐야 사람 둘 셋 정도가 드나들 수 있을 정도일 뿐입니다."

"수로, 수로뿐만이 아니오! 잠깐 사이에 확인한 것만으로도 성내의 민가 안쪽에 뚫린 땅굴을 다섯 곳이나 찾았소이다!"

"민가에서까지?"

가만히 앉아 위월과 마량의 대화를 지켜보고만 있던 주유가 눈썹을 꿈틀거리기 시작했다.

"우리가 어지간해서는 백성들 쪽으로 손을 안 대는 걸 아니까. 그걸 노린 거지. 병사들을 재워도 어지간하면 영채에서 재우지, 민가로 보내지는 않잖아."

자기들한테 도움될 게 없다고 원소를 배신하며 낙양에 주둔하고 있던 이들을 몰살시켜 버린 게 가후다. 이기기 위해서라면 수단과 방법을 안 가리는 놈이 우리가 백성의 편의를 봐주는 걸 이용하지 않는다면 오히려 그것이 더 이상할 터.

"상황이 이렇게 되면…… 당장엔 양평관을 후방에 두고 진창으로 나가는 것은 어렵겠군요."

"어떤 함정이 더 있을지 알 수 없으니까. 굳이 뒤통수를 얻어맞을지도 모를 위험을 감수할 필요는 없지."

무릉도원에서 본 게 가후가 준비한 전부라고 할 수는 없다. 역사에 기록되지 않은 함정이 또 어디에 도사리고 있을지 모른다. 이번에 내가 본 게 전부라는 걸 확인하려면 앞으로 한 달을 또 기다려야만 하니까.

"그러면 결론은 났군. 우리가 이곳에서 버티고, 장안을 압박하는 것만으로 조조에겐 엄청난 부담이 될 거요. 이곳에서 버티며 기주가 안정되고, 공명이 대군을 이끌고 남하해 내려올 때까지 버팁시다."

내가 그렇게 생각하고 있을 때, 주유가 그게 유일한 방법이라는 듯 말했다.

분명 정석적인 이야기다. 이제는 한 줌밖에 안 되는 적 전력을 이쪽에 묶어둔 채, 적들의 후방에서 움직이게 될 아군의 또 다른

주 전력이 조조의 등짝을 맞깔나게 후려갈기기만을 기다리는 것.

하지만⋯⋯.

"그것도 기각이야."

"기각이라니?"

"곧 있으면 가후가 방어선을 뒤쪽으로 물릴 거다. 정군산과 천등산, 한성으로 이어지는 라인을 포기하고 강물을 성벽으로 삼아 우리가 한중의 중심부로 들어가는 걸 막으려 할 거야."

"그러니까 총군사는 군이 적들이 화공을 노리고 있고, 그를 위한 준비를 다 했다는 것을 알고 있음에도 불지옥이 될 그 판위로 걸어 들어가자는 소리요?"

"정확해."

"그게 무슨 말도 안 되는 소리란 말이오? 지금은 동풍이 불어올 시기요. 우리가 적진 깊숙이 들어서는 순간, 가후는 일말의 망설임도 없이 화공을 시작할 거외다. 그렇게 되면."

"서풍을 타고 번져갈 불길이 적들을 태워 버리겠지."

"⋯⋯서풍? 지금 서풍이라 하시었소?"

황당하다는 듯, 그게 무슨 말도 안 되는 소리냐는 투로 이야기하는 녀석을 향해 내가 고개를 끄덕여 주었다.

서풍이 불어올 거다.

무릉도원에서 보고 나온 타임라임대로 움직이기만 한다면.

"이거 정말 이래도 되는 건가? 너무 위험한데……."

나와 함께 한중 공략을 지휘하던 주유가 불안하기 그지없는 얼굴로 주변을 두리번거린다. 그런 녀석의 시선이 정군산과 천등산을 향해 있었다.

"바람이…… 아직도 동풍이잖소, 총군사."

"거, 참. 조금만 기다리면 바람은 만들어질 거라니까?"

"그러니까 내 묻잖소. 그게 언제냐고."

"곧. 오래 지나지 않아 만들어질 거야. 걱정하지 말라고."

〈위속이 얼마나 한이 남았으면ㅋㅋㅋㅋ 가후가 방어선을 뒤로 물린 바로 다음날 정오에 갑자기 서풍이 불어와서 큰 기회를 날렸다고 한탄하는 내용을 구구절절하게 써놨었잖음ㅋㅋㅋㅋㅋㅋ〉

무릉도원에서 본 댓글 중 하나다. 오늘, 그것도 정오 무렵 서풍이 불어올 것이라는.

정확히 몇 시, 몇 분인지는 알 수 없지만 이렇게 대군과 대군이 마주하며 전투를 벌이는 와중에서라면 서풍이 시작되는 시각이 정오라는 것만 알아도 충분하다.

내가 그렇게 생각하고 있을 때.

뿌우우우우우-!

저 북쪽에서 뿔 나팔 소리가 들려왔다. 천등산의 점령이 완료되었다며 신호를 보내오는 거다. 남쪽에서 역시 마찬가지.

한성은 지금 이렇게 우리가 들어와 점령해 둔 상태이니 이제 양평관 다음으로 있는, 한중의 두 번째 방어선 전체가 우리 손 아귀에 들어온 것이나 마찬가지다.

다음으로 남은 건…….

"왔구만."

흙먼지를 휘날리며 한중에 남은 병력이란 병력은 모조리 끌어모아 밀고 나오는 가후의 저 병력밖에 없다.

포야도와 낙곡도 쪽에 삼십만 남짓한 병력이 매복해 전장에 합류할 그 순간만을 기다리고 있겠지만 틈이 생기기 전에 모조리 끝내 버리면 될 일이다. 지금의 상황이라면 충분히 가능한 것이기도 하고.

"마량아. 준비는 다 되어 있지?"

"그거야…… 확실하게 해두었긴 합니다만 정말로 할 작정이십니까?"

"그걸 해야 이 작전이 진짜 완성되는 거니까. 고생들 해. 나 나올 때까지 입들 털면서 시간 끌고. 알지? 성안이 아니라 밖에서 붙어야 해. 그래야 더 효과적이거든."

"대신 더 위험하겠지. 정군산, 천등산은 물론이고 이 주변도 온통 불이 붙어 타오르기 좋은 것들밖에 없잖소. 심지어는 땅속에 묻혀 있는 것들도 있고."

"그러니까 더 이 기회를 살려야 하는 거라고."

불만 가득한 얼굴로 이야기하는 주유의 어깨를 가볍게 두드려 주고서 나는 비밀 병기를 제작하고 있는 곳으로 향했다.

정오가 되기까지 앞으로 반 시진, 그러니까 한 시간쯤.

얼마 안 남았다. 진짜로.

🔲

"드디어…… 하늘이 우릴 도우려는 모양이외다."

벌판을 가득 메운 여포군의 모습을 응시하며 가후가 말했다. 그런 가후의 옆에서 조홍이 같은 생각이라는 듯 고개를 끄덕이고 있었다.

"이번 한 번, 한 번만 이긴다면 대국을 뒤집을 수 있을지도 모르오. 위속과 주유가 한 곳에 있으니 저것들의 목만 벨 수 있다면."

"일대의 대혼란이 찾아오겠지. 그러니 잘 부탁드리겠소, 조홍 장군."

여전히 계속해서 서쪽을 향해 펄럭이는 깃발의 모습을 확인하며 가후가 말했다.

조홍이 비장하기 그지없는 얼굴로 고개를 끄덕이며 무기를 챙겨 주유와 마량, 그리고 위월이 버티고 있는 여포군을 향해 나아갔다.

계속해서 동풍이 불어오는 한, 화공의 준비를 모조리 끝마친 조조군이 여포군을 두려워 해야 할 이유는 없다.

전투에 앞서 적들의 사기를 깎아내기 위한 설전에 임하는 척, 저들이 병력을 어떤 식으로 배치했는지를 확인해 최선의 화공을 설계해야만 한다.

조홍과 주유가 서로의 피를 토하게 할 설전을 주고받는 동안, 가후는 그렇게 생각하며 쉴 새 없이 부장들을 통해 여포군의 배치에 대해 보고 받으며 머릿속으로 최적의 화공을 설계하고 있었다.

그러던 찰나.

쉬이이이이-

계속해서 힘차게 펄럭이던 깃발의 움직임이 조금씩 잠잠하게 변해가는 모습이 가후의 시야에 들어왔다.

그의 눈동자가 동그랗게 커졌다. 앙상하게 말라 버린, 언제 죽어도 이상하지 않을 노인의 몸이 되어버린 가후의 등에서 식은땀이 새어 나오기 시작했다.

'바람이 약해지고 있다?'

단순히 바람이 약해지는 것이라면 상관없다. 그저 하늘이 아주 약간 심통을 부리는 정도에 불과할 뿐이다.

하지만 하필이면 이 순간이다. 자신이 화공을 준비한 그 무대 위에 여포군이 나타난 바로 그 순간, 바로 이때에 바람이 약해진 게 문제다. 만약 이 시점에서 바람이 약해질 것을 위속이 알고 있었다면? 이 바람이 단순히 약해지고, 멈추기만 하는 게 아니라 뭔가 조조군에게 있어 상상하기조차 싫은 방향으로 진행될 것이 예정되어 있다면?

"서, 설마."

아닐 거다. 위속 역시 인간인 이상, 그렇게까지 앞날을 내다볼 수는 없을 거다.

가후는 스스로를 안심시키며 심호흡을 했다.

바람이 약해지는 건 어디까지나 일시적인 현상일 뿐이다. 전투가 한참 격렬해져서 여포군이 쉬이 발을 빼지 못하게 될 때쯤이면 자신이 지금껏 계획했던, 그 맹렬하고도 거대한 불길이 치솟아 적들을 모조리 불태워 버릴 거다.

그렇게 생각하며 가후가 화공을 좀 더 효과적으로 펼치기 위한 구상에 집중하고자 노력하고 있을 즈음.

둥- 둥- 둥- 둥- 뿌우우우우우-

저 멀리 앞에서 전투를 알리는 그것과는 또 다른 기묘한 북소리와 함께 뿔 나팔 소리가 울려 퍼지는 것이 귓가에 들려오기 시작했다.

가후의 눈매가 가늘어졌다.

수십만이나 되는 병력이 집결해 움직이는 탓에 뭉게뭉게 피어오른 흙먼지가 구름처럼 온 세상을 집어삼킨 그 사이로 하얀색의 커다란 깃발 몇 개가 흔들리는 게 시야에 들어왔다.

순백의 깃발이다. 그런 걸 흔들며 역시나 순백의 새하얀 옷을 입은, 머리카락조차 기다랗게 풀어 헤친 큰 키의 남자들이 경건하기 그지없는 모습으로 걸어 나오고 있다.

그리고 그런 이들의 사이에 있는 건.

"위, 위속?"

주변에 있는 이들과 마찬가지로 새하얀 도포를 입은 채 머리를 풀어 헤치고 새하얀 부채를 손에 쥔 채로 걸어 나오는 위속의 모습이다.

그런 위속이 하늘을 잠시 올려보더니 만족스럽다는 듯 씩 웃고 있었다.

"이, 이럴 수가."

가후의 목소리가 파르르 떨리기 시작했다.

위속 역시 인간인 이상, 손 한 번 휘젓는 것으로 없는 바람을 만들어낼 순 없다. 멀쩡한 동풍을 서풍으로 바꿀 수도 없고.

하지만 한 가지만큼은 확실하다. 이런 상황에서 저렇게까지 신비한 뭔가로 스스로를 장식하며 그 모습을 드러냈다는 건 서풍이 불어올 것이라 확신해 마지않고 있다는 의미일 터.

"동요하지 마라! 그저 위속이 또 뭔가 말도 안 되는 헛짓거리를 해 보이겠다며 나타났을 뿐이니라!"

당황하며 웅성이는 병사들을 향해 조조군 장수들이 목이 터져라 외치기 시작했다.

그런 와중에서 가후는 볼 수 있었다. 땅바닥을 향해 고개를 처박은 채, 미동도 없이 늘어져 있던 깃발이 조금씩 움직이는 것을.

그 깃발이 움직이는 방향은······.

"서풍이 불어온단 말인가······."

정확히 동쪽을 향해서였다.

가후가 탄식하며 눈을 감은 채, 하늘을 향해 고개를 들어 올렸다.

그리고 그와 함께.

"나 위속이 서풍을 불러냈다! 화공을 펼쳐라! 적들을 모조리 쓸어버릴 시간이다!"

한중에 있던 조조군에 대한 사형 선고가 내려지기 시작했다.

불길은 크고 맹렬했다. 들판에서 시작됐던 자그마한 불길은 곧 거대한 파도가 되어 동쪽으로, 강 건너편으로 넘어와 여포군을 맞이하고자 했던 조조군을 향해 밀려갔다.

자신이 신선이라도 되는 양, 서풍을 불어오는 척 행세했던 위속의 모습에 여포군은 용기백배했고 조조군은 사기가 땅에 떨어져 전의를 잃었다.

애초부터 위속이 사실은 사람이 아니라 요괴라는 말까지 돌았던 만큼, 그러한 모습에 조조군 병사들이 전의를 잃는다는 건 어쩌면 당연한 일이었다.

조조군의 총사령관이나 마찬가지인 가후조차 위속이 외침과 동시에 서풍이 불어오는 모습을 보고 기겁했는데 병사들이야 더 말할 필요도 없는 것이니까.

그 결과가 바로 지금의 상황이었다.

"허……."

포야도를 따라 북쪽으로 나아가는 길. 그 산골에서 남쪽을 돌아보며 조조가 한숨을 푹 내쉬었다.

직접 전투에 참여하지는 않았기에 멀쩡하기만 한 모습이다. 전장에서 스스로를 드러내며 병사들의 사기를 드높이기 위해 입은 금빛 갑옷도 여전히 휘황찬란하기만 하다. 호위병들에게 입힌 은빛 갑옷 역시 마찬가지.

하지만 그게 전부다. 쉴 새 없이 포야도의 산길을 따라 북쪽으로 나아가는 병사들의 얼굴엔 지친 기색이 역력하다. 더러는 겁을 집어먹은 채, 여포군이 따라오지는 않는지 고개를 돌려 뒤를 쳐다보는 이들도 있을 정도였다.

"하늘이 참으로…… 참으로 무심하구나. 어찌 이리도 한 번을 도와주질 않는다는 말인가."

음색의 고저가 없는 자그마한 목소리로 조조가 중얼거렸다. 그런 조조의 시선이 다시 저 남쪽의 한중을 향했다

얼마 전까지만 해도 조(曹)의 깃발만이 걸려 있던 그곳에 이제는 여(呂)의 깃발이 걸려 있을 터. 얼마 남지도 않은 주요 거점에서 그러한 일이 벌어지고 있다는 것에 속이 쓰리다 못해 뜨거운 뭔가가 치밀어 오르는 느낌이었다.

"아직…… 끝난 것은 아니오, 조공. 지금이라도 늦지 않았소이다. 위속의 목을 벨 수만 있다면 여포, 그 미친 자의 목을 베는 건 어린아이의 손목을 비트는 것만큼이나 간단한 일이오."

쓰린 속과 달리 무심한 얼굴을 하고 있던 조조의 귓가에 원담의 목소리가 들려왔다.

위속과 처음 마주했던 그 순간부터 지금까지 단 한 차례의 예외도 없이 패전에 패전만을 거듭했던 원담이다. 그런 자가 이런 이야기를 한다는 것이 우습기 그지없었다.

"그래. 위속의 목을 벤다면 모든 게 해결되겠지. 위로해 주어 고맙소, 원 공."

더 상대하고 싶지도 않다.

조조가 그 말을 남기고선 그대로 말에 올라 북쪽을 향해 나아갔다.

원담이 그런 조조를 향해 뭔가를 더 이야기하려다 입을 다물었다. 멀찌감치 뒤쪽에서 그 모습을 쳐다보던 가후도, 방통도 입을 다문 채 침울한 분위기 속에서 병사들과 함께 조용히 북쪽을 향해 나아갈 뿐이었다.

그 침울한 분위기는 조조가 장안에 도착한 이후로도 사라지질 않았다. 전황을 파악하기 위해 장안의 태수부에 만들어 놓은 지도를 보면서 역시 마찬가지였다.

"……제갈량이 이끄는 대군이 벌써 상당에 이르렀단 말인가."

병주와 기주, 옹주, 낙양이 자리한 사주를 이어주는 길목의 한가운데에 자리한 상당. 그곳에 두 개의 바둑돌이 놓여 있다.

여포군을 의미하는 검은 돌과 조조군을 의미하는 하얀 돌. 돌의 크기는 같지만 실제로 상당에서 대치하고 있는 양측의 병력 규모는 아무리 적게 잡아도 배 이상의 차이일 터.

"사마중달이 십만 병력을 이끌고 결사의 항전을 벌이는 중이라 합니다."

침울하기 그지없는 목소리로 양수가 말했다.

조조가 고개를 끄덕였다.

"제갈공명, 그 당돌한 놈이 이끄는 병력은?"

"오십만이라고…… 합니다, 주공."

"다섯 배의 차이인가."

조조가 눈을 질끈 감았다.

익주를 정벌하고, 한중을 지나 장안으로 북상해 올라오고 있는 위속의 병력만 하더라도 사십만에 육박하는 수준이다. 장안에서 당장에 움직일 수 있는 병력은 원담의 그것과 합쳐 간신히 사십오만에 이르는 상황.

"쉽지 않겠군……."

"그러게 말입니다. 북쪽에서는 기주의 정예를 흡수했을 제갈량이 내려오고, 서쪽에서는 그 위속이 직접 이끄는 사십만 병력이 움직이는 상황이니 더더욱 쉽지 않지요. 게다가…… 가장 중요한 문제가 있질 않습니까."

원담의 옆에서 이야기하던 방통이 잠시 말을 끊으며 좌중을 돌아본다. 눈을 감고 있던 조조가 그런 방통을 응시하고 있었다.

"문제라니?"

"객장의 신분에 주제를 넘은 이야기일지 모르겠으나 허락하여 주신다면 명공께 가감 없이 아뢰겠습니다."

"이야기해 보게."

"소생은, 하북은 오랜 세월 위속과 싸워왔습니다. 그리고 명공과 이 자리에 계시는 모든 분이 아시듯 싸울 때마다 져 왔지요. 그럼에도 하북은 끊임없이 싸우고, 또 싸웠습니다. 그럴 수 있었던 이유가 무엇인지 아십니까?"

"방 선생. 지금 끝까지 포기하지 않았다는 뻔한 소리를 하려는 거요?"

조조가 인상을 찌푸리며 반문하자 방통이 고개를 저었다.

"그게 아닙니다, 명공. 뒤가 없다는 것을 모두가 알고 있었기 때문이지요. 지금은 세상을 떠나신 소생의 옛 주공, 원본초는 천하를 웅비하고자 하는 큰 뜻을 지니고 있었지만 하북의 사람이라 하여 모두가 그 뜻에 동의하는 것은 아닙니다. 자신이 가진 것에 만족하고, 안락함을 추구하는 자들 역시 있었지요. 하여, 패배로 인해 의기소침하고 물러서기만 한다면 무너지리라 생각하여 고삐를 조였습니다. 물러났다간 등 뒤에 창이 꽂히게 될 것입니다."

"그런 의미에서인가."

조조가 힘없이 웃으며 중얼거렸다.

차갑게 가라앉은 눈으로 조조를, 방통을 번갈아 쳐다보던 가후가 자리에서 벌떡 일어났다. 그가 한 차례, 숨을 고르더니 조조를 향해 포권하며 말했다.

"주공. 일리 있는 이야기입니다. 지금쯤 연이은 패전으로 옹양과 사주 전역이 흔들리고 있을 터. 주공께서 건재하심을 보임과 동시에 각지의 호족들이 엉뚱한 생각을 하지 못하도록 하셔야 합니다."

"그래서 어쩌자는 것이오? 위속과 여포의 목을 동시에 베지 않는 한, 이미 대세는 기운 것이나 마찬가지. 작금의 상황에서 더 할 수 있는 게 뭐가 있단 말인가."

"아직 한 가지가 남았습니다."

"으어어어."

온몸이 다 찌뿌둥하다.

진창성에서 전국 각지에서 이동해 올라오고 있는 병력이 집결하는 걸 기다리느라 아무것도 안 하고, 그냥 가만히 빈둥거리고만 있었더니 몸이 축 늘어져 버린 느낌이다.

산책이라도 좀 해야겠다고 나와서 돌아다니다 정신을 차리고 보니 어느새 성벽 위에 올라와 있다. 저 멀리, 진창성 밖에서 자그맣게 흐르는 내울이 시야에 들어왔다. 그 위를 조그마한 나룻배 몇 대가 천천히 바람을 따라 솔솔솔 흘러가고 있었다.

"쩝. 낚시라도 좀 하면서 지내면 참 좋을 것 같은데."

"오, 총군사께서도 낚시를 좋아하십니까?"

"응? 뭐야, 감녕이네. 오늘은 네가 당번이냐?"

"하하, 마침 보고가 올라와서 총군사께 가려던 참인데 잘됐군요. 보십시오. 장안에서 전해져 온 정탐 보고섭니다."

녀석이 성큼성큼 다가와 죽간을 내밀었다.

그 안에 쓰여 있는 건……

"장안과 낙양의 백성 중 힘 좀 쓰게 생긴 놈들은 죄다 징집하고 있다고?"

"예. 거기에 쓰여 있는 걸 보시면 아시겠지만 최소 이십만은 될 것 같답니다. 어쩌면 그보다 훨씬 더 많을 수도 있고요."

"형주에서 마량이가 했던 계책을 그대로 쓰는 모양이지."

"그런 것 같습니다."

지금의 조조는 막다른 절벽으로 내몰린 것이나 마찬가지의 상황이니까. 뭉그적거리며 패망을 기다리는 것 같다는, 그런 느낌을 호족들에게 줬다간 곧장 기반이 흔들리며 위험해질 거다.

　그것을 조조도 알고 있으니 호족들이 딴생각할 틈을 안 주고 몰아붙이며 내부를 단속하는 거겠지. 겸사겸사 우리에게 저항할 병력도 뽑아 모으면서.

　"적 병력이 백만에 육박할 수도 있습니다, 총군사."

　"그렇겠지. 조조가 원래 가지고 있던 게 삼십만 정도에 원담이 데리고 간 게 이십만이니까. 백성들을 징집한 것까지 합치면…… 진짜로 그 정도 되겠는데?"

　형님이 눈에 불을 켜고 쫓아올 백만대군이다. 엄청 좋아하시겠는데?

　"주유 장군과 마량 선생께 사람을 보낼까요?"

　"응?"

　"비록 쇠락하는 중이라고 하나 적이 대군을 끌어모으는 중이잖습니까. 미리미리 의논하고, 그에 맞춰 대응 전략을 짜야 하는 거 아니겠습니까?"

　"뭐, 맞는 말이긴 한데. 며칠만 생각 좀 하고, 나도 생각을 정리해서 계략을 만들 시간은 있어야지. 아직 그림이 좀 덜 나왔거든."

　"아, 그렇습니까?"

　"그런 거지."

　녀석의 어깨를 가볍게 두드려 주고서 나는 다시 태수부 쪽으로 향했다.

이제 이틀 정도면 보름달이 떠오를 거다. 삼국지 시대에서의 짬이 찰 만큼 찼으니 나 혼자서도 그럴듯한 계책을 낼 수야 있겠지만, 이제 한 걸음만 더 걸으면 모든 게 다 마무리된다. 그럴수록 만전에 만전을 기하는 게 나을 터.

어디, 가후가 이번엔 무슨 계책을 짰는지 한번 볼까?

📱

"허."

이틀간, 고민에 빠진 척 놀고먹으며 시간을 보내다 들어오게 된 꿈속의 삼국지 무릉도원 카페.

마음 편하게 이곳의 글을 읽으려고 했는데…….

'아무리 봐도 위속보단 가후달ㅋㅋㅋㅋㅋ', '오장원에서 다 말아먹은 위속vs오장원으로 다 챙긴 가후 승자는??', '백만 대군vs사십만 대군의 오장원 전투', '민병대_활용의_정석_오장원 전투.txt'

당황스럽다. 아니, 아무리 백만 대군이라고 해도 결국 진짜 제대로 된 병력은 조조한테 있는 이십만 정도가 전부 아닌가? 나머지는 제대로 된 훈련 한번 안 받아본, 그냥 농사나 짓던 사람들을 데려다가 머릿수만 채운 건데 어떻게 그런 군대한테 졌다는 거지?

〈오장원 전투는 진짜 한 마디로 가후가 다 했다.ㅋㅋㅋㅋ 백성들 징집해다가 싸울 마음 들게 해주고, 보상책 만들어주고, 혹시 사기 떨어질

까 봐 안전장치까지 만들어놓고, 위속이 여포랑 닥돌할 거 대비해서 계책까지 잔뜩 만들어놓고.ㅎㅎㅎㅎ)

　└최후의쓰마이: 전투에서 이기고 나면 연주, 예주 쪽 땅 나눠주겠다고 했던 게 진짜 ㄹㅇ이었던 듯.

　└진격의조홍맨: 연주, 예주가 엄청 부유한 땅이라는 인식이 있었으니까 ㅋㅋㅋㅋ 거기다가 여포네 본진이니 거기 호족들은 조져도 아무 문제도 없었어서.

　└원담마이스터: 원담만 불쌍해졌지 이거 이후로 필요 없어지니 토사구팽……ㅠ

　└대군사위속: 아무리 그래도 99승 1패인 거랑 99패 1승이 같냐?? 여포 혼자면 다 말아먹을 거 위속이 다 캐리해 가면서 통일 직전까지 간 거구만.

　└여봉봉선: 솔직히 ㅇㄱㄹㅇ 가후빠들 마지막에 한 번 이겼다고 가후가 위속보다 낫다고 떠드는데 그전까지 가후가 위속한테 영혼까지 털린 건 생각 안하죠?

　여봉봉선 아래로는 가후를 좋아하는 사람들이랑 날 좋아하는 사람들끼리 싸우면서 키보드 배틀을 벌이는 내용밖에 없다.

　필요한 건 가후가 도대체 오장원 전투에서 무슨 짓을 했느냐인데…… 민병대에게 땅을 나눠주는 거로 전의를 북돋웠다는 부분에서 이미 어떻게 대처해야 할지 감이 좀 온다.

　다른 계책으로 뭘 준비했는지만 확인하고 나면 이거 해볼 만하겠는데?

"일어나셨군요, 장군."

잠에서 깨어나 눈을 껌뻑이며 정신을 차리고자 노력하고 있는데 위월이의 목소리가 들려왔다. 녀석이 하얀색 천을 뜨거운 김이 모락모락 피어오르는 물속에 담갔다가 빼 그 물기를 짜내며 내게로 내밀고 있었다.

"서비스가 좋다?"

"그 서비스, 풀로 해드리려고 회의도 소집해 놨습니다. 마량 선생과 주유 장군이 장군을 기다리는 중입니다."

"하, 짜식."

이제는 별 얘기 안 해도 척하면 척이구나.

천을 넘겨받아 대충 얼굴을 닦고, 옷을 갈아입고서 주유와 마량이 기다리고 있을 곳을 향해 나아갔다.

가후를 때려잡을 필승 계책은 이미 머릿속에 담겨 있다. 남은 건 자기들이 생각하기에 가장 좋은 계책을 하나씩 짜서 왔을 주유와 마량을 설득하고, 녀석들이 내 생각대로 움직여 주도록 하는 일뿐이다.

그렇게 생각하면서 갔는데…….

"문숙!"

외당에 들어섬과 동시에 익숙한 목소리가 들려왔다. 형님이다. 얼굴이 시커멓게 탄 형님이 씩 웃으며 날 쳐다보고 있었다.

"뭐야. 벌써 도착했어요?"

"뭐야. 넌 내가 오는 걸 알고 있던 거냐?"

"천문을 보니 알겠더만요. 병주 북쪽으로 해서 흉노족 영역 쪽 훑고 내려오셨죠?"

"허…… 그거까지 알아?"

형님이 날 무슨 귀신이라도 되는 것처럼 쳐다본다. 그 옆에 있던 주유나 마량을 비롯한 다른 장수들 역시 마찬가지.

"최대한 빨리 와서 널 놀래켜 보려고 했는데…… 그래, 뭐 백만지적이 될 기회를 놓치지 않았으니 그걸로 만족해야지. 난 가서 쉬어야겠다."

내가 안 놀라서 좀 실망하신 모양이다. 얼굴이 시무룩해져 선 형님이 터덜터덜 외당을 빠져나간다.

그러면서도 피곤한 기색이 보이는 게 확실히 형님도 나이를 먹기는 먹은 것 같다. 예전엔 무슨 짓을 하건 멀쩡하던 양반인 데…… 역시 세월은 못 이기는 건가?

뭐, 지금 이게 중요한 게 아니지.

"회의, 시작해 볼까?"

내가 주유와 마량 쪽으로 시선을 옮기며 말했다.

주유가 정말 궁금하다는 듯 날 쳐다보고 있었다.

"왜 그래?"

"한 가지만 물어봐도 되겠소?"

"새삼스럽게 무슨. 얘기해. 네가 언제 내 눈치 보고 얘기했 었어?"

"계책. 이미 가지고 있소? 백만이나 되는 병력을 뽑아낸 조조를 무찌를 계책 말이외다."

"가지고 있지. 나름 뭐, 괜찮다 싶을 수준으로 완성하기도 했고."

"그랬군. 그럼 그 계책대로 갑시다."

"으응?"

갑자기 이게 무슨 소린가 싶어서 보는데 마량이도 주유랑 비슷한 마음이라는 얼굴이다.

"소생이 아무리 계책을 짠들, 총군사의 혜안을 따르질 못한다는 생각이 들었습니다. 그는 공근 장군 역시 마찬가지이시니 계책을 말씀하여 주십시오. 그대로 따르겠습니다."

"주유 너도?"

"자존심이 좀 상하지만 뭐 어쩌겠소? 지금까지의 결과가 그러한 것을."

"엄청 이상하게 느껴질 수도 있는데?"

"막상 그 지시대로 하고 나면 왜 그런 이야기가 나온 것인지 이해할 수 있겠지. 불 속으로 뛰어들라면 뛰어들 것이고, 맨몸으로 적들에게 나아가 투항하라면 그리하리다. 이야기만 해주시오. 우리가 어찌하면 되겠소?"

진지하기 그지없는 어조로 주유가 말했다. 말만 하지 않았을 뿐 마량도 주유와 같은 마음이라는 듯 날 쳐다보고 있었다.

10장
백만지적

정말 시커멓다. 많아도 너무 많다.

백만 대군이라는 이야기. 지금껏 살면서 몇 번이고 들어봤지만 그게 이만큼의 무게일 거라고는 생각도 못 했는데…….

"미친 것 같다, 진짜."

"그러게 말입니다."

형님과 함께 하북에 있다가 몽골 쪽 땅을 쭉 훑으며 함께 이곳으로 내려온 후성이가 공감한다는 듯 고개를 끄덕인다. 사람이 별로 없는 곳으로만 돌아다녔던 탓인지 녀석은 정말 진심으로 질린다는 듯 혀를 내두르고 있었다.

"그나저나 준비는 다 해놨지?"

"말씀하신 대로 준비해 놨습니다. 투석기도 각각의 부대마다 하나씩, 적들에겐 보이지 않도록 잘 숨겨놨고요."

"그 정도면 충분하네."

민병대를 때려잡을 방책으로 준비해 둔 거다. 무릉도원에서 보고 나온 게 가후가 준비해 놓은 전부라면 이 투석기들만으로도 한 시름 놓을 수 있다. 역시 든든하다니까.

내가 그렇게 생각하고 있는데 저 멀리서 형님이 다가오는 모습이 시야에 들어왔다.

적토마를 연상케 하는 붉은색의, 다른 전마들은 애기처럼 보이게 할 정도로 커다란 말을 탄 형님이 어서 전투에 나가고 싶어 못 참겠다는 얼굴을 하고 있었다.

"형님. 아시죠?"

"응?"

"정면 돌격은 안 됩니다. 절대로요. 가후가 대비를 해놨을 테니까요."

"그러면 정면 말고 옆으로 가면 되는 거지?"

"아니, 그게 아니라…… 혼자서 뛰어가지 마시라고요. 적절할 타이밍에 제가 말씀을 드릴 테니까 돌격은 그때 하시고요."

"문숙."

"예, 예?"

아니, 이 양반이 갑자기 왜 이러시는 거지? 내가 무슨 말을 하건 항상 웃는 낯으로 받던 양반이 갑자기 표정을 싹 굳히고 목소리까지 내리깔고 있다. 이 순간만큼은 내가 이십 년 동안 편하게 대해온 형님이 아닌, 약간은 낯선 사람처럼 느껴질 정도.

"걱정하지 마. 이번 전투만 이기면 다 끝나는 거잖냐. 맞지?"

"어…… 그렇죠?"

"그러니까 이번엔 제대로 해야지 않겠어? 후방에서 기다리마. 그거 뭐였지? 히…… 히 뭐더라?"

"히든카드요?"

"아, 그래. 내가 네 히든카드가 되어주마. 뒤에서 버티고 있으면서 압박이나 좀 하고 있으마. 그러면 되는 거지?"

"진짜요? 돌격 안 하시고?"

"무릇 군주라 함은 태산과 같이 자리를 지켜야 하는 것이 아니더냐. 문숙. 아직도 날 그리도 모르는 것이냐?"

다시 평소의 형님처럼 돌아오나 싶었더니 또 조금 전의 그 목소리다. 형님이 진지하기 그지없는 모습으로 날 쳐다보고 있었다.

아니, 무릉도원에서는 형님이 돌격한다고 했었는데? 무릉도원을 보고 나온 이후로 내가 한 무슨 행동에 영향을 받아서 형님이 달라진 건가?

"믿어라, 문숙. 자리를 지키고 있을 터이니."

형님이 내 어깨를 가볍게 두드리더니 후성이와 함께 말을 몰아 저 뒤쪽으로 걸어간다. 아니, 적들을 코앞에 두고서 형님이 등을 보인다고? 그 여포가?

"혼란스럽네, 이거."

"어떻게 할까요? 장군."

나와 함께 형님의 그 모습을 지켜보고 있던 위월이가 말했다. 녀석의 얼굴도 혼란스럽다는 기색이 역력했다.

"형님이 지금까지 안 하겠다고 해놓고 한 적은 없으니까……가 아니구나. 애초에 안 하겠다고 한 적 자체가 없네."

"그러니까요. 뭔가 심경의 변화라도 있으셨던 게 아닐지."

"그렇겠지? 저 양반도 이제 좀 있으면 환갑인데…… 철이 드신 걸 거야. 음."

그럴 거다. 형님이 돌진하거나 하는, 그런 불상사가 벌어지는 게 아니라면 전투를 치르는 건 한결 더 수월해질 터. 마음이 좀 편해지는 느낌이다.

"위월아. 장료랑 고순한테 사람을 보내. 예정대로 진행하자고. 그래도 혹시 모르니 너는 중앙에서 대기하고."

"주공께서 그리 말씀을 하셨는데도 의심하시는 겁니까?"

"에헤이, 이 사람아. 의심이라니? 그냥 만약을 대비하자는 거잖아. 전쟁에서는 최선이 아니라 최악에 대비하고 모든 계획을 짜야 한다는 거 안 배웠어?"

"장군께서 그리 말씀하신다면…… 알겠습니다. 그리하지요."

위월이 장료와 고순의 부대 쪽으로 사람을 보내며 자신의 자리로 돌아가기 시작했다.

내가 그 뒷모습을 응시하고 있는데 이번엔 주유가 손책과 함께 내 쪽으로 다가왔다. 녀석들이 약간은 긴장한 얼굴로 날 쳐다보고 있었다.

"잘해봅시다, 총군사."

"잘해보자고. 이거만 끝내고 나면 진짜 이제는 편하게 놀고 먹을 수 있지 않겠어?"

"흐. 이 빌어먹을 전란이 끝나고 나면 다른 이들은 눈코 뜰 새 없이 바쁠 거외다. 백성들을 돌봐야 할 테니까. 총군사도 아마 마냥 편하지만은 않을 거요."

"응? 난 놀고먹을 건데? 이만큼 고생했으면 됐지. 또 뭘 더 하라고?"

"흐흐흐. 기대하시구려. 전장에서 보인 그 능력을 내정에서 발휘한다면 백성들을 널리 이롭게……."

음침하기 그지없는 얼굴로 웃으며 주유가 말하고 있던 때.

"우와아아아아아아아아아아-!"

사방에서 병사들의 함성이 터져 나오기 시작했다.

뭔가 싶어서 주변을 돌아보니 저 멀리 앞에서 형님이 방천 화극을 번쩍 들어 올린 채, 우리 병사들을 응시하고 있었다.

저거…… 뭐지?

"마지막 전투다! 이번 한 번만 이기면 집으로 돌아갈 수 있고, 싸움 없이 편안한 여생을 보낼 수 있을 것이다!"

쩌렁쩌렁하게 외치는 형님의 목소리에 또다시 함성이 터져 나왔다. 아니, 형님이 왜 저기에 있어? 뒤에서 얌전히 기다린다면서?

"그러니 자, 나를 따르거라! 내가 직접 너희들의 앞에서 적들을 격멸할 것이다! 알겠느냐?"

계속해서 병사들의 함성이 터져 나오는 가운데, 황당하다는 얼굴로 주유가 날 쳐다본다.

"아니…… 주공께서 왜 저기에 계시단 말이오? 분명 총군사의 계책대로라면 지금 주공은 뒤쪽에서…… 설마?"

"어, 그 설마가…… 맞는 것 같은데?"

"아니, 총군사! 주공께 또 속은 게요?"

"전군! 나를 따라서…… 돌격하지 마라!"

지난번이랑 똑같다. 형님이 저 멀리, 조조군을 향해 미친 듯이 달려 나간다.

그러면서 외치는 건.

"으하하하하, 드디어 백만지적이다!"

기쁨에 가득 찬 그놈의 백만지적이다.

시발.

형님. 백만지적이 그렇게 중요해요? 예?

"자, 장군? 어떻게 합니까?"

"손책아! 지금 상황에서 그걸 물어볼 정신이 있어? 따라가야 할 거 아냐!"

"예, 예! 주공을 따르라! 돌격!"

"주공을 따르라! 돌격하라!"

뿌우우우우우우우우우우- 둥- 둥- 둥- 둥- 둥-

손책의 외침과 동시에 사방에서 진격을 알리는 뿔 나팔 소리가, 북소리가 울려 퍼지기 시작했다.

시발.

📱

여포군의 반대쪽, 조조군 본진.

전장의 움직임을 한눈에 내려볼 수 있도록 흙을 쌓아 만든 자그마한 언덕에서 가후가 수염을 쓰다듬었다.

그런 조조의 시야에 남쪽으로 이어지는 산길, 그리고 북쪽의 황하와 그 주변으로 울창하게 우거진 갈대밭의 모습이 들어왔다.

가히 절경이라 할 수 있을 광경이다. 저 멀리 앞에서 질주해 오고 있는 여포, 그리고 그 뒤에서 움직이는 여포군만 제외한다면.

"역시, 예상을 벗어나질 않는군. 여포는 여포란 말인가."

"중앙은 확실히 두텁게 해뒀으니 대번에 뚫릴 걱정은 하지 않아도 되겠지."

"물론입니다, 주공."

가후가 작게 고개를 숙이며 포권함과 동시에.

"으하하하하하! 백만지적의 방천화극을 받아봐라!"

"으, 으아아악!"

전선에 도착한 껄껄껄 웃으며 여포가 방천화극을 휘두르기 시작했다.

그런 여포의 공격에 최전선에서 방패를 들고 있던 중보병 중 몇몇이 허망하게 쓸려 나가기 시작했다.

그리고 그런 와중에서 흙먼지를 흩날리며 달려오는 여포군의 모습이 조조와 가후의 시야에 들어오고 있었다.

"중기병에 경보병, 그리고 중보병으로 이어지는 구성이로군. 여포가 만들어낸 균열을 안정적으로 확대하겠다는 것인가."

"그게 아니면 군이 저렇게 이동 속도에 차이가 있을 병력으로 부대를 구성했을 리가 없지요. 위속도 여포의 돌발 행동에 대비를 하긴 했던 모양입니다, 주공."

가후의 목소리에 조조가 고개를 끄덕였다.

여포가 저렇게 돌발적으로 움직이는 건 한두 번이 아니다. 여포와 한평생을 함께 지내온 위속이 이 정도도 예상하지 못할 리가 없다.

그렇게 생각하고 있는 조조의 옆에서 가후가 어떻게든 저 멀리서 흩날리는 깃발들의 움직임을 확인하고자 노력하고 있었다.

"쯧…… 잘 안 보이는군. 양수. 자네가 가서 고순의 함진영이 어디쯤 있는지 확인해 보게."

"함진영 말씀이십니까?"

"여포 휘하에서 방어하는 능력만큼은 타의 추종을 불허하는 부대일세. 그게 어디에 있는지를 알아야 복병을 움직일 수 있어."

"아…… 알겠습니다. 조금만 기다려 주십시오."

양수가 다급히 언덕 아래쪽으로 달려 내려갔다.

가후는 눈을 감은 채, 머릿속으로 전장에서 움직이는 여포군과 조조군의 모습을 지도 위에 올려진 바둑돌의 그것으로 형상화하며 양수가 함진영의 위치를 확인해 오기를 기다렸다.

함진영의 위치만 확인된다면 당장에 병력을 움직여 첫 번째 계책이 발동될 터. 지금까지는 위속을 상대로 계속해서 지기만 했으나 오늘 한 번만 이긴다면 당장 백척간두에 오른 이 위기를 어느 정도 타개할 수는 있을 것이었다.

"초, 총군사님! 총군사님!"

그렇게 시간이 얼마나 지났을까? 양수가 헐레벌떡 언덕 쪽으로 달려오며 외치는 소리가 들려왔다.

가후가 번쩍 눈을 뜨며 그 소리가 들려오는 쪽으로 시선을 옮기고 있었다.

"적 좌익의 후방에서 고(高)의 깃발을 목격했다는 보고가 있었습니다!"

"호오, 그렇단 말이지?"

가후의 입가에 자그마한 미소가 피어올랐다.

여포군의 좌익이면 남쪽의, 한중과 이어지는 샛길 방향이다. 혹시라도 있을지 모를, 산중의 매복에 대비해 위속이 함진영을 예비대로 배치해 둔 모양.

"나쁘지 않은 선택이었다만, 그것이 네놈의 첫 번째 패착이 될 것이다…… 위속."

가늘게 뜬 눈으로 쉴 새 없이 흩날리는 위(魏)의 깃발을 노려보며 중얼거린 가후가 손을 들어 올렸다.

동시에 후방에서 뿔 나팔 소리가 울려 퍼지기 시작했다. 북쪽의 갈대밭에서 병력을 매복시킨 채 대기 중인 이전 쪽으로 진격을 알리는 신호를 보내는 것이었다.

뿌우- 뿌우- 뿌우- 뿌우-

본진에서 시작된 그 뿔 나팔 소리가 조조군 우익으로, 북쪽을 향해 전해져 간다.

그리고 얼마 지나지 않아 가후는 목격했다.

갈대가 바람에 흩날리는 것 외에 아무런 움직임도 없던 갈대밭에서 수만에 달하는 병력이 쑥 나타나 동쪽으로, 조조군 본진을 향해 파고들던 여포군의 우익을 향해 돌진해 나아가고 있다. 전투의 승패를 가를 첫 번째 계책의 발동이다.

가후의 심장이 거세게 요동치고 있었다.

"가시게, 이전 장군. 제발 부탁이니 모조리 쓸어주시게……."

간절한 바람을 담아 중얼거린 시점으로부터 얼마나 지났을까? 텅 빈 줄 알았던 여포군의 우익을 향해 달려가는 오만 명의 정예병 앞을 생소한 모습의 부대 하나가 가로막기 시작했다.

그리고 그 부대에서 휘날리는 깃발은.

"고, 고순입니다! 함진영이 나타났습니다, 총군사!"

고순의 함진영이었다.

가후가 이를 악문 채, 주먹을 움켜쥐었다.

"위속, 이자가……."

일순간 눈앞이 캄캄해지는 것을 심호흡하며 간신히 극복해 낸 가후가 다시 저 멀리 앞으로 시선을 옮겼다.

아직 모든 계책을 다 쓴 게 아니다. 이제 겨우 한 개만이 실패했을 뿐이다.

설령 모든 계책이 실패한다고 해도 병력의 규모는 자신들이 압도적이다. 병사 개개인의 질은 떨어진다고 해도, 전쟁에서 가장 중요한 게 바로 물량인 만큼 희망이 없는 건 아니다.

가후는 그렇게 스스로를 위안하며 여포군의 모습을 응시했다.

여포를 선두로 한 여포군의 본대가 지금 이 순간에도 쉴 새

없이 조조군의 본대를 향해 밀고 들어오며 깊숙이 파고드는 중이었다.

"조금만 더…… 조금만 더 들어오거라."

현실적으로 여포를 앞세운 돌격을 막아낸다는 건 정말 쉽지 않은 일이다. 그걸 막아내겠다며 아무리 용을 써도 전열이 흐트러지고, 조금씩 뒤로 밀려날 수밖에 없는 일.

"위치를 사수하라! 절대 밀려나서는 안 된다!"

"물러나지 마라! 끝까지 버티란 말이다!"

직접 전선에서 병사들을 지휘하는 조인이, 그 휘하의 장수들이 목이 터져라 외치고 있지만 지금도 전선은 조금씩 뒤로 밀려나는 중이고 여포는 계속해서 전진하고 있다.

전투가 이렇게 진행될 것을 예견할 수밖에 없는 만큼, 가후는 이 상황을 이용한 계책 역시 만들어둔 상태였다.

"슬슬 보여야 하는 거 아니오?"

언덕 아래에서 원담과 함께 자신들이 움직여야 할 때를 기다리고 있던 방통이 다가와 말했다.

"고순의 함진영이 북쪽에서 나타났으니 적의 남쪽 후방은 텅텅 비었을 수밖에 없을 터. 곧 소식이 들려올 거요."

아무리 한중이 점령당했다지만 이제 겨우 한 달이 지났을 뿐이다. 고작 그 정도의 시간만으로 한중에서 장안으로 이어지는 그 험한 산길들을 모조리 장악했을 수 있을 리가 없다.

가후는 그런 산길 중 하나인 포야도의 깊숙한 계곡 속에 하후돈과 함께 조조군의 최정예 기병대인 호표기를 숨겨놓은 상태.

곧 있으면 하후돈이 그 호표기와 함께 포야도 밖으로 뛰쳐나와 연한 속살을 드러낸 것이나 마찬가지인 여포군의 후방을 맛깔나게 후려갈길 거다. 가후는 그렇게 믿어 의심치 않으며 포야도로 이어지는 산길을 응시했다.

하지만.

"지원이 필요합니다! 왕표 장군의 오천인대가 무너지기 일보 직전입니다!"

"사일 장군의 만인대에서 지원을 요청하고 있습니다!"

"매, 맹달 장군이 전사했습니다!"

"신탐 장군의 만인대가 붕괴했습니다!"

들려오는 것은 전방에서 전해져 오는 다급하면서도 절망적인 이야기들일 뿐이었다.

가후가 이를 악물었다. 질끈 깨문 그 입술에서 한 줄기 피가 주르륵 흘러내리고 있었다.

"올 것이다…… 오고야 말 것이다. 하후돈 장군은 꼭…… 꼭 오고야 말 것이다!"

"하, 하후 장군이십니다! 하후 장군께서 나타나셨습니다!"

단순히 바라는 것을 넘어 그렇게 만들고야 말겠다는, 주문을 외우다시피 하던 가후를 향해 낯선 장수의 목소리가 울려 퍼졌다.

가후가 자신도 모르게 그 소리가 난 쪽으로 핵 고개를 돌렸다. 선혈이 군데군데 묻은, 거의 넝마가 되다시피 한 하후(夏侯)의 깃발이 가후의 시야에 들어왔다.

살짝 넋이 나가다시피 한 모습을 한 하후돈이 언덕을 향해 올라오고 있었다.

"이, 이, 이게 도대체 어찌 된 일이오, 하후 장군!"

"면목이 없소이다, 총군사…… 포야도에 위속의 매복이 있었소이다……"

"매, 매복이라고? 지금 매복이라 하셨소이까?"

"우리가 기습을 위해 산길을 달릴 때 계곡 위에서 바위와 나무가 비 오듯 쏟아지는 바람에…… 입이 몇 개라도 내 할 말이 없소."

"하…… 아니오…… 죄가 있다면 위속이 그리 나올 것을 예측하지 못한 내 잘못일 터……."

가후의 그 목소리에 하후돈이 조조를 향해 죄를 청하며 나아갔다. 하지만 조조 역시 추궁할 생각이 없는 듯, 그저 하후돈을 위로하며 언덕 아래로 내려보낼 뿐이었다.

"하아……."

땅이 꺼지라 한숨을 내쉬며 가후가 하늘을 올려봤다.

정말 하늘이 무너져 내리는 것만 같다. 남은 계책이 없는 것은 아니지만, 지금만큼은 정말 절망스럽기가 그지없을 뿐이었다.

그렇게 절망스러워하던 가후가 누군가 자신의 어깨를 두드리는 걸 느끼고선 고개를 돌렸다. 방통이 그 마음 다 안다는 얼굴로 가후를 응시하고 있었다.

"진정하시오. 아직 끝난 게 아니잖소."

"……그 말이 맞소. 아직 우리가 패배한 건 아니지. 지금부터라도 기회를 잘 살릴 수만 있다면 승산은 얼마든지……."

"아니, 그게 아니라."

"그게…… 아니라니?"

가후가 황당하다는 듯 반문했다.

그런 가후를 향해 방통이 더없이 진지한 얼굴로 이야기했다.

"아직도 당할 거리가 많으니 진정하시란 이야기외다."

"당할 거리…… 당할 거리라고? 이자가 지금 무슨 소리를 하는 것인가! 아직도 전투가 한참이거늘, 어찌 그딴 망발을 입에 올릴 수가 있단 말이오! 우리가 지기를 바라기라도 한단 말이외까?"

일순간 얼굴이 시뻘겋게 달아오른 가후가 방통을 향해 소리쳤다. 방통이 그게 아니라는 듯 당황해서 허공에다가 대고 손을 휘휘 젓고 있었다.

"아니, 그게 아니라…… 이렇게 생각하고 있어야 마음이 편하다는 거요. 생각해 보시오. 위속에게 당할 때마다 분노하다 보면 언제 피를 뿜으며 분사할지 모른다니까? 이게 다 아군의 승리를 위해 하는 이야기 아니오? 가후 선생이 분사하기라도 한다면 계책은 누가 내고, 위속의 상대는 누가 하란 말이오?"

모두 오해라는 듯, 청산유수로 이야기하는 방통의 모습에 가후가 이를 악물었다.

말이나 못 하면 얄밉지나 않지. 지금 이 순간만큼은 위속보다 방통이 훨씬 더 얄밉게만 느껴질 뿐이었다.

"물을 좀 다오!"

선두에서 끊임없이 방천화극을 휘두르며 적진을 돌파하던 형님이 잠시 뒤로 물러나며 소리쳤다.

갈증이 심한 듯, 병사가 내미는 가죽 물통의 물을 입안에 털어 넣다시피 하며 형님이 숨을 고르자 본진 쪽의 전선 전체가 소강상태에 놓이기 시작했다.

조조군 쪽도 한 걸음 뒤로 물러나 잠시 휴식을 취하고, 아군 역시 마찬가지다.

격렬하던 싸움이 멈추며 자욱하게 치솟았던 흙먼지가 조금씩 가라앉는다. 덕분에 나는 적들의 모습을 조금 더 자세하게 살필 수 있었다.

"아무래도 저거, 갓 징집한 병력을 본진 쪽 부대 사이사이에 채워 넣는 것 같은데?"

"장군이 보시기에도 그렇습니까?"

멀찌감치의 그 광경을 지켜보며 내가 중얼거리는 걸 들었는지 위월이 말했다.

"네가 보기에도 그렇지?"

"예. 주공과 함께 깊숙이 들어가면 들어갈수록 어디에선가 계속 새로운 병력이 나타났는데 전체적으로 전장에서의 숙련도는 상당히 떨어지는 자들이었습니다."

"좀 겁들도 많이 집어먹고, 어설프고 그랬나?"

"확실히 그랬죠."

위월이가 고개를 끄덕인다.

상황도 상황이거니와 야전 사령관 중에서도 스페셜리스트라 할 수 있을 위월이의 말이라면 충분히 신뢰할 수 있다.

끊임없이 공격하고, 또 공격하는 걸 방어하는 과정에서 소모된 병력의 빈자리를 채우기 위해 민병을 끌어올린 것이 확실할 터.

"위월아. 그거 준비해야겠다."

"지금 말씀이십니까?"

"오냐. 애들 눈 돌아가게 푸짐히 담아둬. 무슨 소린 줄 알지?"

"맡겨만 주십쇼."

위월이 내게 포권하며 병사들 사이로 걸어 들어갔다.

어쩌면 이번 전투를 아군의 승리로 깔끔하게 마무리할 수 있을지도 모를 비밀 병기다. 녀석이라면 확실하게 처리하겠지.

내가 그렇게 생각하며 조조군 중앙의 모습을 응시하고 있는데 가(賈)의 깃발이 바람에 흩날리는 모습이 시야에 들어왔다. 그 깃발 아래에서 바늘로 찔러도 피 한 방울 안 나올 것처럼 생긴 가후가 날 노려보고 있었다.

"위속! 오늘이 네놈 생의 마지막 날이 될 것인데 가족들과 작별 인사는 하고 나왔는지 참으로 궁금하구나!"

"옹야. 그나저나 되게 오랜만이다?"

"여포의 병사들이여! 우리 주공을 따르는 백만 대군이 네놈들을 포위하고 있느니라! 목숨이 아깝다면 지금이라도 무기를 버리고 도망치거라! 우리 주공께서 자비를 베풀어 전투에 참여하지 않는 자들의 목숨을 뺏지는 않을 것인즉!"

카랑카랑하기 그지없는 가후의 목소리가 울려 퍼진다. 그리고 그 외침을 들은 우리 병사들의 반응이라는 것은…….

"총군사님! 저희 천인대에게 가후의 목을 벨 기회를 주십시오! 이번에야말로 임무를 완수하겠습니다요!"

"아닙니다, 총군사님! 적 총군사의 목을 베려면 적어도 오천인대는 있어야 합니다! 저희를 보내주십시오!"

"제가, 저희가 하겠습니다!"

"그런 일의 적임자는 저흽니다!"

"뗵! 어디 가후를 잡는 데 천인장 오천인장이 나서냐?"

장수라고 하기엔 모자란 감이 없잖게 있는 천인장, 그리고 오천인장들이 나서며 자길 보내달라고 외치고 있을 때 후성이가 나타나서는 장난스러운 기색 가득한 목소리로 소리쳤다.

"후, 후성 장군?"

"야. 가후가 누구냐. 싸울 때마다 우리 장군한테 깨지고, 이제는 영혼까지 탈탈 털려서 가루가 된 놈인데 그런 놈을 잡겠다고 우리 군의 천인장과 오천인장이 나서야 해? 이야, 너희 그렇게 약한 애들이었냐?"

가후를 비롯한 조조군 전체가 들으라는 듯, 쩌렁쩌렁하게 외치는 그 목소리에 일순간 멍한 얼굴이 되었던 녀석들이 후성이의 의도를 이해하고선 씩 웃기 시작했다.

그것은 후성이 역시 마찬가지.

"십인장, 백인장 중에 내가 가후의 목을 잘 딸 수 있다 열 명, 선착순으로 딱 나와라!"

"십인장 박무광!"

"백인장 진소호!"

"백인장 백림!"

십인장이며 백인장이며 할 것 없는 녀석들이 우르르 자신의 관등성명과 이름을 외치며 후성이의 앞으로 달려 나온다.

적게 잡아도 얼추 백 명에 육박하는 수준이다.

"보내주십시오! 가후의 목을 따 오겠습니다!"

"절 보내주신다면 가후에다가 조조의 목까지 따 오겠습니다!"

"가후에 조조놈 목 받고 원담, 방통까지 하겠습니다!"

"오, 너 이름이 뭐냐? 패기 쩌는데?"

"십인장 만석입니다요!"

녀석, 만석이 떠든 것과는 달리 긴장한 기색이 역력한 얼굴로 답했다.

후성이가 기특하다는 듯 말에서 내려 녀석의 등을 팡팡 두드리더니 내 쪽으로 데리고 온다.

멀찌감치에서 이 모습을 지켜보고 있던 가후의 얼굴이 똥이라도 씹은 것처럼 일그러지고 있었다.

"가후야! 우리 십인장이 자기 십인대 하나를 끌고 너랑 조조랑 원담, 방통 목을 베어 오겠다는데 어떻게 생각하나?"

"개소리가 지나치구나, 위속!"

그냥 무시하면 될걸, 굳이 반박까지 하고 있다. 어떻게든 내 신경을 자기 쪽으로 집중시켜 시간을 벌겠다는 거겠지.

그 증거로 가후의 뒤쪽, 조조군 본진의 후방에서 흙먼지가 일며 뭔가 소란이 일어나고 있다. 후방에 예비대 성격으로 배치되어 있던 병력이 좌익과 우익에 추가로 배치되어 초승달 진형을 만들고자 하는 것일 터.

나로서는 고맙기만 한 일이다.

"스스로 만인지적을 주장하는 녀석들이 여기 백 명이 넘어. 이거 감당할 수 있겠어?"

"감당하지 못할 이유가 뭐가 있겠느냐? 얼마든지 상대해 주마! 오늘이 네놈의 마지막 날이 될 것이니라!"

"오, 그러세요?"

"장군."

내가 가후를 향해 씩 웃어 보이는데 위월이의 목소리가 들려왔다. 백 대가 넘는 투석기가 드드드 소리를 내며 녀석과 함께 앞쪽으로 다가오고 있다.

뒤늦게 그 모습을 확인한 가후의 눈매가 가늘어지고 있었다.

"가후! 너 이게 뭔 줄 아나?"

"투석기가 아니더냐?"

"노노. 이게 단순한 투석기로 보인다면 넌 그냥 똥쟁이인 거야."

"뭐라?"

"이건 말이야. 너랑 조조, 원담, 방통 숨통을 끊어놓을 우리 비밀 병기거든."

그게 무슨 헛소리냐는 듯 날 쳐다보던 가후다.

그렇게 몇 초나 지났을까?

녀석의 눈이 동그랗게 커지더니 곧이어 안색이 새하얗게 질리기 시작했다. 그것은 녀석의 옆에서 말없이 그저 태산처럼 자리를 지키고만 있던 조조 역시 마찬가지.

"너 죽고 나서 저승사자가 왜 죽었냐고 물어보면 금덩이 때문에 죽었다고 꼭 말해라. 알았지? 쫘!"

"쫘라!"

"모조리 날려 버려라!"

내가 지시하고, 위월이가 그 명령을 복창함과 동시에 사방에서 풍-! 하고 둔탁한 소리가 울려 퍼지기 시작했다. 적들에게 커다란 돌덩이를 날려 그 위력으로 인명을 살상하는 것이 바로 투석기라는 무기다.

하지만 지금 우리 쪽 투석기가 쫘대는 물건은 바로.

"그, 그, 그, 금이다!"

"금귀걸이야! 금귀걸이라고!"

"비켜! 이건 내 꺼다! 내 거라고!"

"여기에 은이 있어!"

"여기도 은이다!"

"으하하하, 은이다! 은이야!"

금붙이와 은붙이가 약간이다. 거기에 더해서 은처럼 보이도록 특별히 신경 써서 고른 대다수의 쇠붙이까지.

"적들의 간계다! 재물에 신경 쓰지 마라! 너희는 지금 전쟁을 치르는 중이란 말이다!"

"적들이 날린 물건을 줍는 자는 목을 벨 것이다! 당장 내려 놓지 못할까!"

"내놔! 내가 먼저 주웠다고!"

"이 새끼야, 안 놔? 놔!"

장수들이 쉴 새 없이 소리치는 와중에서도 금붙이, 은붙이를 두고 갓 징집된 병사들이 실랑이를 벌이고 있다. 심지어는 자기들끼리 무기를 겨누며 싸우기까지 할 기세다.

그 동요가 기존의 병사들에게까지 조금씩 확산되고 있다.

몇몇이 동요를 일으키는 병사들의 목을 베어가며 상황을 진정시키고자 노력하고 있지만 글쎄, 쌀 한 줌 때문에 사람을 죽이는 시대다. 금붙이, 은붙이가 코앞에 있는데 그 혼란이 진정이 될까?

"흐흐흐."

창백하던 가후의 얼굴이 이제는 터질 듯이 벌겋게 변해가고 있다.

가후가 날 죽일 듯이 노려보고 있었다.

"가후야! 기억해! 금덩이 때문이다?"

"뭐야. 잠깐 쉬었다가 왔더니 상황이 뭐 이렇게 되어 있어?"

내가 녀석을 향해 외침과 동시에, 말을 몰아 다가오던 형님이 말했다. 형님이 황당하다는 듯, 자기들끼리 아귀다툼을 벌이고 있는 조조군의 모습을 쳐다보고 있었다.

"이게 다 제 능력 아닙니까, 형님. 가서 마무리만 하세요. 형님을 위해서 만들어놓은 밥상입니다, 이게."

"흐흐흐. 그래?"

형님이 씩 웃는다.

형님의 뒤를 따라 이쪽으로 다가오던 후성이와 친위대 병사들이 당장에라도 돌격할 수 있도록 자세를 갖추고 있었다.

"밥상 차려줬는데 그냥 넘어갈 순 없지. 가자!"

"주공을 따르라! 돌격!"

"돌격하라!"

"우와아아아아아아아-!"

형님이 돌격함과 동시에 병사들이 괴성을 지르며 그 뒤를 따른다. 그리고 자기들끼리 아귀다툼을 벌인다.

"막아라! 네놈들의 적이 저 앞에 있단 말이다!"

"도망치지 마라! 도망치는 놈은 목을 벨…… 커헉!"

"히, 히이이익!"

그런 형님의 모습을 본 장수들이 외치는 것도 잠시, 쏜살처럼 적 방어선에 도착한 형님이 방어선 바깥쪽에 있던 장수를 베어냈다.

조조군 병사들의 전열이 무너지고 있었다.

📱

두두두두두-

말들이 정신없이 달리고 있다.

흙먼지가 사방에서 피어오른다. 이런 와중에서 저 멀리 앞에 조조가 달리고 있다.

그 옆으로 가후가, 몇몇 장수들이 있다.

원담도, 방통도 난전의 와중에서 온데간데없이 사라졌다. 조조와 가후의 곁에 남은 건 이제 정말 백 명도 안 되는, 한 줌에 불과한 수준일 뿐이었다.

"맹덕 형, 이제 좀 섭시다!"

"네놈 같으면 서겠느냐!"

"아니 뭐, 그렇긴 한데 희망이 있어야 버티지! 형님이 지금 장안까지 도망치는 데 성공한다고 해서 뭐가 달라질 것 같수? 앙? 힘들어 죽겠으니까 이제 좀 끝내자고!"

말을 타고 전력 질주하는 와중에서 내가 소리쳤다.

좀 전, 조조군의 민병대가 금붙이와 은붙이를 줍겠다고 자기들끼리 아귀다툼을 벌이기 시작한 직후의 공격으로 적들은 완전히 무너졌다.

좌익과 우익은 지금도 어느 정도, 군율을 유지하고 있겠지만 이미 전투의 승패는 결정된 것이나 마찬가지. 조조도 지금은 그저 몇 안 되는 병사들과 함께 죽어라 달리고 있을 뿐이다.

그리고 그 뒤를 따르는 건 나와 형님, 그리고 후성이를 비롯한 친위대의 병력이었다.

"크아아악!"

선두에서 달리던 형님이 방천화극을 휘두르자 가장 뒤쪽에 서 있던 병사가 피를 흩뿌리며 말에서 떨어진다. 타고 있던 말이 지쳐서 뒤처진 몇몇 병사들 역시 마찬가지.

그렇게 약간의 시간이 지났을 때.

"하, 하하하…… 으하하하하!"

껄껄 웃는 조조의 목소리가 들려왔다.

강이 앞에 보인다. 자그마한 강이다. 나룻배 하나만 있으면 금방 건널 수 있을 정도로. 하지만 강에는 배가 한 척도 없다. 그 흔한 사람도 없다. 있는 것이라곤 조조와 가후, 그리고 그들이 이끄는 수십 명밖에 안 되는 병력일 뿐이다.

조조가 하늘을 올려보며 계속해서 웃고 있었다.

"하늘이시여! 어찌 이리도 매정할 수가 있단 말이오! 이 조맹덕이 평생을 살아오는 동안, 단 한 번을 안 도와준단 말이외까!"

그 목소리에 담긴 억울함이 절절하다.

"흐흐, 으흐흐흐, 으하하하하하!"

여전히 웃는 낯지만 웃는 건지, 아니면 울부짖는 건지 모를 목소리다.

계속해서 하늘을 올려보며 그 기괴한 소리를 내던 조조가 내 쪽으로 홱 고개를 돌린다.

"그때 문숙 네 녀석을 내 사람으로 만들었어야 했는데……."

"애초부터 형님 쪽으로 갈 생각은 없었는데 그런 소리 해서 뭐 해요. 그냥 깔끔하게 전세가 기울었을 때 항복했으면 이런 일 없었을 텐데."

"실없는 소리. 내가 항복 같은 것을 할 것 같으냐?"

"뭐, 그렇긴 하죠."

조조가 피식 웃는다.

나도 같이 웃었다. 우리 형님이 조조한테 항복하는 거나, 조조가 형님한테 항복하는 거나. 어차피 일어날 수 없는 일이니까.

"질풍과도 같은 삶이었다. 하늘이 날 도왔다면 후일을 도모했겠으나…… 아무래도 오늘이 마지막인 모양이로군."

스르릉-

조조가 검을 뽑아 든다. 그러면서 한 바퀴, 빙 주변을 둘러보더니 형님 쪽으로 시선을 옮겼다. 그 눈빛이 처연했다.

"이보게, 봉선."

"왜?"

"어차피 한 번은 죽어야 한다면 다른 이가 아닌, 자네의 손에 가고 싶구만. 그리해 주겠는가?"

"얼마든지."

"최선을 다할 걸세. 어쩌면 자네가 내 검에 죽을지도 몰라."

"웃기지도 않을 농담을 하는군. 그래도 혹시 모르니 나 역시 최선을 다하도록 하지."

"고맙네."

그와 동시에 조조가 말을 몰아 형님을 향해 질주하기 시작했다. 형님은 그런 조조의 모습을 가만히 지켜보며 거리가 좁혀지길 기다렸다. 그리고 마침내 조조가 방천화극의 사거리에 들어왔을 때.

휘익-!

방천화극의 날이 햇빛을 반사하며 번뜩인다.

그리고 그와 함께, 난 볼 수 있었다. 피를 흩뿌리며 쓰러지면서도 조조가 씩 웃는 것을. 땅에 떨어지고서도 입에서 피를 토할지언정, 조조는 웃고 있었다.

죽을 때까지 웃으면서 죽다니. 죽음을 받아들였기 때문일까? 아니면 힘들기만 했던 삶이 끝나서?

"······모르겠구만."

마지막 남은 군주나 마찬가지인 조조가 죽었는데도 딱히 기분이 좋지가 않다. 그냥 숙원해지는 느낌이다.

"흠······."

형님도 나랑 비슷한 느낌인 모양이다.

좋아하거나 웃기는커녕, 그냥 무표정한 얼굴로 숨을 거둔 조조의 모습을 응시하고만 있을 뿐이었다.

"주공······ 소생의 무능을 용서하십시오."

내가, 형님이 복잡한 감정을 느끼고 있을 때, 가후의 목소리가 들려왔다. 녀석이 품에서 꺼내 든 단도로 자신의 목을 찌르더니 피를 줄줄이 뿜어내며 그대로 말에서 떨어졌다.

한 차례, 경련만이 있었을 뿐이다.

그리고 그 모습을 본 살아남은 조조군 장수들이, 병사들이 말에서 내려 무릎을 꿇는다.

"······투항하겠습니다."

"소장도······ 투항하겠습니다."

거기에 이어서 무기를 버리며 항복하기까지.

이제····· 정말로 끝이다. 통일이다.

오장원 전투에서 우리가 승리를 거둔 이후로 두 달 정도가 지난 것 같다.

전투도 없고, 신경 쓸 일도 없다.

그동안에 내가 한 일이라곤 낚시나 하고, 맛있는 거나 먹으며 뒹굴거린 거다. 덕분에 잠깐 사이에 뱃살이 좀 나왔다.

이거 거의…… 10kg 가까이 찐 것 같은데?

"오, 총군사! 오랜만에 뵙습니다. 신수가 아주 훤해지셨습니다그려."

최염이다. 칠순에 가까운 나이가 되어버린 최염이 하얗게 세어버린 수염을 쓰다듬으며 껄껄 웃고 있다.

그런 최염의 옆으로 사마랑이 함께 서 있었다.

"총군사. 혹시나 해서 묻는 겁니다만, 주공께서…… 오늘은 그냥 넘어가시겠지요?"

"넘어가다뇨? 뭘요?"

"즉위식 날인데…… 오늘처럼 엄숙하고 신성해야 할 날에 뭔가 돌발적인 행동을 하시는 건 아닐런지……."

"어허, 이 사람. 이제 곧 천자가 되어 중원 전하를 다스리실 분일세. 언행을 삼가시게."

"흠흠, 그렇겠지. 아무것도 아니외다, 총군사. 늙은이가 추태를 부린 것이니 잊어주시구려."

사마랑이 손을 휘휘 저어가며 그렇게 이야기하고선 최염과 함께 저 멀리, 즉위식을 위해 쌓은 제단을 향해 종종걸음으로 나아간다.

도대체 무슨 소리지? 형님이 뭘 돌발 행동을 한다고?

"오, 스승님!"

"어, 공명아. 즉위식 준비는 잘돼가냐?"

"잘돼가죠. 어서 오십쇼. 조금 있으면 식이 시작될 겁니다. 우리 자리로 가자고요."

옛날, 처음 내 눈앞에 나타났던 시절의 모습은 거의 찾아볼 수 없을 정도로 어엿하게 장성한 중년의 공명이가 재촉하며 움직이기 시작했다.

"자, 이 옷을 입으십시오. 그냥 관복으론 안 됩니다. 혹시나 싶어 미리 준비해 뒀으니 망정이지……."

"이걸 쓰시고요."

"이쪽에서 서 계시면 됩니다. 아니, 거기 말고요. 여기요, 여기."

확실히 즉위식은 즉위식이구나. 평소 하던 대로, 평소 입던 관복을 입고 나왔을 뿐인데 궁내청의 관리들이 있는 대로 잔소리를 퍼부어가며 내 옷차림을 모조리 바꿔놓는다.

즉위식이 진행되는 걸 형님의 발치 아래에서 지켜보는, 그 자리에서도 참견이 들어오긴 마찬가지.

"그래도 뭐…… 이제는 다 한 거겠지."

형님의 휘하에 있는 문무백관 중, 가장 앞자리다. 황제의 자리에 오르게 되는 형님의 발치 아래에서 즉위식이 거행되는 내내 모든 것을 지켜보고, 따라다니며 들러리를 서는 역할이라고나 할까.

"끝나고 낚시나 하러 가야겠군."

"어디로 갈 작정이오?"

즉위식이 시작되길 기다리며 중얼거리는데 옆에서 진궁의 목소리가 들려왔다. 칠순이 넘은 나이의 진궁이 인자한 미소를 머금은 채로 날 쳐다보고 있었다.

"배 타고 강으로 나가야죠. 전 바다낚시가 좋은데 아무래도 여기에서 바다로 나가려면 한 세월이니까."

"주공께서 천자가 되시고 나면 천하가 안정될 터이니 이제 총군사도 쉴 때가 되었지. 노년의 여유를 즐기시구려. 겸사겸사 이 사람도 좀 데리고 가고."

진궁이 손으로 자신을 가리킨다. 아니, 이 양반도 낚시를 좋아했었나?

"그저 여유로움이 좋을 뿐이외다. 강자아가 그랬듯, 총군사의 옆에서 세월이나 낚아볼까 하오."

"흐. 말동무가 있으면 좋죠. 낚시라는 게 원래 물고기 잡는 게 반, 수다가 반이라."

"흐흐. 총군사와 함께라면 늘그막에 즐거울 것 같소이다. 이제는 늙어서 눈도 침침해진 것이 업무를 보는 게 질리오. 역시 늙으면 쉬는 게 최고인 게지."

"그렇죠, 그렇죠."

내가 고개를 끄덕이는데 뒤쪽에서 시선이 느껴진다. 공명이랑 육손이, 그리고 최염과 제갈근을 비롯한 이들이 뜨거운 눈으로 우릴 쳐다보고 있었다. 거기에 주유까지.

아니, 나머지는 그렇다 쳐도 주유 쟤는 눈에 왜 핏발이 서 있는 거지?

"우리가…… 총군사를 보내줄 것 같소이까? 으흐흐흐."

"주유 네가 아무리 붙잡아도 우린 갈 거야. 낚시 좀 하고 놀자, 이제. 엉?"

"일이 저희 생각처럼 풀리면 또 모르겠지만 그게 아니면 절대 안 됩니다. 절대로 못 보내 드려요. 절대로."

"공명이 너까지 왜 그래?"

"불안한 게 있는 탓입니다, 스승님."

"불안한 거?"

육손이가 저 아래쪽을 향해 시선을 옮긴다. 구름처럼 모인 문무백관이 형님이 도착하길 기다리는 곳이다. 조금 있으면 형님이 용이 하늘을 향해 날아오르는 그림이 새겨진, 그 휘황 찬란한 금빛 용포를 입은 채로 저 사이를 지나 올라올 터.

"불안은 개뿔. 오늘처럼 좋은 날에 자꾸 초 치는 소리 할래?"

"지켜보면 알 거요, 총군사……."

그리고선 우리와 마찬가지로 절망하겠지.

주유가 그렇게 중얼거리며 음침하기 그지없는 목소리로 흐흐흐 웃는다.

도대체 저게 뭔 소리야?

진궁도 무슨 소린지 모르겠다는 듯 나와 시선이 마주치자 어깨를 으쓱일 뿐이었다.

지이이이잉-

내가 그렇게 생각하고 있을 때, 저 아래에서 징 울리는 소리가 울려 퍼지기 시작했다. 그와 함께 금빛 용포를 입은 형님이 치렁치렁한 장식이 달린 면류관을 쓴 채, 제단을 향해 올라오고 있다.

양옆에 도열해 있는 무관, 문관들이 그런 형님을 향해 깊숙이 허리를 굽히며 읍하고 있었다.

그렇게 만족스러운 상태였는데.

"흐읍."

"허, 허어……."

갑자기 여기저기에서 탄식이 터져 나오기 시작했다.

뭐, 뭐지? 처음엔 그냥 한둘, 서넛 정도이던 인원이 이제는 아예 수십 명 수백 명으로 퍼져 나간다. 형님이 지나가고 나서 읍을 멈추고, 고개를 들어 올린 이들은 아예 대놓고 탄식하고 있었다.

"문숙."

어느덧 제단의 중간쯤까지 올라온 형님이 날 보고선 씩 웃어 보인다. 그러면서 내 쪽으로 성큼성큼 다가오고 있었다.

아니, 원래대로면 바로 저 위에서 불타고 있는 제단으로 올라가야 할 텐데?

"내 옷. 멋있지 않으냐?"

갑자기 왜 이러시나 싶어서 보고 있는데 형님이 그렇게 말하며 뒤로 돌아선다. 그리고 그와 동시에, 나는 볼 수 있었다.

"하아……."

"주공…… 어찌……."

"하…… 한 번을 그냥 넘어가는 경우가 없으시군……."

하늘을 향해 날아오르는, 금빛으로 수놓아진 용이 있어야 할 형님의 용포 등 부분에 얼기설기 새긴 글자가 새겨져 있다.

그리고 그 글자는 정확히, 백만지적(百萬之敵)이었다.

"흐흐흐. 짐이 백만지적이다!"

그 글자가 몹시 마음에 든다는 것처럼, 형님이 제단 아래에 모인 문무백관들을 향해 쩌렁쩌렁한 목소리로 외치고서 저 위쪽에 마련된 불타는 제단 쪽으로 성큼성큼 걸어 올라가기 시작했다.

"진짜 형님은 못 말리겠다니까."

한평생 달라지는 거 없이, 일관적인 캐릭터다.

크. 남자다, 남자.

에필로그

"허, 이 인간들 진짜."

삼국지 무릉도원.

그곳에 올라온 글을 읽던 갑수가 답답하다는 듯 헛웃음까지 내뱉으며 중얼거렸다.

그런 갑수의 모니터 화면에 '내가사마휘다'라는 아이디의 유저가 올린 글이 떠올라 있었다.

"이놈의 어그로 종자들은 뭐 잊을만 하면 튀어나와? 삼국지 알지도 못하는 놈들이."

〈위속이 개쩌는 건 수춘 점령까지에 한정해서지. 솔직히 그 이후부터는 주변 인재빨로 다 해 먹음. 위속이 죽을 때까지 개쩔던 건 인재 보는 눈 하나다. 반박 시 삼알못.〉

└여봉봉선: 어그로 새끼 또 튀어나왔네. 어케 된 게 요즘은 어그로 끄는 방법도 다 똑같냐;; 레퍼토리 좀 뭐 다른 거 없음?

└위속위승상: ㅇㅈㅇㅈ 이쯤 되면 위까들 학원이라도 있는 거 아닌가 하는 킹리적갓심이 생길 정도임.

└내가사마휘(글쓴이): ㅋㅋㅋㅋㅋㅋㅋㅋ 드라마랑 영화랑 맨날 위속만 빨아주니까 진짜 위속이 다한 줄 아는 놈들 여기 또 있네??

└내가사마휘(글쓴이): 삼국지연의만 본 놈들 진짬ㅋㅋㅋㅋㅋㅋ 나관중이랑 진수가 위속빠인거 모르는 놈이 아직도 있음?? 상식적으로 위속이 그렇게 다 했으면 어떻게 여포가 황제 되냐 위속이 황제까지 다 했짘ㅋㅋㅋㅋㅋ

"어처구니가 없네."

웃기지도 않는 소리다.

삼국지 정사를 쓴 진수, 그리고 그 역사를 소설로 만든 나관중이 단순히 위속의 팬이라 그를 그렇게 대단하게 묘사했다니.

"오랜만에 키배 한번 또 떠야겠구만."

└조건달: 야. 역사를 봐라. 삼국지 정사 말고 우리나라 삼국유사랑 일본서기에도 위속 얘기가 나오는데 뭘 믿고 위속이 거품이래?

└조건달: 5세기에 쓴 후한서에도 삼국지 정사에 나온 위속 얘기 다 나온다. 이래도 개소리함??

자신의 키보드 옆에 산더미처럼 쌓인 역사서들의 제목을 한 번 슥 훑으며 댓글을 작성한 갑수가 하얀 김이 모락모락 피어오르는 차를 한 모금 마시며 F5를 눌렀다.

아직은 자신이 달았던 댓글이 마지막이다. 하지만 어그로 종자의 특성상, 좀 있으면 또 대댓글을 달며 자신의 이야기에 반박해 올 터.

위속의 실재를 증명할, 여포가 건국한 초나라가 기틀을 잡게 되는 수춘 공략전 이후의 활약이 가짜가 아니라는 걸 증명할 기록은 차고 넘치게 있다. 조금만 기다리면 될 거다.

그렇게 생각하며 잠시 '문숙심법'이라는 제목의 고서적을 뒤적이던 갑수가 모니터로 시선을 옮겼다. 다시 한번 F5를 누름과 동시에 새로운 댓글이 달렸음을 알리는 표시가 떠올랐다.

ㄴ내가사마휘(글쓴이): 조건달 너 역사 모르지?? 그게 다 진수가 역사를 왜곡시켰으니 생긴 일 아니냐—— 일본서기, 삼국유사, 후한서 전부 삼국지 정사를 참고해서 쓴 책인데 당연히 왜곡된 내용이 그대로 나오짐ㅋㅋㅋㅋㅋㅋㅋㅋ 중국 쪽 원본 보면 그딴 소리 못함 ㅇㅈ? ㅇㅇㅈ~

ㄴ조건달: 아 그러심?? 그러면 이번에 여포 능에서 발견된 비석에 새겨진 얘기도 여포가 위속 형이니까 구라 치는 거임?? 그 옆에서 발견된 후성이랑 위월 능에서도 비슷한 내용으로 나왔는데??

ㄴ조건달: '문숙이 손을 저으니 비바람이 몰아치고, 불길이 치솟으며, 사해의 적들이 모두 깨어져 나갔다' 큰 글자는 이렇게 해석하는 거고 그 아래는 니가 가짜라고 주장하는 수춘 점령 이후 전투들의 기록이다.

그렇게 댓글을 달며 아래쪽으론 중국의 학자들이 발표한 비석 내용의 이미지를 함께 첨부했다. 원서까지 운운했으니 이제 다른 말은 못 할 거다. 그냥 혼자 부들거리다가 사라지겠지.

"빙신. 글삭튀 했구만. 크크크크"

오늘도 어그로 종자 하나를 사냥했다는 것에 보람을 느끼며 갑수는 무릉도원의 자유 게시판을 클릭하고선 글쓰기 버튼을 눌렀다.

〈삼토 게시판에서 어그로 하나 작살 내고 왔음. ㅁㅊ놈이 위속을 까네…… ——;;; 선배고 나발이고 다 떠나서 삼국지 시대에서의 행적만 봐도 위속은 최고 조넘 아님? 어그로 새끼들 진짝ㅋㅋㅋㅋㅋ〉

글을 쓰고 나서 다시 또 댓글이 달리길 기다리며 갑수는 다시 문숙심법을 펼쳤다.

오늘날, 동양에서 거주하고 있는 도사라면 모두가 읽는 책이다. 몸속에 자연의 기운을 쌓아 올리는, 기초 중의 기초부터 시작해서 자신의 감정을 다스리고 어느 때에서건 평정심을 유지할 수 있도록 하는 크고 작은 팁까지.

중간중간에 '주유는 그래서……'라던가 '그 가후조차도……'라는 부분이 나오는 게 특히나 압권인 책이었다.

"하, 우화등선까진 아니어도 최소한 곤륜에 입적하는 것까지는 해야 하는데……."

한참을 혼자 피식피식 웃으며 이미 수백 번이나 읽었던, 마음의 평정을 잃은 주유와 가후가 어떤 꼴이 되었는지에 대한 부분을 다시 또 읽던 갑수가 한숨을 내쉬었다.

그런 갑수의 시선이 모니터 쪽으로 옮겨지고 있었다.

"뭐야. 그 잠깐 사이에…… 댓글이 20개?"

└도덕천대1152기: 미쳤나…… 어그로 깨고 왔다고 여기에서 어그로를 끄네??

└무성진도사: 위속?? 대종사님이 조건달이 니 친구냐? 이 버르장머리 없는 노무 새끼가…… 너 어디 사냐?

└광성전대지망생: ㅋㅋㅋㅋㅋㅋㅋㅋㅋㅋㅋㅋ 너도 진짜 징하다. 어떻게 잊을 만하면 한 번씩 튀어나와서 어그로를 끌어? 것도 항상 똑같네ㅋㅋㅋㅋ 대종사님 이름 그렇게 부르길ㅋㅋㅋㅋㅋ

└장래희망대종사: 안 그래도 오늘 꿈에서 대종사님이 너 찾으시더라. 주소 불러라. 지금 만나러 갑니다.

└문숙교427대제자: 작년에도 4번, 올해엔 5번째네. 너 진짜 우리 교주님이 언제 한번 걸리기만 하라고 보고 계신다. 뒤질랜드??

└방탄청년도사: 대종사님이 만드신 카페에서, 것도 일반인들이 쓰는 삼국지 토론 게시판도 아니고 선인들만 출입할 수 있는 자유 게시판에서 이렇게 어그로 끌긔? 조건달, 여봉봉선, 대군사위속 이것들 진짜 상습범이쥬?

└조건달: 죄송합니다. ㅠㅠㅠㅠㅠㅠㅠㅠㅠㅠ 제가 미쳤나 봐요;;;;

"하, 시바…… 내가 또 왜이랬지?"

사과 댓글을 작성하며 조건달이 자신의 머리를 쥐어뜯었다.

이상한 일이다.

분명 얼마 전까지만 해도 편안하게 위속이라고 얘기했던 것 같다. 다른 유저들과 함께 삼국지 속 위속, 여포의 행보를 두고 초나라 팬들을 조리돌림하기도 했었다.

물론, 그때는 이렇게 격렬하게 반응하며 자신을 혼내듯 이야기하는 사람들도 없었고.

"돌겠네, 진짜."

이런 식으로 혼나는 것도 한두 번이지.

잊을 만하면 실수를 해서 어그로 소리를 들으니 갑수의 입장에서도 환장할 노릇이었다.

"진정하자…… 진정…… 이러다가 주유처럼 피 뿜을라."

문숙심법에서 봤던 주유와의 일화를 떠올리며 갑수가 심호흡을 했다.

그런 갑수의 시선이 벽에 걸려 있는, 9세기 중국에서 어떤 도사가 위속을 만나 그렸다던 초상화의 복사본을 향했다.

짝다리로 서서 뒷짐을 진 초상화 속 위속이 평온하기만 한 얼굴로 씩 웃고 있었다.

"오, 왔느냐…… 문숙."

병색이 완연한 남자가 침상에 누워서 날 부른다.

순백의 무복을 입은 채, 이불을 덮고 있는 남자의 나이가 여든다섯이라고 했다.

하지만 그 나이를 무색하게 할 정도로 건장한 체격을 유지하고 있었다.

"예, 형님…… 왔습니다. 이 문숙이 왔어요."

그런 남자의 옆으로 서둘러 달려온, 누가 봐도 꽃미남이라고 할 수밖에 없을 장년의 남자가 슬픈 기색이 역력한 얼굴로 말한다. 그러면서 눈물을 흘리며 누워 있는 이의 손을 붙잡기까지 하고 있었다.

"봉이가 많이 모자라다…… 가르치되 안 되겠거든 네가 황위에 오르거라."

"그런 일은 없을 겁니다, 형님. 절대로…… 이 문숙의 숨이 다하는 날까지 형님과 태자를 보위할 것입니다."

"고맙다…… 문숙. 참으로 즐거운 인생이었느니라."

그렇게 이야기하면서 회한에 가득 찬 얼굴로 한참이나 하늘을 올려보다가 눈물을 한 방울 흘리기까지.

문숙이라 불린 사내도 그렇고, 방에서 함께 그 광경을 지켜보던 이들도 그렇고 고개를 숙인 채 눈물을 훔친다. 그러다 병상에 누운 남자의 몸에서 힘이 빠져나가는 것을 발견하고는 통곡하는 것까지.

"컷! 다들 고생 많았습니다!"

"고생하셨습니다!"

만족스러워하는 감독의 그 외침과 함께 불과 몇 초 전까지만 해도 통곡하며 슬퍼하던 이들이 아무렇지도 않게 벌떡벌떡 일어나서는 사방으로 흩어지기 시작했다. 그들을 촬영하고 있던 카메라 역시 마찬가지.

형님이 임종하시던 날이…… 진짜 까마득하긴 하네.

벌써 세월이 천 년하고도 팔백 년 가까이가 지났다.

그래도 아직 그때의 기억이 선명하다. 확실히, 이렇게 처지는 분위기는 아니었지. 그 양반이 어떤 양반인데…….

"흐흐."

그 이별 아닌 이별을 떠올리던 내 귓가에 기자들의 다급한 목소리가 들려오기 시작했다.

"안녕하세요, 로이 씨. 장쑤 TV의 탕지야오 리포터입니다. 잠시 인터뷰 좀 가능하실까요?"

"로이 씨! 연변 방송 YBS에서 나온 탕성즈입니다! 드라마 대군사 위속에서 위속의 배역을 맡아 흥행 돌풍을 일으키고 계시는데요, 소감이 어떠십니까? 잠깐만 시간 좀 내주십쇼!"

"죄송합니다. 조금 있다가 CCTV와의 인터뷰가 있어서요. 죄송합니다, 여러분. 대군사 위속 많이 사랑해 주시고요."

내 역할을 맡아서 연기하던 배우, 로이가 인터뷰 요청을 거절하며 감독에게 다가선다.

하, 진짜. 잘생기긴 미치게 잘생겼다.

중화권에서 제일 잘나가는 배우라더니. 보면 연기도 미치게 잘한다.

시벌.

잘생겼으면 그냥 잘생긴 거 하나만 하지, 거기에 연기까지 잘해야 해? 학벌도 무슨 하버드 졸업생이라던데.

그래도 예쁜 놈이다.

저런 놈이 내 역할을 연기하면서 바뀐 게 있다.

세상 사람들에게 있어서 삼국지 시대의 위속이란 그냥 능력이 미치게 좋고, 유머러스한 이미지였는데 저놈이 내 역할을 맡고 연기하면서 꽃미남 이미지까지 더해졌거든.

드라마 속의 이미지를 반영해서 앞으로 나올 삼국지 게임에 삽입될 내 캐릭터 초상화가 더 꽃미남스럽게 바뀔 예정이란 말까지 나오고 있으니까…… 크흐흐.

"저어, 기자님. 아무래도 기자님의 조언이 좀 필요할 것 같습니다."

"웅? 제 조언요?"

혼자 만족스럽게 웃고 있는데 형님, 그러니까 여포 역할을 맡은 배우에 감독까지 데리고 내게 다가온 로이가 말했다.

"갑자기 무슨 조언요?"

"아무리 봐도 여포와 위속의 이별이 이랬을 것 같지가 않아요. 오늘 장면이 지금까지 위속을 연기하면서 느꼈던 거랑 좀 느낌이 다르다고 해야 하나? 붕 뜨는 것 같더라고요."

"뭐, 그러니까 여포의 임종 때 분위기가 어땠는지를 얘기해 달라고요?"

"애초에 이 대군사 위속이라는 드라마도 기자님이 쓰신 소설을 원작으로 하는 거잖아요. 얼른 완결까지 써서 주시던지, 아니면 조언 좀 해주세요."

"기자님 소설 속 위속과 여포라면 이 임종 장면이 어땠을 것 같으십니까?"

로이가 그렇게 말함과 함께 감독이 반문했다.

"제가 말하는 대로 하려면 촬영 일정이 좀 틀어지실 텐데."

"에이, 괜찮습니다. 중간에 촬영 일정이 변경되는 게 어디 한두 번도 아니고요."

감독의 말에 로이가, 형님 역할을 맡은 장생이란 배우까지 고개를 끄덕이며 열의에 가득 찬 눈으로 날 쳐다본다.

"제 소설이었으면…… 여포의 마지막 대사는 이거였을 거예요."

"뭐요? 뭔데요?"

"천존지적이 되러 간다."

"천존…… 지적? 그게 뭐죠?"

"설마 그거, 그거 맞죠?"

"흐음…… 여포라면 확실히."

무슨 말인지 모르겠다는 듯, 감독이 반문함과 동시에 로이와 장생의 표정이 달라진다.

"아니, 감독님. 천존요, 천존. 원시천존이나 뭐 이런 거 있잖아요. 신선물에서 보면."

"아, 그 천존요? 그러면 천존지적은 그 천존을 때려잡겠다는, 뭐 그런 거고요?"

"그런 거죠. 백만지적이 되겠다고 하던 거랑 같은 맥락으로요."

"기자님 작품에서의 여포라면 확실히 그렇게 나오겠죠. 그
럴 수밖에 없지. 그 성격인데. 크크크."

장생이 피식피식 웃으며 로이, 감독을 데리고 자신이 느낀
것들을 이야기하기 시작했다.

로이와 감독 역시 마찬가지.

저대로 조금만 두면 자기들끼리 떠들면서 각본가는 미처 캐
치하지 못했던 부분들을 짚어낼 거다. 진짜 제대로 된 임종 신
을 만들어내겠지.

*'문숙. 왜 네가 얘기했던 거 말이다. 저 하늘 위엔 선계가 있
고, 거기엔 옥황상제랑 원시천존 같은 신들이 있다던 거.'*

수명이 다해 온몸의 힘이 빠져나가고, 손가락 하나 까딱할
힘도 없는 와중에서 형님은 그렇게 얘기했었다. 죽음에 대한
공포가 아닌, 죽음 이후의 세계에 대한 호기심을 내보이며.

*'백만지적을 이뤘으니 이제는 다음 꿈을 찾을 차례지. 나
는…… 천존지적이 될 거다. 흐흐흐……'*

그렇게 말하고서 자기가 생각하기에도 재미있다는 듯, 한참
을 힘없이 웃던 형님은 그대로 침상 위에서 숨을 거뒀다.

그랬던 형님의 근황에 대해 전해 듣게 된 것이 9세기쯤이었
으니까…… 얼추 칠백 년 가까이가 지난 다음이었고.

"오랜만에 형님이나 만나러 가야겠군."

그 능력을 인정받아 곤륜의 신장으로 임명된, 밤낮없이 체제전복과 국가원수 제압을 목표로 노력하는 반체제 신선이다.

가서 이쪽 얘길 해주면 좋아하실 거다.

The End